EBERHARD GÖRNER

Ein Himmel aus Stein

George Bähr und die Frauenkirche zu Dresden

Chemnitzer Verlag

2. Auflage, September 2005

Umschlaggestaltung: Torge Stoffers
Satz: Rico Reuter / Chemnitzer Verlag und Druck GmbH & Co. KG
Gesamtherstellung: Westermann Druck Zwickau GmbH

www.freiepresse.de

ISBN 3-937025-12-X

Man muss bauen,
als sollte man ewig leben.
Und also leben,
als sollte man morgen sterben.

Martin Luther

Vorwort

Erzgebirgischen Zimmerleuten war mancherlei zuzutrauen, nicht unbedingt aber ein so anspruchsvoller Bau wie der der Frauenkirche, die in einem Atemzug mit dem römischen Petersdom und der Hagia Sophia in Istanbul zu nennen sein würde. George Bähr (1666 – 1738), der Dresdner Ratszimmermeister aus dem kleinen Erzgebirgsdorf Fürstenwalde, sollte die alte und baufällig gewordene Frauenkirche aus dem Mittelalter ersetzen.

Wer sich auf die dramatische Geschichte des Baues der Frauenkirche einlässt, kommt davon nicht wieder los. Trotz gewagter Statik stand sein Architekturwunder, „vom Grund aus bis oben hinauf gleichsam nur ein einziger Stein", wie es George Bähr ersonnen hatte. So wie Mozart seine Musik gegen den Erzfeind Salieri durchsetzen musste, um an diesem Kampf gegen Mittelmäßigkeit und Macht letztlich zugrunde zu gehen, so kämpfte der Ratszimmermeister George Bähr mit seinen gewagten Plänen gegen eine Wand aus Intrigen und Zweifeln. Ein Kampf, der Bährs Persönlichkeit veränderte und ihn auch zu unlauteren Mitteln greifen ließ, um seine Ziele durchzusetzen. Je höher die neue Frauenkirche wuchs, umso kleiner wurde die Zahl seiner Freunde. Aus Mitstreitern wurden Feinde. George Bähr, am Ende war er ein einsamer Mann, der für den Bau seiner Kirche sogar seine Familie ins Elend trieb.

Das barocke Dresden glich einem Vulkan. Die Vergnügungen des Hofes hetzten die Tage durch das Jahr! Verarmte Adlige stürzen sich vom Baugerüst der Frauenkirche in den Tod. Bei Banketten im Rathaus über den erfolgreichen Fortgang des Baus der Frauenkirche wird ihr Erbauer gar nicht erwähnt. Bei der Feier zur Grundsteinlegung der Frauenkirche saß George Bähr am Katzentisch der Maurer und Handlanger. Zu Faschingszeiten wurde sein Haus überfallen und zum Schauplatz ausschweifenden barocken Karnevals, denn der Adel hinter den Masken wollte den schweigsamen, eigenbrötlerischen, sich allen gesellschaftlichen Ritualen verschließenden Ratszimmermeister demütigen und provozieren.

Dass George Bähr bei soviel Feindseligkeit trotzdem wie eine erzgebirgische Eiche im Sturm an der Elbe stand, hat darin seinen Grund, dass er mit allen Wurzeln seiner Existenz dem Leben verbunden war. Nach dreißigjähriger Ehe mit Maria Magdalena, Tochter des Schiffshandelskaufmanns Johann Jentzsch, heiratete George Bähr 1729 im Alter von 63 Jahren zum dritten Mal. Seine Frau, Johanna Juliane Wehle, war 32 Jahre alt.

Sein ganzes Leben lang stand George Bähr im Licht der königlichen Dresdner Öffenlichkeit. Die Grundsteinlegung der Frauenkirche wurde als städtisches Theater-Spektakel genauso aufwändig von den Honoratioren der Stadt besucht wie die Umbettung der Toten auf dem Friedhof der alten Frauenkirche.

George Bährs Plan, die Kuppel der Frauenkirche ganz aus Stein zu errichten, kam einem Aufstand bürgerlich-protestantischen Denkens gegen die katholische Obrigkeit des Dresdner Hofes gleich. George Bähr glaubte, bei seinem Kampf für die Frauenkirche einen treuen Freund an seiner Seite zu haben, den Ratsmaurermeister Johann Gottfried Fehre. Auch Bährs Vorgesetzter – der 20 Jahre jüngere Landes- und spätere Oberlandesbaumeister Johann Christoph Knöffel (1686 – 1752), unter anderem Erbauer des Cosel-Palais, wechselte die Lager je nach politischer Wetterlage. Um sicher zu sein, ließ er das Baugeschehen bis ins Detail ausspionieren. George Bähr wusste um den Geiz seiner Auftraggeber. Bähr verlor durch sein Geschäftsgebahren zeitweise das Vertrauen auch engster Freunde. Im Baumeister Matthäus Daniel Pöppelmann (1662 – 1736) und dem Freiberger Orgelbauer Gottfried Silbermann (1683 – 1753) fand George Bähr ermutigende Freunde. König August der Starke (1670 – 1733) unterstützte das „Kuppelwunder“. Die Kirche wuchs vor den Augen des Königs zum bedeutendsten protestantischen Kirchenbau im Heiligen Römischen Reich Deutscher Nation empor. Neue Gefahr drohte George Bähr durch den italienischen Architekten Chiaveri. Er verlangte von Italien aus den Baustopp der Frauenkirche, da sie in ihrer Plumpheit das Stadtbild, aber vor allem die geplante filigrane Architektur seiner Hofkirche störe. Schon alt und krank, muss George Bähr immer wieder beim Rat der Stadt betteln, dass ihm seine Schulden erlassen würden, weil er sonst nicht wisse, wie er seine Frau und seine „sechs unerzognen Kinder“ ernähren solle. Am Ende steht George Bährs geniales Werk, aber mit seiner Lebenskraft ist er am Ende. Einsam und müde und total verarmt, erliegt George Bähr am 16. März 1738, nach einer Inspektion seiner steinernen Glocke, am Fuße der Frauenkirche einem Schlaganfall.

Zwei Jahrhunderte lang krönte die steinerne Kuppel der Frauenkirche die großartige Dresdner Stadtsilhouette. Am Vormittag des 15. Februar 1945, etwa gegen zehn Uhr, stürzte die Kirche nach schweren Bombardements in sich zusammen. Der Welt war ein geniales Bauwerk genommen, den Christen die vollkommenste Kirche des Protestantismus. Der Wiederaufbau der Frauenkirche ist eine Angelegenheit der ganzen Welt geworden. Dieses Buch möchte sich einreihen in den festlichen Chor zur Auferstehung der Frauenkirche zu Dresden.

Warum ein Buch über George Bähr? Die Antwort hat mit meinem Geburtsort Niederwürschnitz im Erzgebirge zu tun. Ich komme aus einer Bergarbeiterfamilie. Mein Vater und beide Großväter waren in diesem mutigen Beruf tätig. Von ihnen habe ich den Respekt vor dem Handwerk gelernt. Mit der Hand werken, etwas schaffen, etwas hinterlassen. Doch habe ich auch von ihnen gelernt, dass ohne Bewahrung der Natur, ohne Respekt vor der Schöpfung nichts gelingen kann. Das Erzgebirge ist ein Land schöpferischer Phantasie, ein Land der Sehnsucht nach der Ferne, nach dem Höheren. Seine Menschen waren nie reich, vielleicht kommt daher ihre gläubige Demut vor der Kürze unserer Erdentage. Mit meiner Mutter habe ich als Junge einmal vor der Ruine der Frauenkirche gestanden, und sie sagte zu mir: „Krieg ist das Schlimmste, was Menschen sich antun können. Frieden ist ein Geschenk Gottes. Merk dir das, mein Junge."

Der Wiederaufbau der Frauenkirche zu Dresden ist eine Botschaft des Friedens an die Welt. Es ist nicht nur die Zurückgewinnung eines kostbaren Bauwerks, es ist nicht nur die Erneuerung eines für die nächsten Jahrhunderte verloren geglaubten ästhetischen Stadtraumes. Für mich ist die Frauenkirche gebaute Friedenssehnsucht eines einfachen Zimmermannes aus dem Erzgebirge. Jeder Stein der Frauenkirche ist ein Appell an die Bürger der Stadt Dresden, an Sachsen, an die Welt, den Frieden zu jeder Zeit zu bewahren und zu verteidigen.

Eberhard Görner
Bad Freienwalde, Januar 2005

1705

Vom Zimmermann zum Architekten

Es war ein warmer Herbsttag, dieser 17. Oktober 1705, als George Bähr auf das Rathaus von Dresden zuging. Das Gold der Eichen und das Rot der Ahornblätter schienen zu wetteifern mit dem blauen Band der Elbe. George Bähr schritt kräftig aus, denn seine Gedanken trieben ihn vorwärts, als wenn er von einem Vierspänner gezogen würde. Heute musste es sich entscheiden. Heute entscheidet der Rat der Stadt Dresden darüber, ob George Bähr zum Ratszimmermeister berufen wird oder nicht. George Bähr dachte in diesem Augenblick auch an den Architekten Pöppelmann, der in diesem Jahr vom Kurfürsten zum Landesbaumeister ernannt wurde. Wie jeder in Dresden wusste, gegen den Willen vom Generalintendanten des Militärwesens, August Christoph Wackerbarth, der ebenfalls in diesem Jahr aufstieg und in den Stand eines Reichsgrafen erhoben wurde.

Seit Kurfürst August II. am 26. Juni 1697 zum König von Polen gekrönt worden war, platzte die Residenzstadt Dresden aus allen Nähten. Innerhalb der Festung und außerhalb der Stadt drängten sich rund 40.000 Einwohner. Adelspalais schossen wie Pilze aus dem Boden. Für die höfischen Feste wurden kurfürstliche Bauten gebraucht. Reich gewordene Bürger ließen sich neue Häuser aus Stein statt wie bisher aus Holz bauen. Alles rief nach einer führenden Hand, und deshalb saßen zur Mittagsstunde die ehrwürdigen Herren des Dresdner Rates beisammen, um über ihren neuen Ratszimmermeister abzustimmen.

George Bähr ist jetzt am Rathaus angekommen. Er schaut hinauf zu den hohen Fensterbögen, hinter denen er den Ratssaal weiß, wo an einem langen Tisch gerade Bürgermeister Schwarzbach mit einer messingglänzenden Glocke Ruhe einläutet, denn die Ratsherren sind in heftige Dispute verwickelt. Allmählich wird es still, und aller Augen richten sich auf das Stadtoberhaupt.

„Wir kommen zum letzten Punkt unserer Beratung“, erklärt der Bürgermeister. „Es geht um die Neubesetzung des Ratszimmermeisters.“ Er zeigt mit seiner goldberingten Hand auf den Ratsherrn Ganzland und erklärt: „Herr Ganzland, hat angeregt, wie diese Stelle neu zu besetzen ist. Er erinnert daran, dass der Rat einen Mann benötigt, der mehr als bloß ein Zimmermeister ist.“

„Was heißt das?“ will Ratsherr Dornblüth wissen.

„Das heißt“, erwidert ihm der Bürgermeister, „dass wir von ihm auch Erfahrung in ziviler Architektur erwarten.“

Ratsherr Schäfer hebt die Hand und erklärt mit lauter Stimme:

„Ich schlage Zimmermeister George Bähr vor. Er ist ein guter Mechanicus.“

Ratsherr Dornblüth nickt zustimmend: „Bähr ist nicht unübel. Er ist in allen Sachen geschickt.“

Wie es scheint, ist da Ratsherr Vogler ganz anderer Meinung. Er wiegt bedenklich seinen Kopf. „Er ist ohne Zweifel ein exzellenter Mechaniker, aber ein guter Zimmermeister? Ich habe Bedenken, ihn anzunehmen!“

Ratsherr Strobel bringt charakterliche Fehler ins Spiel. „Ich weiß von Bähr, dass er ein anderes Prädicat verlangt.“

Der Bürgermeister sieht Strobel neugierig an: „Was verlangt er denn?“

Ratsherr Strobel wiegelt mit seinen schmalen Händen die Frage ab. „Keine Sorge, Bürgermeister. Bähr will nicht mehr Lohn als seine Vorgänger.“

Der Bürgermeister atmet erleichtert auf.

„Aber als einfachen Zimmermann“, fährt Ratsherr Strobel fort, „sieht er sich schon lange nicht mehr. Sein Entwurf für die Kirche in Loschwitz hat Fortune. Sie wird wie ein protestantisches Schmuckstück über der Elbe schweben.“

Ein solches Bild gefällt den Ratsherren von Dresden. Die Stimmung schlägt um.

„Meiner Meinung nach kommen wir mit Bähr im Rat besser weiter als mit jedem anderen“, stellt Ratsherr Stöffichen fest und wird darin vom Ratsherrn Schrey unterstützt: „Bähr hat das Zimmerhandwerk recht gelernt – wir fahren mit ihm bestimmt nicht schlecht. Aber wenn wir ihn wählen, muss er vorher das Meisterrecht erlangen.“

Ratsherr Küfner sieht es kritischer als seine Vorredner.

„Ich bin sowieso dafür, lieber gleich einen Meister zu wählen. Dieser Bähr neigt zum Hochmut. Er fordert immer, nimmt sich mehr heraus, als ihm zusteht.“

Ratsherr Ganzland fällt Küfner ins Wort, will verhindern, dass sich der Wind wieder gegen Bähr dreht. Deshalb erklärt er mit fester Stimme: „Wir brauchen einen Mann, der mehr weiß als ein schlechter Zimmermann.

Bähr hat beides: Er kann die Axt genauso gut führen wie die Feder für eine architectura civilis. Wer für Bähr ist, hebe die Hand!"

Der Bürgermeister Ganzland und die Ratsherren Schrey und Schäfer, die bisher geschwiegen haben, stimmen für Bähr. Bürgermeister Schwarzbach schaut in die Runde, sieht noch unentschlossene Gesichter und fragt deshalb nach: „Wer ist anderer Meinung?"

Vogler, Küfner und Stöfichen stimmen dagegen. Auf dem Gesicht des Bürgermeisters breitet sich Befriedigung aus. Er nimmt seinen Amtshammer und klopft energisch auf den Tisch.

„Das Votum für Bähr ist eindeutig. Hiermit schließe ich die Beratung vom 17. Oktober 1705 über George Bähr als künftigen Ratszimmermeister. Die Vereidung wird am 20. Oktober 1705 vorgenommen."

Die Ratsherren stehen auf und verlassen den Saal. Nur Ganzland bleibt zurück. Er geht zum Fenster, öffnet es und sieht hinunter auf die Straße, wo Bähr steht und erwartungsvoll zu ihm hinauf schaut. Ganzland nickt ihm zu und hebt die Hand zum Siegeszeichen. George Bähr reißt sich den Hut vom Kopf und wirft ihn jubelnd in die silbernen Herbstwolken, die über die Stadt Dresden ziehen, die sein Schicksal wird.

1722

Ein kühner Plan

An der fest gefügten Eichenholztüre zum Hof der alten Frauenkirche rütteln die kräftigen Hände von Ratsmaurermeister Johann Gottfried Fehre. Endlich gibt sie nach. Zusammen mit dem Ratssyndicus Hieronimus Behrisch betritt er den Kirchhof. Die Steinpfosten, die die Tür halten, neigen bedenklich ihre korinthischen Kapitellköpfe. Eine Haltung, worin sie der schiefe Glockenturm der alten Frauenkirche noch zu übertreffen sucht. Behrisch schaut sorgenvoll zu ihm hinauf und gibt Fehre bekannt: „Gouverneur Graf Wackerbarth hat das Einstellen des Läutens befohlen. Er verlangt eine Überprüfung des Dachstuhls." Fehre folgt seinem Blick und meint sarkastisch: „Da gibt es nicht mehr viel zu überprüfen. Beim nächsten Frühlingssturm liegen die Glocken vor unseren Füßen."

Behrisch nickt zustimmend und unterstreicht: „Deshalb verlangt Graf Wackerbarth ehebaldigst Risse und Voranschläge zu einem repräsentativen Neubau durch Meister Bähr." Fehre macht ein Gesicht, als ob er sich verhört hätte. „Risse und Voranschläge?" fragt er nach, „Bähr hat doch dem Rat schon alles vorgelegt!"

Behrisch holt einen Schlüssel aus seinem Rock und geht zur Kirchentür. Während er aufschließt, dreht er sich zu Fehre um: „Alles, was der Rat beschließt, muss Er nicht verstehen, Ratsmaurermeister. Zunächst müssen wir das Alte sichern, bevor das Neue zu brauchen ist." Die Tür zur Kirche öffnet sich. Fehre betritt nach Behrisch das Innere des Kirchenraumes und brummt zustimmend: „Machen wir uns ein Bild vom Zustand, Herr Ratssyndicus, wenn erlaubt?"

Während Fehre und Behrisch die baufällige Alte Frauenkirche vorsichtig inspizieren, geht der Diakon der Dresdner Kreuzkirche, Magister Hahn, in sich versunken, am Flussufer entlang. Ein hagerer Mann, ein Diener des Herrn, unbeweibt und kinderlos, sieht er nicht die tausend Farben von Dresdens Residenz, wie er auch nicht bemerkt, dass ihn ein anderer Mann heimlich verfolgt.

Magister Hahn ist in Gedanken noch ganz bei der Aussprache mit Superintendent Löscher, in der es wieder einmal um die neue Frauenkirche ging, deren Bau durch tausend Widrigkeiten behindert wird. Valentin Ernst Löscher wetterte gegen den König. Der habe zwar eine Kommission für den Bau der Frauenkirche eingesetzt, aber bis dato nicht einen Groschen dazu beigetragen, obwohl er die Krone von Sachsen und Polen nicht einmal im Bett abnehme.

Aber noch mehr schimpft Löscher über die zahlungsunwilligen neu eingepfarrten Dörfer, die nur schwer zur finanziellen Unterstützung des Baues zu bewegen sind. Magister Hahn denkt über die aufreibende Kleinarbeit nach, die auf ihn zukommt, aber so hager und schmal er ist, so streitbar engagiert sich Magister Hahn für die neue Frauenkirche. Löscher kann sich auf seinen Diakon verlassen.

An seinem Haus angekommen, zieht Magister Hahn die Glocke, worauf ihm seine Haushälterin öffnet, die ihn an Körperfülle um das Mehrfache übertrifft, und ohne die er so hilflos wäre wie ein Strohhalm in der Elbe. Sie nimmt ihm seinen schwarzen protestantischen Mantel ab, während Magister Hahn in seine Studierstube geht, die Bibel aufschlägt und betet: „Gott im Himmel, schütze Meister Bähr und seinen Plan für die Neue Frauenkirche. Lass nicht zu, dass der Bau immer weiter verschleppt wird. Aber zügele auch den Groll unserer Gemeinde gegen den Katholischen Hof."

Da tritt seine Haushälterin herein. Magister Hahn fühlt sich gestört, wirft ihr einen ungehaltenen Blick zu, aber die Frau kennt ihren Einsiedler seit vielen Jahren und weiß genau, wo ihre Grenzen sind.

„Herr Magister", säuselt sie mit erstaunlich jugendlicher Stimme, „vor der Tür steht ein gewisser Fritz Laubler. Er will Sie dringend sprechen."

Magister Hahn zieht seine dichten, schwarzen Augenbrauen hoch, überlegt, bis sich ein Lächeln des Erinnerns über sein Gesicht ausbreitet. „Laubler? Richtig, diesem Mann habe ich Unterricht erteilt, als er zur protestantischen Kirche überzutreten wünschte. Der Unterricht ist längst abgeschlossen, und sein Übertritt ist längst erfolgt. Was will der Mann?"

Die Haushälterin kann nicht antworten, denn Laubler stürmt herein, stößt sie aus dem Zimmer hinaus, verriegelt die Tür, zieht ein Messer und schreit: „Ans Kreuz mit dir, Betrüger!"

Magister Hahn hebt schützend die Bibel vor seine Brust, aber bevor er auch nur einen Ton herausbringen kann, stürzt sich der Besessene mit vom Wahnsinn weit aufgerissenen Augen auf den Diakon und rammt ihm wütend das Messer in die Herzgrube.

Im Flur schreit die Haushälterin und trommelt in wilder Verzweiflung gegen die Tür. Drinnen spannt Laubler dem röchelnden, blutüberströmten Diakon die Arme auf den Holzfußboden, holt Hammer und Nägel aus seiner Tasche und beginnt Magister Hahn zu kreuzigen. Dann tanzt er wie irrsinnig um den Gekreuzigten herum, dessen Lebenslicht erlischt. Ein Bild aus der Hölle. Die stählerne Kante eines Beils blitzt auf und spaltet die verschlossene Tür. Zwei Handwerker dringen, unter dem hysterischen Kreischen der Haushälterin, in die Mörderstube ein, wo Fritz Laubler neben seinem Opfer kauert und ein Schlaflied singt.

Der katholische Mord am protestantischen Magister bringt das Fass in Dresden zum Überlaufen. Superintendent Löscher predigt im Angesicht des Sarges von Magister Hahn in der Kreuzkirche Sturm gegen die katholische Pest und fordert seine Gemeinde auf, den Toten vor das Schloss zu tragen.

Hunderte von Männern und Frauen, mit zuckenden Fackeln in der Hand, nähern sich schweigend dem Schloss. In der Mitte tragen sechs Männer den offenen Sarg mit der blutigen Leiche. Da kommt dem Zug sächsische Kavallerie entgegen, bringt ihn zum Stehen. Einer der Sargträger schreit aus der Masse heraus: „Tod den Katholiken! Nieder mit den Mördern!“ Und jetzt rufen alle im Chor, dass es von den Schlosswänden widerhallt: „Katholiken, raus aus Dresden!“

Unruhig schnauben die Pferde. Ein Offizier zieht seinen Säbel, ruft drohend: „Auseinander! Geht nach Hause!“

Superintendent Löscher tritt empört vor, fasst dem Pferd in die Zügel: „Das ist ein Trauerzug gegen die Gottlosigkeit. Nicht wir, Er gehört nach Hause!“

Da kommt hinter der Wand der Kavallerie eine Karosse gefahren. Die Diener, die den Leichenzug nicht sehen können, rufen laut: „Platz da! Platz für die Karosse des Kaiserlichen Gesandten!“

Die Reiter bilden eine Gasse, durch die die Kutsche fährt, während die Lakaien rufen: „Platz da! Platz für die Karosse des kaiserlichen Gesandten!“

Nun gibt es für die Masse kein Halten mehr.

Eine Frau schreit: „Die Katholiken sind an allem schuld. Sie verhindern, dass wir unsere eigene Kirche bekommen. Sie töten unsere Pfarrer! Rache für Magister Hahn!“ Die Karosse rast auf die Menge zu, aber die weicht nicht, sondern beherzte Männer stürzen sich auf die Pferde, spannen sie aus und bringen die Kutsche zum Stehen. Die Diener werden von ihrem Bock gezerrt und verprügelt.

Einer brüllt: „Stürzt den Kaiserlichen in die Elbe!“

Unter großem Gejohle wird die Kutsche mit dem verängstigten kaiserlichen Gesandten Richtung Augustusbrücke gerollt, während die aufgeheizte Menge brüllt: „Freiheit für Sachsen vom katholischen Joch! Es lebe unser Superintendent Löscher!“

Die Kavallerie rückt vor. Trotz Steinen und Knüppeln, die auf sie geworfen werden, treibt sie die Masse mit Säbelhieben zurück. Herrenlos, mitten auf der Brücke, steht die Karosse des kaiserlichen Gesandten, der einen vorsichtigen Blick nach draußen wagt, um schockiert die Vorhänge am Kutschenfenster sofort wieder zu schließen. Denn nicht nur er steht einsam auf dem Brückenpflaster über dem nachtschwarzen Fluss. Auch der Sarg mit dem toten Magister Hahn wurde achtlos zurück gelassen.

Wütend läuft Graf Wackerbarth in seinem Audienzzimmer hin und her. Er wirft unruhige Blicke auf die glatt polierte Mahagonitür, die endlich aufgeht. Der Lakai verneigt sich: „Exzellenz, Superintendent Löscher!“

Wackerbarth, laut und unbeherrscht: „Er soll reinkommen!“

Als Superintendent Valentin Ernst Löscher den Raum betritt, hat Wackerbarth das Gefühl, dass Sachsens gesamte protestantische Opposition vor ihm steht. Löscher ist schlank, hoch gewachsen, auf breiten Schultern sitzt ein wohl gestalteter Kopf. Selbstbewusst blitzen seine blauen Augen, als ob er nicht allein wäre, sondern mit Heerscharen von Engeln, die ihn beschützen.

Wackerbarth flüchtet sich vor seiner aufkommenden Unsicherheit in einen Zornesausbruch. „Ah, das ist Er ja! Der neue Luther von Dresden. Schöne Protestanten seid Ihr. Rottet Euch zusammen wie die Schweine, wollt Kaiserliche Gesandte in die Elbe werfen, um unseren König im Ausland lächerlich zu machen. Aber wie heißt es so schön in der Bibel: Wehret ihnen nicht, denn sie wissen nicht, was sie tun!“ Aber was ich tue, das weiß ich. Wenn noch einmal so ein Aufruhr über Dresden kommt, verhänge ich den Belagerungszustand. Und der Erste, den ich persönlich nach Königstein bringe, seid Ihr, Herr Superintendent!"

Wackerbarth geht jetzt nah an Löscher heran, zieht sein Lorgnon, als wolle er Ungeziefer aus der Nähe betrachten und zischt: „Seid Ihr denn alle verrückt geworden?"

Wackerbarths Vulkanausbruch lässt Löscher völlig unberührt: „Kein Rauch ohne Feuer, Exzellenz."

Wackerbarth, hochsensibel für politische Winde, die sich gegen ihn richten könnten, fällt das Lorgnon aus dem wohlgenährten Gouverneursantlitz. „Was denn, was denn?" fragt er verschwörerisch, „will Er etwa mir die Schuld in die Schuhe schieben?"

Löscher, nun doch erregt, tritt einen Schritt zurück, als müsse er Distanz schaffen, zwischen Religion und Politik. „Die Leute wollen nicht länger warten, Exzellenz", repetiert Löscher. „Der katholische Hof sichert Glaubensfreiheit, aber nur mit Worten. Tatsächlich werden unsere protestantischen Belange nicht zur Kenntnis genommen. Dass das Bauvorhaben der Frauenkirche so hartnäckig verschleppt wird, betrachtet unsere Gemeinde als eine Demütigung."

Wackerbarth bekommt kaum Luft, so rot läuft er an vor Wut. „Demütigung?" brüllt er. „Ihr seid größenwahnsinnig. Das ist der Punkt. Ist die Kreuzkirche nicht groß genug für Euer Abendmahl? Natürlich ist sie groß genug, aber es geht ja um Macht, und nicht um Jesus Christus. Ich weiß genau, was ihr Protestanten wollt: Noch eine Kirche und noch eine Kirche, bis der katholische Hof umzingelt ist wie ein Hirsch auf der Treibjagd.

Demütigung? Das Schlimme an der Sache ist, Ihr steckt mit dem Rat der Stadt unter einer Decke. Deshalb wagt Ihr es, hier so frech aufzutreten. Eine Herausforderung ist Euer Verhalten und das Eurer Gemeinde!"

„... die ihren bitteren Groll", erwidert Löscher leise, „unter dem dünnen Mantel einer immer wieder strapazierten Geduld versteckt."

Wackerbarth winkt verächtlich ab, wird im Ton ganz Staatsmann: „Herr Superintendent, Er vertritt nur seine protestantischen Interessen. Aber alles ist eine Frage der Perspektive. Als Festungsgouverneur der Residenz ist meine Verantwortung wohl etwas größer als Seine. Ich kann die endgültige Unterzeichnung der Baurisse zur Frauenkirche erst dann vornehmen, wenn sich im Rat alle einig sind. Aber mir scheint, die Bährschen Entwürfe haben viele Gegner, und einige sähen es lieber, wenn die Ausführung des Bauwerks zu einer Angelegenheit des Hofes würde."

„Ich weiß", pariert Löscher kühl, „Landesbaumeister Knöffel hat Ihre Protektion."

Wackerbarths Energien sind erschöpft. Er hat keine Lust mehr, sich mit Löscher herumzustreiten und geht deshalb auf Löschers Nadelstich nicht ein, sagt nur: „Ob Bähr oder Knöffel, das ist nicht das Problem. Vielmehr geht es darum, dass der Bau der neuen Frauenkirche einmal der Kritik der weitgereisten Fremden und der vielen ausländischen Architekten standhalten soll. Ungeduld ist fehl am Platze, Herr Superintendent. Vergesse Er nicht: Was lange währt, wird gut!"

Wackerbarth dreht sich zum Fenster. Löscher schaut stumm auf den mächtigen Corpus des Reichsgrafen und muss nicht allzu lang warten, bis der erlösende Satz ertönt: „Die Audienz ist beendet!"

Superintendent Löscher verneigt sich und geht zur Tür. Da wendet sich Wackerbarth noch einmal an ihn, und sein Ton hat plötzlich etwas Flehendes: „Und noch eins, ermahne Er seine Gemeinde, mit den katholisch Gesinnten in Dresden Frieden zu halten. Sonst wird es nie etwas mit der Frauenkirche. Aber dies wäre nicht im Sinne seiner Majestät des Königs!"

Die blanke Axt schlägt krachend auf das morsche Holz des Sarges, hinter dessen splitternden Brettern das fleischlose Grinsen eines Totenschädels in die Sonne blinzelt. Schmutzige Hände reißen die verfaulten Bretter auseinander, packen das Skelett, das mit knöcherner Hand einen kostbaren Degen umklammert und werfen es auf einen Karren, auf dem die Knochen der bereits geöffneten Gräber dem neuen Gerippe Platz zu machen scheinen. Jetzt klettert der Mann, dem die schmutzigen Hände gehören, in die Grube und zieht unter dem eichenstarken Sarg dicke Seile durch. Andere Hände werden ihm gereicht, an denen er sich festklammert, damit er wieder herausklettern kann. Die Seile straffen sich, und das erdverkrustete Totenbett hebt sich dem Geschrei der Männer entgegen, die schwitzend und fluchend an den Seilen zerren.

Der ganze Friedhof sieht aus wie Sodom und Gomorra. Umgestürzte Grabsteine liegen vor leeren Gruben an der zerbrochenen Friedhofsmauer. Verschwommene Namen – Buchner, Hesse, Walther, Hegewald, von Nischwitz, von Haugitz – tauchen hinter Moos und Efeu auf.

Durch das brüchige Portal des Friedhofs der alten Frauenkirche zu Dresden fahren rumpelnd die Karren mit ihren Sargtrümmern in die Rampische Gasse. Die Fuhrleute lassen ihre Peitschen knallen und rufen den sich gegen das Geschirr stemmenden sächsischen Gäulen aufmunternde Kosenamen zu.

Mitten in diesem Bild, das aus Dantes Hölle stammen könnte, steht wie ein Sandsteinfelsen Ratszimmermeister George Bähr. Seine Augen, denen nichts zu entgehen scheint, blicken unruhig auf das Treiben, seine Ohren zucken beim Krachen der Schwibbögen, die von den Bauleuten mit roher Kraft niedergerissen werden. „Beeilt euch, Männer!“ ruft George Bähr ihnen zu. „Wir haben nur noch diesen Tag. Morgen muss hier Baufreiheit sein!“ Sein Blick schweift zu der geschleiften Friedhofsmauer, wo sich von der Straße her, wie in einem Bilderrahmen aus Granit, eine Kutsche nähert. Vor dem Friedhofsportal hält die Kalesche. Ihr entsteigt, federnd und elegant, Landesbaumeister Johann Christian Knöffel. Im Chaos der Friedhofsarbeiten suchen seine Augen Ratszimmermeister Bähr. Als er ihn endlich entdeckt, geht er auf ihn los. Bähr hält ihm einen Totenschädel entgegen, der gerade von einem Karren vor seine Füße gerollt ist.

„Willkommen, Landesbaumeister“, begrüßt ihn Bähr. Als er sieht, dass Knöffel im Angesicht des Totenschädels keinen Schritt weiter gehen will, fügt er lächelnd hinzu: „Der Tod legt seine Axt auch an die stärksten Eichen!“ Knöffel will antworten, aber ein Reiter sprengt zwischen die beiden Männer, zügelt sein Pferd, springt ab und greift nach dem Degen aus dem Sarg, der achtlos auf der Erde liegt. Er zieht den Stahl gegen Bähr und rennt gegen ihn an, so dass dieser, will er nicht getroffen werden, vor dem unbekannten Ritter zurückweichen muss.

Der wehrlose Bähr ist in größter Gefahr, doch Knöffel springt in die Bresche und treibt mit gezogenem Degen mutig den Angreifer zurück, während dieser ihm mit hochrotem Kopf entgegenbrüllt: „Niemand hat das Recht, unser Erbbegräbnis zu zerstören. Niemand! Nicht Gott und nicht König!“

Auf dem Friedhof herrscht beängstigende Ruhe. Die Handlanger stehen schweigend neben den aufgebrochenen Gräbern. Plötzlich ertönt eine Trommel und auf der Friedhofsmauer erscheint der Tod. Er ist es, der auf die Trommel einschlägt.

Wieder attackiert der Reiter, treibt Knöffel vor sich her und schreit wie von Sinnen: „Die Toten werden sich rächen!" Die Trommel dröhnt, und der Reiter droht mit hasserfülltem Blick: „Eure Strafe kommt, verlasst euch drauf!"

Knöffels Arm erlahmt. Die Partie scheint für ihn und Bähr so gut wie verloren, wenn jetzt nicht mit donnernder Stimme Graf Wackerbarth Einhalt gebieten würde. „Im Namen des Königs!" Sein Auftritt verwirrt. Die blanken Waffen sinken.

„Aufhören!" verlangt Wackerbarth lautstark: „Sofort aufhören!"

Ratszimmermeister Bähr nutzt die Verblüffung des Angreifers, umklammert ihn blitzschnell mit starken Armen von hinten, während Knöffel ihm den Degen entwindet. Graf Wackerbarth tritt vor den hilflos gewordenen Reiter und zischt ihm zornig ins Gesicht: „Kein Mensch kann ein Werk zu Ehren Gottes und zum Wohle der Gemeinde verhindern!" Der Reiter sieht nach seinem Pferd, geht rückwärts vor dem ihn bedrängenden massigen Wackerbarth, schwingt sich behend in den Sattel, spuckt vor Bähr auf die zerwühlte Erde und reitet wortlos davon.

Der Ratszimmermeister verneigt sich, die rechte Hand auf sein Herz legend, vor Knöffel und Wackerbarth. Eine Geste, die ihm misslingt, aber von Wackerbarth übersehen wird. „Lass Er sich nicht beirren, Ratszimmermeister", ermuntert ihn Wackerbarth. „Dresden braucht eine neue Kirche. Der König steht dafür!"

Ermutigt von diesen Worten, dreht sich Bähr zu den noch immer stumm auf ihn blickenden Handlangern und ruft ihnen zu: „Ihr habt es alle gehört, Leute, weitermachen!"

Eine kräftige, von harter Arbeit gezeichnete Hand zieht ein schwarzes Tuch von einem weißen Holzmodell, das die Frauenkirche darstellt. Die Hände von Ratszimmermeister Bähr umfassen jetzt zärtlich ihre Kuppel, während er bittend zu dem vor ihm stehenden Ratsmaurermeister Fehre sagt: „Allein schaff ich das nicht, Gottfried – da brauch ich deinen Rat und deine Tat. Du bist der beste Maurermeister von Sachsen, kennst die geschicktesten Maurer – die Elbe rauf, die Elbe runter."

Fehre betrachtet das Modell und sagt nachdenklich: „Für die Kuppel brauchen wir Edelholz aus Italien und gutes Kupfer für ein allzeit dichtes Dach." Bähr freut sich wie ein kleiner Junge über seine Zustimmung. Er setzt sich an seine Hausorgel und beginnt übermütig zu spielen. Dabei singt er zu einer von ihm spontan erfundenen Melodie: „Einen monumentalen Baukörper sehe ich. Steiles, gegliedertes Mauerwerk, mit Schwung und Gegenschwung. Über alles Kleine und Alltägliche jubelnd!" Abrupt hört er auf zu spielen, geht zu Fehre, fasst seinen Freund am Arm und zieht ihn zu dem großen eichenen Holztisch, der die Mitte des Raumes einnimmt. Bähr holt den Riss mit der Frauenkirche hervor, klopft energisch auf die Kuppel und erklärt: „Wir brauchen kein Holz und kein Kupfer, Gottfried." Dieser sieht ihn fragend an. Bährs graugrüne Augen funkeln triumphierend: „Wir bauen eine steinerne Glocke, eine Kuppel, die sich vor St. Peter in Rom nicht zu verstecken braucht!"

Fehre findet auf diese Eröffnung hin keine Worte. Er zieht sich einen Stuhl heran, setzt sich und vergräbt den Kopf in seine großen, rissigen Maurerhände.

Bähr nutzt seine Sprachlosigkeit und geht in die Offensive: „Du brauchst mir nicht zu antworten, Gottfried. Ich weiß, was du mir sagen willst: Dass ich Bähr heiße und nicht Michelangelo, dass noch nie einer protestantischen Kirche eine Kuppel aus Stein aufgesetzt wurde, dass ich Zimmermann bin und mehr von Holz als von Steinen verstehe – stimmt doch, das alles willst du mir bestimmt vorhalten?!"

Fehre nimmt die Hände vom seinem Gesicht, sieht Bähr zweifelnd an und fragt ihn im leisen ruhigen Ton, wie es seine Art ist: „Und du bist dir sicher, dass die Last der steinernen Kuppel nicht die Mauern zerdrückt?"

Bähr umarmt ihn: „Gottfried – mach dir keine Sorgen." Er breitet die Risse vor ihm aus: „Hier – die vier Treppentürme. Sie bilden Widerlager von genügender Stärke. Entscheidend ist: Die obere Hauptkuppel wird nur scheinbar von den acht Kuppelpfeilern getragen. In Wirklichkeit ruht die Hauptkuppel auf den Verbindungsmauern, die von jedem Pfeiler aus nach den Treppenhäusern und den Hauptmauern hinführen. Das heißt, die Kuppel wird nicht von acht Pfeilern, sondern durch eine Kraft von mehr als vierundzwanzig Pfeilern getragen!" Fehre sieht Bähr bewundernd an: „Wo du Recht hast, hast du Recht!"

Bähr holt aus seinem Schreibsekretär andere Papiere: „Hier, schau – der Kostenanschlag: 103.000 Taler, samt Rissen. Der König hat eine Kommission zur Errichtung der Frauenkirche ernannt. Die wird befinden – auch über meinen Anschlag der Kosten.“ Fehre studiert die Zahlen und fragt ihn: „Hast du dich verkalkuliert, George?“ Bähr reagiert irritiert: „Wie meinst du das? Ist dir die Summe zu hoch?“ Fehre schüttelt den Kopf: „Zu niedrig. Für dieses Geld kannst du die Kirche nie bauen!“ Bähr senkt den Kopf, holt sich ebenfalls einen Stuhl, setzt sich Fehre gegenüber und fasst nach seinen Händen.

Fast leise, aber in großer Spannung öffnet er sich seinem Freund: „Natürlich ist es zu wenig. Aber wenn ich mehr kalkuliere, setze ich den Auftrag des Rates der Stadt für den Bau der Frauenkirche aufs Spiel. Die Summe, wie sie dem Rat jetzt auf dem Tisch liegt, ist dem Herrn Bürgermeister schon viel zu hoch.“ Fehre entzieht ihm seine Hände. „Wenn du so denkst, George, wird der Bau zum Risiko.“ Bähr steht auf, sagt kalt: „Ohne Risiko kein Erfolg.“ Fehre schweigt, ändert das Thema. „Warum willst du unbedingt eine steinerne Kuppel bauen?“

Bähr geht zur Orgel, lässt sie aufbrausen. „Akustik! Verstehst du? Die Orgel braucht eine Kuppel aus Stein. Die Gemeinde muss fühlen, dass die Musik vom Himmel kommt. Sie muss überwältigt werden von der Dreieinigkeit Gebet, Raum und Ton.“ Fehre sieht wieder den fanatischen Glanz in den Augen von George Bähr aufsteigen, der jetzt auf ihn zugeht, ihn um die Schultern fasst und fragt: „Findest du nicht auch Gottfried, dass sich in der Musik alle Harmonie ausdrückt? Ist sie nicht die einzige Sprache, in der wir Gott erreichen? Braucht sie für ihren Klang nicht den rechten Raum?“ Fehre kann sich Bährs Gefühlsausbruch schlecht entziehen. In diesem Moment will er es auch gar nicht, fragt nur leise: „Und wer soll die Orgel bauen?“ Bähr antwortet ihm im Brustton tiefster Überzeugung: „Es gibt nur einen, der die Orgel für meine Frauenkirche bauen kann: Silbermann!“

1724

Der Zimmermann Gottes

Aus dem Schlafzimmer erreicht Bähr das Keuchen seiner nach Luft ringenden Frau Maria. Bähr geht vor dem Kreuz an der Wand auf die Knie, faltet die Hände und fleht: „Ich bitte dich, Herr Jesus Christus, lass sie mich nicht genauso verlieren, wie meine erste Frau, Anna Sabine. Ich bin jetzt 58 Jahre alt, Herr, und was halte ich in den Händen? Nichts. Meine Tochter Johanna Maria haben wir mit vier Jahren begraben. Das hat meine Anna nicht überwunden. Dabei hatte alles wie im Märchen begonnen.

Unsere Hochzeitsnacht verbrachten wir auf einem Schiff an der Elbe. Die Gäste feierten, doch wir schlichen uns davon, zum Wasser. Es hatte die blauschwarze Farbe der Haare meiner Anna Sabine. Ich war 23 Jahre jung. Die Welt gehörte uns und unseren Träumen. Es dauerte nur zehn Jahre, da machte mich Anna Sabine zum Witwer. Warum, Jesus, warum?“

Bähr schaut zum Schlafzimmer, aus dem das Husten seiner Frau röchelt, dann wendet er sich wieder dem Kreuz zu. „Und mit Maria hast du mir auch keinen Erben vergönnt. Unser Christian Adolf wurde nur ein Jahr alt. Warum klopft der Tod schon wieder an meine Tür?“

Seine Frau Maria ruft nach ihm. Bähr geht zu ihr ins Schlafzimmer. Sie streckt die Hände nach ihm aus. „George, geht es mit mir zu Ende?“

Doch Bähr reagiert nicht auf die Kassandrarufe seiner Frau, sondern setzt sich zu ihr ans Bett und fragt sie: „Habe ich dir eigentlich schon mal von meiner Patentante erzählt?“

Maria schüttelt den Kopf.

„Also, meine Mutter“, fährt Bähr fort, „war ja so wie du auch oft krank. Das hat sie aber nicht für sich behalten, sondern jedem, der es wissen wollte oder auch nicht, lang und breit erklärt. Andererseits besaß sie viel Poesie. Es war ihr ausdrücklicher Wunsch, dass ihre Freundin, eine Gärtnersfrau, meine Patentante wurde.“

Bähr lächelt entrückt. „Meine Patentante hat das Taufbecken in eine Blumenschale verwandelt. Meine Mutter war so aufgeregt, dass sie meinen Vater durcheinander brachte, und als der Pfarrer beide fragte, wie ich heißen soll, hatten sie ganz vergessen, dass sie mich auf den Namen Gottlob taufen lassen wollten. In ihrer Not griff meine Mutter nach George.“

„So geht's in der Welt“, ruft Maria.

Bähr nickt. „Also, Mutter erklärte meiner Patentante, so wie du mir jetzt, dass sie wohl bald sterben müsse. Das hat sich meine Patentante ein paar Jahre angehört, doch eines Tages wurde sie laut und energisch.

‚Hör auf, mit deinen Todesanzeigen‘, meinte sie zu meiner Mutter. ‚Merk dir eins, der Mensch stirbt nicht an seinen Krankheiten. Er stirbt, wenn seine Zeit vorbei ist!‘“

Maria schaut ihren Mann nachdenklich an. Plötzlich kann sie frei atmen. „Deine Patentante war eine weise Frau, George. Sie hatte ja so Recht. Nicht wir sind es, die die Uhr des Lebens aufziehen oder abstellen. Und wie lange sie schlagen soll, liegt nicht bei uns.“ Marie schaut ihren Mann liebevoll an und fragt: „Wie lange bist du mit mir schon zusammen?“

Bähr überlegt, antwortet dann: „Fast 25 Jahre!“

Maria: „Oh, da können wir bald Fehre zur Silbernen Hochzeit einladen. Du weißt, George, die Silberne vereint die Verwandten und Freunde!“

Bevor er antworten kann, erschüttert ein neuer Hustenanfall ihren Körper. Sie fasst nach seiner Hand, hält sie fest.

„Wirst du Silbermann gewinnen können für deine Frauenkirche?“

Bähr nickt: „Seit dem Bau der Kirche zu Forchheim wissen wir, was wir aneinander haben.“

Sie versucht ein Lächeln, aber dadurch wird ihr Gesicht noch verzerrter, als es schon ist.

Bähr eilt in die Küche. Er nimmt ein Tuch, taucht es in das kalte Wasser eines Holzbottichs, wringt es aus und geht wieder zu seiner Frau. Sanft legt er ihr das nasse Tuch auf die Stirn. Maria wird augenblicklich ruhiger.

Bähr setzt sich wieder zu ihr auf das Bett.

„Es wird immer schlimmer, George“, flüstert sie.

Bähr streicht ihr zärtlich über die eingefallenen Wangen. „Alles wird gut!“

Maria schüttelt den Kopf und sagt leise: „Wenn ich sterbe, George, warte nicht. Nimm dir eine Frau, eine junge, die dir Kraft gibt für den Berg, den du besteigen willst.“

Bähr reagiert unwillig: „Red kein dummes Zeug, Maria.“

Er nimmt das heiß gewordene Tuch von ihrer Stirn und versucht ein Lächeln. „Besser?“

Maria sieht ihren Mann dankbar an. „Ich red kein dummes Zeug, George. Ich will, dass du mir versprichst, nicht allein zu bleiben. Die Einsamkeit ist ein unersättliches Tier. Es frisst jeden Menschen auf, der es ins Haus lässt."

Bähr steckt ihr eine graue Haarsträhne zurück unter die weiße Spitzenhaube und erklärt kategorisch: „Wir sind ein Vierteljahrhundert zusammen, Maria. Eine andere Frau? Niemals!"

Maria Bähr droht ihm mit dem Finger.

„Hör auf dein Weib! Weißt du, worin der Spaß des Lebens liegt? Sei lustig! Geht es nicht, so sei vergnügt!"

Bähr lächelt. „Na gut, ich hol uns Wein."

Er geht und kommt mit zwei großen Gläsern zurück, in denen roter Rebensaft funkelt. Bähr stellt die Gläser neben das Bett, schüttelt seiner Frau die Kissen auf und schiebt sie ihr in den Rücken, so dass sie sich bequem aufrichten kann.

Dann reicht er ihr das Glas und prostet ihr zu. Maria trinkt vorsichtig, behält das Glas in ihren Händen und fragt, von seiner Gegenwart gekräftigt und ermuntert: „Was ich dich schon immer mal fragen wollte, George – warum bist du eigentlich Zimmermann geworden? Dein Vater war doch Leinenweber..."

Bähr trinkt Wein und antwortet: „Daran ist unser Pfarrer schuld. ‚Geht zu Joseph! Rückt ihn in die Mitte! Lasst nicht zu, dass Jesus' Vater am Rande bleibt!' So hat er immer von der Kanzel geschimpft, wenn ich beim Gottesdienst zwischen Vater und Mutter saß."

Maria schaut ihren Mann staunend an.

„Kein Heiliger hat mehr für die Wohlfahrt Jesu getan als Joseph!"

Maria fehlen die Worte. So etwas hat sie noch nie gehört.

„Als Joseph erfuhr, dass seine Frau schwanger wurde, jedoch nicht von ihm, gedachte er, sie zu verlassen", ereifert sich Bähr. „Aber ein Engel erschien ihm des Nachts und befahl ihm, bei Maria zu bleiben, weil es der Heilige Geist sei, der in Maria gefahren wäre, und das Kind, das sie bekomme, mache ihn, Joseph, zum Oberhaupt der Heiligen Familie."

Bähr steht vom Bett auf.

„‚Lassen wir Joseph Vater sein!', rief der Pfarrer uns zu. ‚Ja, er war ein einfacher Zimmermann. Aber durch seine beherzte Flucht nach Ägypten hat er Jesus gerettet. Und er hat sich um ihn gekümmert, wie um seinen eigenen Sohn. Er hat ihn und

Maria wieder zurückgebracht in das Land Davids. Joseph hat Jesus das Zimmerhandwerk gelehrt. Warum verehrt ihn nicht die Welt, wie es ihm gebührt? Joseph ist glorreich, ist heilig, weil er Gnade vor Gott erlangt hat.'"

Bähr sieht die ungläubigen Augen seiner Frau, hebt beschwörend die Hand. „Und vergiss nicht, Maria! Joseph gibt Jesus Zeit, seinen Geist zu entwickeln. Er hat ihn nicht gezwungen, das Handwerk des Zimmermanns auszuüben, aber er hat Jesus gelehrt, ein Loch in einen Balken zu bohren, so wie Gottes Geist sich in das Herz eines Ungläubigen bohrt. Tagelang hat Joseph seinen Sohn Jesus gesucht, bis er ihn endlich im Tempel fand, wo er ihm zuhörte und begriff: Jesus hat eine andere Mission. Er hat zwar das Zimmerhandwerk gelernt, aber sein göttlicher Auftrag ist ein anderer: Er ist in die Welt gekommen, um den Glauben an Gott zu lehren!"

Maria, beeindruckt von seiner Rede: „Und das steht alles in der Bibel, George?"

Bähr bleibt ihr die Antwort schuldig, sagt stattdessen: „Unser Pfarrer ist schuld, dass ich Zimmermann geworden bin. Aber dafür kann ich ihm gar nicht genug Dank sagen. Der Zimmermann Bähr baut für den Glauben an Jesus Christus die Kirche Unserer lieben Frau. Gott ist mit uns, Maria. Ich führe nur aus, wozu er mich bestimmt hat!"

In Bährs Atelier herrscht dicke Luft. Ratsmaurermeister Fehre zündet sich eine Pfeife nach der anderen an, so erregt ihn die Diskussion mit Bähr über das weitere Baugeschehen. Fehre hat Sorge, dass das Projekt Bähr über den Kopf wachse, deshalb fragt er ihn: „Und wie willst du es mit den Rissen machen, George? Du weißt, Knöffel schaut sich jeden Strich zweimal an."

Bähr nickt zustimmend: „Mein Vetter Schmidt – er ist nicht nur ein guter Baumeister, so wie du, Gottfried – er beherrscht auch die Architektur-Zeichnung. Ich richte ihm ein Atelier ein. Mein Haus ist groß genug. Das müsste passen."

Fehre beugt sich wieder über die Zeichnungen, betrachtet den Riss zur Kuppel.

Bähr fühlt, was Fehre beschäftigt, und er erklärt: „In der römischen Kirche wird vornehmlich darauf gesehen, dass viele Kapellen mit kleinen Altären gemacht werden, für viele Prediger, damit viel Volk im Schiff Platz findet."

Fehre schaut ihn nachdenklich an und ergänzt in seiner ruhigen Art: „Hingegen in der protestantischen Kirche sieht man darauf, dass eine große Menge einen Prediger – darauf kommt es an, George – einen Prediger hören und sehen kann."

Bähr lacht seinen Freund an. Er weiß sich von ihm verstanden, nimmt einen Zirkel, den er auf das Pergament setzt.

„Schau her, Gottfried – unser Kirchenschiff bauen wir wie ein römisches Theaterforum. Davor stellen wir die Kanzel und darüber spielt die Orgel. Und alles zusammen: Gebet, Gesang und Orgelmusik steigt nach oben in die große Kuppel. Und jeder Gläubige, egal auf welcher Empore er sitzt, versteht jedes Wort, als stünde er vor den Lippen Gottes."

Fehre ist ergriffen von Bährs Vision.

„Da brauchen wir viel Holz für die Kuppel, George, denn die wird mächtig."

Bähr weicht aus: „Vor allem brauchen wir Holz für die Emporen und Betstühle. Was meinst du, packen wir es an? Es gilt Ehre und manchen Taler zu verdienen."

Fehre denkt praktisch: „Wie viele Maurer und Handlanger soll ich einstellen?"

Bähr überlegt kurz: „Fürs erste reichen 30 Handlanger und 16 Maurer."

Fehre will auch die Kalkulation wissen: „Und was sollen sie kosten?"

Bähr hat alle Zahlen im Kopf: „Pro Handlanger 18 Groschen die Woche. Den Preis für die Maurer machst du mit meinem Vetter, Polier Schubarth, aus."

Maria kommt in das Atelier, das eher einer Räucherkammer gleicht. Resolut öffnet sie die Fenster. „Macht mal Pause", fordert sie die beiden Männer auf, „in der Küche warten Fisch und Wein auf euch."

Eine Einladung, die sich Bähr und Fehre nicht zweimal sagen lassen.

Die Fenster im Amtszimmer von Superintendent Valentin Löscher sind an diesem heißen 26. August des Jahres 1724 weit geöffnet. Es geht mal wieder um das nicht vorhandene Geld.

Hinter Löscher und dem Kirchenrat liegt eine Besichtigung der Baustelle der neuen Frauenkirche, in Anwesenheit des Präsidenten von Leipziger, des Bürgermeisters Stöfichen und des

Syndicus Behrisch als Ratsdeputierten. Auch Bähr und Ratsmauerermeister Fehre wurden hinzugezogen. Bährs Entwurf für den Innenraum der Kirche ist in die Kritik geraten. Die vom Oberkirchenrat eingesetzte Kommission schlägt Alarm: Die Kosten für den Bau seien viel zu hoch!

Ratszimmermeister Bähr kommt sich vor wie ein Fischer, der zwar dabei ist, das Netz mit den Fischen einzuziehen, aber darüber nicht vergisst, wie dünn das Seil ist, an dem er zieht.

Deshalb ist er beim kleinsten Druck bereit, den Forderungen der Kommissionen, welche auch immer es sei, nachzugeben, um ja nicht das Bauprojekt zu gefährden.

„Wir geben das Gruftgewölbe auf. Das spart Kosten!" verspricht Bähr den Kontrolleuren. „Mindestens 2000 Taler", bestätigt Fehre.

„Ich kann auch einen kleineren Plan entwerfen für den Innenraum der neuen Frauenkirche", empfiehlt sich Bähr. „Allerdings findet dann eine kleinere Anzahl von Personen Platz als bisher vorgesehen."

Eine solche Haltung bringt Superintendent Löscher in Rage. Vor dem Kirchenrat mokiert er sich über Bährs Zurückweichen.

„Diese kleinkarierten Pläne", poltert Löscher „sind mir zuwider."

Die Mitglieder des Kirchenrates wischen sich vor Aufregung den Schweiß von der Stirn, weil sie protestieren müssen.

„Groß oder klein", säuselt der Mutigste von ihnen immerhin so laut, dass es an Löschers Ohren dringt. „Unsere Besorgnis ist berechtigt, dass die Kosten zur Ausführung des Baues nicht beschafft werden können, Herr Superintendent."

Doch Löscher lässt das Argument nicht gelten.

„Warum lassen wir die alte Frauenkirche abreißen?" fragt er in die Runde, „wenn die neue Kirche kleiner wird als die alte?" Die Antwort ist Schweigen. „Dann kann doch gleich die alte stehen bleiben, in der wir warten auf den St. Nimmerleinstag, bis die neue fertig wird!" Die Köpfe des Kirchenrates sind geduckt. Löscher holt sein letztes Argument aus der Tasche. Er hält dem Gremium einen Brief vor die Augen.

„Meine Herrn vom Kirchenrat", dröhnt Löscher, „die Besichtigung und Kontrolle der Baustelle ist die eine Sache, die andere ist doch, was der Rat will. Und er will", Löscher öffnet den Brief, „wie er mir schreibt, eine ansprechende Monumentalität des

Gebäudes, da Ihro Majestät an prächtigen Gebäuden eine große Lust bezeuget. Deshalb wolle man derselben einen convenablen Riss vorlegen!“

Ein älteres Mitglied des Kirchenrates seufzt auf: „Was wir nicht haben, müssen wir dann eben borgen.“

„Genau“, dankt Löscher in seinem breiten sächsischen Dialekt. „Es werden sich schon Mittel finden.“

Einer hebt die Hand zu der Frage: „Wie soll denn das Dach der Kuppel bedeckt werden?“

„Eine Ziegelbedeckung kommt nicht in Frage“, erwidert Löscher selbstsicher.

„Ein Sturm, und wir stehen bei der Predigt im Regen. Die Kirche muss mit Blei und Kupfer bedeckt werden!“

Ein Argument, das allseits zustimmendes Kopfnicken auslöst.

„Bähr soll von seinem Projekt ein Modell machen“, verlangt das jüngste Kirchenratsmitglied.

„Dann sehen wir weiter.“

1725

Graf Wackerbarth empfängt George Bähr

Schwer atmend vom raschen Laufen, kommt Ratszimmermeister Bähr vor der Wache des Palais von Graf Wackerbarth an. Er nimmt seinen Hut ab und wischt sich den Schweiß mit einem bunten Tuch vom Kopf. Dann verlangt er Eintritt, den ihm die Wache verweigert. Bähr ist jedoch fest entschlossen, sich Eintritt zu verschaffen. Mit den Worten „Es mag des Raths Baumeister dem königlichen Bauamt verhasst sein!" schiebt er die Wache beiseite. Wackerbarth, von dem Lärm ans Fenster gelockt, sieht, wie die Wache versucht, Bährs Vordringen zu vereiteln. Da befiehlt Wackerbarth: „Lasst ihn passieren!"

Die Wache geht beiseite und Bähr schreitet die Treppe hinauf, wo Wackerbarth ihn schon erwartet, abwehrend die Hände hebt und klagt: „Ich weiß, was Ihn hertreibt. Aber ich bin unschuldig. An mir liegt es nicht, dass es mit der Frauenkirche nicht voran geht."

Jetzt hat Bähr den Treppenabsatz vor Wackerbarth erreicht, bleibt aber standesgemäß zwei Treppen vor ihm stehen, so dass Wackerbarth auf ihn herunter schauen kann, wenn er erklärt: „Die Absteckung des Baues entspricht nicht dem genehmigten Lageplan. Das hat mir Knöffel berichtet."

Der Name treibt Bähr nun doch nach oben. Er deutet eine begrüßende Verbeugung an, kann aber seine Erregung kaum zügeln. „Der Herr Landesbaumeister denkt sich jeden Tag eine neue Finte aus. Mir scheint, Er braucht Zeit, um seinen Gegenentwurf für die Frauenkirche vorzulegen. Aber das lass ich mir nicht gefallen."

Wackerbarth ist nicht ohne Sympathien für Bähr, sucht seine Solidarität. „Beschwer Er sich bei Knöffel, nicht bei mir."

Aber Bähr lässt nicht locker, denn er weiß, Knöffels Vorgesetzter heißt Wackerbarth: „Knöffels Projekt verursacht mit Sicherheit höhere Kosten als mein Entwurf. Die Entscheidung, welches Projekt den Vorzug erhält, liegt bei Ihnen, Exzellenz. Ich kann aber nicht warten bis zum Sankt Nimmerleinstag!"

Wie Bähr auftritt, ist starker Tabak, denkt Wackerbarth. Deshalb ändert er seinen Ton und poltert los: „Verdreh Er nicht die Tatsachen, Bähr. Sein Modell hat keineswegs den eingereichten Bauplänen entsprochen. Seit meiner ersten Anregung für die Kirche sind 19 Monate verstrichen, ehe Er mir die ersten Entwürfe und Kostenanschläge eingereicht hat."

Bähr schweigt, weil er weiß, dass Wackerbarth im Recht ist. Dieser lässt jetzt alles angedeutete Verstehen für Bähr fallen und wird wieder autoritär. „Es kann ja sein, dass einer dem anderen die Schuld für die Bauverzögerung in die Schnallenschuhe schiebt. Aber damit ist jetzt Schluss. Weder Er noch jemand anders soll auf den Gedanken kommen, dass ich in der Sache des Kirchenbaus mehr tun will, als es meine Pflicht erfordert. Wenn Er seine neuen Baurisse dem Rat vorgelegt hat, und wenn dieser damit im Consens ist, werde ich sie ungesäumt bestätigen."

Bährs Augen leuchten dankbar auf, aber nur kurz, denn Wackerbarth macht deutlich: „ Aber ich werde mich weder um die Kosten des Baues kümmern, noch um die zur Ausführung nötigen Vergünstigungen. Ich werde mich damit begnügen, mein lieber Ratszimmermeister, Seinen Bau dahingehend zu unterstützen, dass er zu jedermanns Beifall und Vergnügen ausgeführt wird.

Und ich werde dafür sorgen, dass er weder seinen Endzweck verfehlt, noch bei In- und Ausländern einer verächtlichen Kritik ausgesetzt wird. Zufrieden?"

Bähr, der bei Wackerbarths Ausführungen immer ruhiger geworden ist, antwortet, wie es ihm ums Herz ist. „Wenn der Herr Gouverneur von Anfang an Seinen Standpunkt in diesen Grenzen Seiner Machtbefugnisse gestellt hätte, so würde die Angelegenheit des Kirchenbaus sicherlich weniger Verzögerung erfahren haben – und dem Rate wie auch mir, wäre manche unnötige Sorge erspart geblieben."

Wackerbarth nickt ihm zu: „Die Welt ist wie sie ist, Bähr. Die Kunst heißt, dass wir sie uns commod machen. An meiner Wertschätzung für Seine Person muss Er nicht zweifeln!"

1726

Der Grundstein für die neue Frauenkirche

Das Fieber kennt kein Erbarmen. Seine rötlichen Flecken breiten sich auf der Haut von Syndicus Hieronymus Gottfried Behrisch wie ein Flächenbrand aus. Der Doktor schließt seinen abgewetzten Arztkoffer und sagt in die fragenden Augen des Syndicus einen Satz, in dem alles enthalten ist, was er als medizinischer Seelsorger nicht sagen kann. „Nutzen Sie ihre Zeit!"

Gottfried Behrisch ist ein kluger Mann. Sein Wissen wird hochgeschätzt im Rat von Dresden. Wenn dieser nörgelt, weil Bähr mal wieder seine Kostenrechungen zu spät einreicht, steht Behrisch immer vor seinem Ratszimmermeister. Doch nicht ohne Sorgen. Denn Bährs Voranschläge und seine Ausführungsabsichten gehen immer häufiger auseinander – wie in dem Schreiben vom 10. Mai 1726, in dem es heißt: „Das Dach zu bedecken soll nur der obere Teil und der Turm mit Kupfer bedeckt werden, der untere Teil dieses Daches, und was große Flächen sein, können mit besonderen Dachsteinen bedeckt werden, welches auch beständig und mit viel weniger Kosten kann gemacht werden."

Behrisch kennt seinen Bähr. Er liest aus dem Text deutlich den Willen des Ratszimmermeisters heraus, eher eine Kuppel aus Stein zu bauen als eine aus Holz.

Es ist, sinniert Behrisch, ein Brei aus der Küche, der nicht besser wird, auch wenn der Gouverneur Wackerbarth und sein Landesbaumeister dem Rat mit silbernen Löffeln davon zu kosten geben.

Das Hin und Her zwischen Bähr, Wackerbarth und dem Rat kostet Zeit.

Immer neue Pläne kommen auf dem Tisch. Behrisch weiß: Seine Lebensuhr läuft ab.

Deshalb entschließt er sich am 1. April 1726 zu einem Schreiben an Gouverneur Wackerbarth, indem er in rücksichtloser Offenheit mitteilt, dass der Bau der Frauenkirche Gefahr läuft, für Dresdens Protestanten ein Traum zu bleiben.

Die Nöte ihres Verfassers Behrisch kratzt die Feder mit schwarzer Tinte auf das blasse Pergament: *„... wie leider öffentlich gesaget werde, dass aus allem deme, was bishero passieret, gnugsam zu versphüren sey, dass aus dem Bau sobald nichts werden sollte. Die Sache ist wichtig, stehet in aller Leuthe Augen, es seynd schon fast 8 Jahre darüber verlauffen; was im Na-*

men Ihro Königl. M. anbefohlen, deme ist gehorsamst nachgelebet und darüber schon ein capital angegriffen worden, es betrifft dieselbe Gottes Ehre, welche Ew. Excell. doch sonst zu befördern niemahln unterlassen haben. Von mir als einem auf der Schwelle der Ewigkeit stehenden alten officiant bey der Stadt werden Ew. Excell. diese gegen Sie tragende Devotion hoffentlich gnädig aufnehmen und darüber nach dero hohen Verstande bestens zu urtheilen wissen."

Behrisch überlegt, ob er seinen Protest ausweiten soll, denn er weiß, dass Wackerbarth von seinem Landesbaumeister Knöffel einen Plan und ein Modell hat entwerfen lassen, weil er mit der Enge der Treppen in Bährs Entwurf nicht einverstanden war. Aber Knöffel konnte es auch nicht besser. Kein Ergebnis, aber dafür weitere Behinderung für die Aushebung der Baugrube, resümiert Behrisch bitter. Und deshalb schreibt er die Forderung an den Gouverneur, endlich Bährs Riss zu unterzeichnen, damit ein Anfang gemacht werden kann.

Der Entwurf des Briefes erregt das Gemüt von Behrisch so sehr, dass er nur mit zitternder Hand unterschreiben kann. Er legt die Feder auf das Katheder und beginnt den Brief zu falten. Der Tod, der schon die ganze Zeit im Zimmer steht und geduldig wartet, bis Behrisch mit seinem Brief zu Ende gekommen ist, hilft ihm jetzt dabei. Er nimmt ihm das Papier ab und lässt es zu Boden flattern.

Dann wirft er Behrisch so heftig vom Sessel, dass der Aufschlag bis in die Küche zu hören ist. Behrischs Frau stürzt in das Schreibzimmer ihres Mannes, der neben seinem letzten Brief an den Gouverneur Wackerbarth liegt.

Frau Behrisch ist eine resolute Frau. Sie rechnete jede Stunde mit dem Ableben ihres Mannes. Als bekennende Protestantin hat sie ihn all die Jahre in seinem Kampf um den Bau der Frauenkirche unterstützt. Sie weiß, was sie zu tun hat, nachdem sie den Brief ihres Mannes an Wackerbarth gelesen hat. Noch in der Nacht, im Beisein des toten Syndikus, fertigt sie Abschriften, die sie an andere hohe Behörden der Stadt verschickt. Alle sollen wissen, dass es Gouverneur Wackerbarth ist, der die Baugenehmigung verzögert. Ein Vorwurf, der die öffentliche Meinung in der Residenzstadt beschäftigt und Gouverneur Wackerbarth zwingt, seinen Kampf gegen den Rat und den Ratszimmermeister aufzugeben. Auch, weil er weiß, dass der König den Bau der Frauenkirche favorisiert.

Jetzt ist es an Wackerbarth, einen offenen Appell an den Rat und an die Bürger der Stadt Dresden zu schreiben. *„Damit Niemand mehr auf den Gedanken komme, er wolle in der Sache des Kirchenbaues mehr thun, als seine Pflicht erfordere, so sei er zur Hebung dieser von ihm keineswegs verursachten Besorgniss erbötig, diejenigen neuen Baurisse, die dem Vernehmen nach der Rath ihm einreichen wolle, wofern sie nicht den gebotenen Platz überschritten, ungesäumt zu bestätigen. Er wolle sich auch weder um die Kosten des Baues, noch um die zur Ausführung beitragenden Vergünstigungen bekümmern, noch auch werde ihm weiterhin die zweckentsprechende Anlage des Werkes am Herzen liegen. Vielmehr werde er sich mit dem aufrichtigen Wunsche begnügen, dass der Bau zu jedermanns Beifall und Vergnügen ausgeführt werden möge, und weder seinen Endzweck verfehle, noch auch bei In- oder Ausländern einer verächtlichen Kritik ausgesetzt sei."*

Mächtig schlagen die bronzenen Klöppel der Kreuzkirche zu Dresden gegen die schwingenden Glocken und verkünden der Stadt, dass ihr ein besonderes Ereignis bevorsteht.

Vom Rathaus kommend, bewegt sich ein Festzug mit wirbelnden Pauken und hellen Posaunen Richtung Frauenkirchhof. Allen voran gehen die Ratsherren mit dem Bürgermeister, sowie Konsistorialpräsident Hieronymus mit dem Präsidenten von Leipziger. Ihn hatte der König, der an diesem 26. August 1726 in Polen weilte, zu seinem Stellvertreter ernannt. Danach folgen Superintendent Löscher und seine geistlichen Brüder, dreißig an der Zahl, gefolgt von Ratszimmermeister George Bähr, Ratsmaurermeister Gottfried Fehre und 138 Ältesten aller Innungen, von jeder Innung zwei Älteste.

Während hundert Mann von der Bürgergarde den ausgegrabenen Platz der Baugrube schon seit früh 6 Uhr bewachen, winkt zwei Stunden später im Festzug Gouverneur Graf Wackerbarth leutselig aus seiner Kutsche den Schaulustigen zu, die die Straße zur Rampischen Gasse säumen. Und auch Landesbaumeister Knöffel grüßt freundlich vom hohen Ross herunter auf Dresdens Protestanten und Katholiken. Erstere danken im Herzen ihrem Gott, dass endlich der Grundstein für die neue Frauenkirche gesetzt wird, so wie es ihnen in der Bibel Psalm 18, Vers 22, 23 verheißt: „Der Stein, den die Bauleute verworfen, ist zum Eckstein geworden. Das ist vom Herrn geschehen, und ist ein Wunder vor unsern Augen."

Anders die Dresdner Bürger, die im vorauseilenden Gehorsam ihrem König August II. brav folgend, in die katholische Konfession übergetreten sind. Sie verfolgen den Festzug mit gemischten Gefühlen und fragen sich heimlich: „Wo, Herr im Himmel, steht unser König? Auf protestantischer oder katholischer Seite?"

Aber diese Frage laut zu stellen, verbietet ihnen ihre Staatsräson, und so lassen sie sich gerne mittreiben vom Trommel der Pauken zwischen kräftigen Trompetenstößen und ordnen sich gerne unter zu Willen der Masse, die erwartungsfroh zur Baustelle der neuen Frauenkirche drängt.

Ratszimmermeister George Bähr bewegen andere Gedanken. Er fühlt, dass er mit seinen sechzig Jahren nicht mehr der Jüngste ist, und dass er sich auf ein Werk einlässt, von dem er nicht einmal weiß, ob sein Leben reicht, es zu erfüllen. Der Bau der Frauenkirche hat ein anderes Gewicht als das Mutjahr, das er nach seiner Gesellenzeit absolvieren musste, um seinen Eintritt in die Zunft der Zimmerleute zu erlangen. Den Text der Zunftordnung aus dem Jahre 1705 kennt er auswendig:

„Zum andern. Vom Meisterwerden und Meisterstücken. Welcher Zimmer-Geselle allhier Meister werden will, der soll das Handwerk zuvor bey einem redlichen Meister gelernet, und nachmals wan er seine Lehrzeit als zwey Jahre gewandert und gearbeitet, desgleichen von seinem Meister bey den er das Handwerck gelernet, eine Kundschafft dem Handwercke fürlegan. Und wan das geschehen, er auch sein Bürgerrecht Gewonnen, soll er darnach zum Meisterstück ezliche Gebäude abreissen und vor den Meistern jung und alt angeben, und darthun, auf das die Meister von Ihme mercken können, ob der die Stücke darüber befraget auch guten Bericht und Wissenschaft habe.

Wann nun ein ehrlicher Geselle das Meister Recht allhier gewinnen will, So soll derselbe Der Augspurgischen Confession zugethan seyn, anby seinen ehrlichen Geburths Brieff benebst einem tüchtigen Lehr Brieffe vorzulegen haben, und sich damit legitimieren, auch zugleich bescheinigen, dass Er zum wenigsten zwey Jahr auffn Handwercke verwandert. Desgleichen soll er allerdings Ein Jahr beym Handwerck und zu dessen löbl. Grabe-Gesellschaft eingekaufft seyn, und sodann bey einem Muth Meister, welcher einen wichtigen Bau zu führen hatt, Ein Muth Jahr verarbeiten; dieses Muth Jahr soll er am Quartal Reminiscere vor offener Lade, mit Nahmhafftmachung seines Muth Meisters, andeuten, auch den Muth-Groschen alle vier Quartale erlegen. Währender Muth Zeit auch in der Arbeit, wie solche ihm anvertraut wird, nichts verabsäumen. Da nun das gesetzte Muth Jahr vorbey, soll Er gleich nach Weynacht-Zeit vor allen Meistern sein Meisterstück anfangen und aneinander verfertigen.“

George Bähr hat im Laufe seines Lebens viele Meisterstücke verfertigt, aber sein größtes Meisterwerk, das ist seinem kraftvollen Geiste sehr wohl bewusst, liegt noch vor ihm. Dass ihn auf dem Weg dahin Neid und Eifersucht verfolgen würden, muss er in Kauf nehmen. Denn seine Idee von einer Kirche, die die schönsten Religionsbauten Österreichs und Italiens überflügeln soll, stößt schon bei den ersten Entwürfen auf Misstrauen und Unverständnis.

Aber er fühlt sich Manns genug, diese Angriffe abzuwehren.

Die Baugrube für die Frauenkirche gleicht einem Amphitheater. Rund um den Aushub sind Holztribünen errichtet. Als der Festzug mit den Ratsherren und Geistlichen den Bauplatz erreicht, werden sie von dröhnenden Pauken und Triumph blasenden Posaunen empfangen.

Auf den Rängen hat sich viel Volk versammelt, das neugierig die Hälse reckt, denn Superintendent Valentin Löscher, Mitglied der von König August II. eingesetzten Baukommission, schreitet nun eine wohlgezimmerte Treppe hinunter in die Grube, wo der Grundstein gesetzt werden soll. Er breitet die Arme aus. Es wird so still in der Runde, dass ein Amselchor das Jubilate übernimmt.

Valentin Löscher faltet die Hände zum Gebet: „Dem Herrn sei Dank! Der heißeste Wunsch der Dresdner Bürgerschaft geht nun in Erfüllung. Wir danken unserem König. Ohne seine Bewilligung, ohne seine allergnädigste Beihilfe wäre nichts angefangen worden. Wir sind in tröstlicher Hoffnung, dass wir auch ferner die mildreichste Beförderung dieses gottgefälligen Werkes erwarten können.“ Die Menge bricht in Beifallsstürme aus: „Hoch lebe unser König!“

Löscher hebt beschwichtigend die Hände: „Auch wollen wir nicht die Minister vergessen, die mit ihrer Macht hinter uns stehen, noch unseren hochweisen Rat. Deshalb bitten wir Dich, Gott im Himmel“, ruft Löscher und hebt die Hände der strahlenden Sommersonne entgegen, „segne alle, die diesen Tempel zu Deiner Ehre erbauen!“

„Amen!“ ertönt es wie aus einem Munde der Festgemeinde.

Nun tritt Oberkonsitorialrat und Stadtsyndikus Paul Schröter neben Löscher.

„Bürger von Dresden!“, ruft er in die Runde. „Lasst uns als Christen noch einmal unserem Monarchen danken. Er hat in hohen Gnaden Wort gehalten mit seinen allerteuersten Religionsversicherungen, dass unser fast zerfallenes Gotteshaus zur Lieben Frauen wieder aufgebaut wird. Auch deshalb sind wir voller Zuversicht, dass die zu erbauende Kirche vor aller äußeren Verletzung bewahrt wird. Wir alle erwarten, dass der Name Gottes in dem zur Vollkommenheit gebrachten Kirchengebäude nach unserem evangelischen Glaubensbekenntnis uns und unseren Nachkommen, ja der späten Nachwelt, gepredigt werden möge!“

George Bähr steht neben Gottfried Fehre, der ganz gebannt auf Löscher schaut, der sich langsam um sich selbst dreht und die Festgemeinde sich bekreuzigend segnet. Dazu wiederholt er mehrmals den Satz: „Siehe, ich lege in Zion einen Grundstein, einen bewährten Stein, einen köstlichen Eckstein, der wohl gegründet ist. Wer glaubt, der flieht nicht! Amen!“

Bähr wiederholt mit allen anderen im Rund die Segensformel. Unter den Klängen der Musik steigt Konsistorialpräsident Hieronymus, eine beeindruckende Erscheinung in mittleren Jahren, zu Löscher in die Grube hinab. Die Spannung wächst. Nicht nur die Augen von Bähr und Fehre, auch die vom Glockengießer Weinhold, Bildhauer Feige und Landesmeister Knöffel, schauen erwartungsvoll auf das Geschehen, denn zum Konsistorialpräsdidenten gesellt sich nun noch Präsident Leipziger, zusammen mit Steinmetzmeister Ebhardt und dem Maurer Melchior Kahl. Sie alle stehen um einen sauber behauenen Sandstein herum, auf dem ein Hammer und eine silberne Kette liegen. Diese legt Mauerer Kahl nun Hieronymus um die

Halskrause aus feiner Plauener Spitze und reicht ihm dazu den Hammer. Hieronymus seinerseits verneigt sich vor dem Grafen Wackerbarth, der in der ersten Reihe Platz genommen hat und leutselig winkt.

Hieronymus ist sichtlich erregt, als er erklärt: „Exzellenz, Hoher Rat – als Vorsitzender der Baukommission und als Vertreter des Königs, der in Polen weilt und gerne unter uns wäre, weihe ich heute, am 26. August anno 1726, den Grundstein für Dresdens neue Frauenkirche!“

In feierlicher Würde bekräftigt er seine Worte mit drei Hammerschlägen und bewirft die Flanke des Steins mit Mörtel. Steinmetzmeister Ebhardt schlägt symbolisch ein Loch in den Stein, groß genug für einen kupfernen Kasten, den Lehrbuben feierlich herantragen.

Im Kasten sind gängige Geldsorten, die lustig klimpern. Ein anderer Lehrbube trägt eine braune Urne aus Böttgersteinzeug, in der die Gründungsurkunden rascheln.

Präsident Hieronymus versenkt Kasten und Urne. Präsident Leipziger verschließt alles mit einem eisernen Spund. Dazu schmettern die Posaunen den Choral „Herr Gott, dich loben wir!“, während Hieronymus zusammen mit den anderen wieder nach oben steigt, vor Graf Wackerbarth sich verneigend und auch George Bähr manchen freundlichen Blick schenkend. Dieser legt seinen Arm um die Schulter seines Freundes Fehre, dem vor Rührung eine Träne die braun gebrannte Wange herunter rollt.

„Wollen wir es gemeinsam wagen, Gottfried?“ fragt Bähr leise. Der Ratsmaurermeister Fehre zieht sich ein buntes Tuch aus der Tasche, wischt sich die Tränen ab und sagt im Ton eines Schwures: „Mit dir immer, George, in guten wie in schlechten Tagen!“

Im großen Saal des Rathauses zu Dresden findet ein großes Bankett statt. Die Ratsherren und Superintendent Löscher haben alles eingeladen, was in der Stadt Rang und Namen hat.

Auch Gouverneur Graf Wackerbarth gibt dem Rat die Ehre seiner Anwesenheit. Mit einem silbernen Lorgnon klopft er an eine Kristallkaraffe mit Meißner Wein. Langsam tritt Ruhe ein.

Graf Wackerbarth erhebt seine mächtige Figur, schaut leutselig in die Runde und begrüßt jetzt: „Herr Bürgermeister, Hoher Rat, verehrter Herr Oberlandesbaumeister Pöppelmann, desgleichen Herr Landbaumeister Knöffel, werte Baukommission. Die gründlichen Vorarbeiten des mir unterstellten Bauamtes haben es ermöglicht, dass wir heute die Grundsteinlegung der Frauenkirche feiern können. Durch die Güte des Königs und seine uneigennützige Hilfe werden die Bürger Dresdens mit diesem Neubau reich beschenkt!"

Am unteren Ende der Festtafel sitzt George Bähr. Er flüstert dem neben ihm sitzenden Fehre etwas zu. Wackerbarth ist einen Moment irritiert, aber dann fährt er in seiner selbstgefälligen Rede fort. „Auch ich erblicke im Bau der Frauenkirche ein Symbol für Dresdens Glück. Darum habe ich mich entschlossen, für den weiteren Bau eintausend Taler zu spenden!"

Beifall braust auf. Wackerbarth hebt sein Weinglas. Alle tun es ihm nach. Die Gläser klingen, als wären die Gäste nicht im Ratssaal zu Dresden, sondern auf einer Petersburger Schlittenfahrt. Jetzt erhebt sich Stadtrat Behnisch. Es tritt wieder Ruhe ein.

Behnisch schaut selbstbewusst auf Wackerbarth, spricht ihn an: „Im Namen der Baukommission danken wir unserem König und Ihnen, Herr Gouverneur, für das in uns gesetzte Vertrauen. Wir versichern, dass der Bau zügig vorankommt!"

Er hebt sein Glas, schaut in Richtung von George Bähr und ruft ihm zu: „Wir legen Sachsens Steine in Eure Hände, Ratszimmermeister. Gott sei mit Euch!"

Es ist schon viel Wein geflossen. Die Gäste trommeln Zustimmung mit den Fäusten.

Um Bähr herum sitzen die Hoftrompeter und der Ratsschreiber, Polier Schubarth und Gerichtsangestellter Andreas Rothe, ihm gegenüber Steinmetzmeister Ebhardt und Glockengießer Weinhold, sowie Ratsmaurermeister Fehre. Dieser lächelt säuerlich bei Behnischs Worten, denn die Steine liegen in seiner Verantwortung. Bähr sieht es und handelt.

Energisch schlägt er mehrmals an sein Glas. Es wird still. Der große, starke Mann steht auf und er sagt bedächtig, jedes Wort abwägend: „Herr Gouverneur, Hoher Rat, Herr Bürgermeister, hochwürdige Baukommission. Dass wir hier unten an einer schlichteren Tafel sitzen, als Euer Ehren da oben, mag noch hingehen. Was aber nicht hingehen kann, sollen alle hören."

Bähr macht eine Pause, so dass nur noch das Summen der Fliegen im Saal zu hören ist.

„Der Rat hat es weder gewollt noch vermocht, trotz meiner dringlichen Zusprache, den zweihundert Erd- und Transportarbeitern, die in den letzten Wochen ihr Letztes gegeben haben, dies Fest durch eine besondere Zuwendung zu verschönen."

Unruhe kommt auf. Bährs Worte tropfen wie Galle in die Ohren der Festgäste.

Doch Bähr lässt sich davon nicht beeindrucken, sondern fährt fort. „Dafür, so wurde mir gesagt, seien keine Mittel vorgesehen. Aber wenn schon kein Geld für meine Leute da ist", fährt Bähr unbeirrt fort, „so wollen wir wenigstens auf ihre Gesundheit trinken!"

Die verdüsterten Mienen hellen sich auf. Alle erheben sich. Bähr prostet Wackerbarth zu, dann hebt er sein Glas Ratsmaurermeister Fehre entgegen und sagt sanft: „Auf ein langes Leben, Gottfried !"

1727

Des Königs Narr verlangt ein Pferd

Durch die bunten Fenster des Ratssaales scheint die Mi sonne, während Bürgermeister Schwarzbach erregt vor G Bähr hin und her geht und klagt: „Was soll ich denn noch machen, Ratszimmermeister? Ich habe mich namens des Rates ja bereits an den König gewandt!" Er nimmt ein Papier vom Tisch, hält es Bähr vor.

„Hier steht schwarz auf weiß, der König möge bitte zu diesem hiesiger Residenz zu besonderer Zierde gereichenden Kirchenbau das nötige Holz an Balken und Ziegelsparren in Gnade schenken und anordnen, dass dieses in den nächstgelegnen Wäldern gefällt werde." Bähr sieht den Bürgermeister fragend an, was diesen erregt reagieren lässt: „Die Antwort blieb natürlich aus. Angeblich standen dem Gesuch Bedenken gegenüber. Wer sie hat, diese Bedenken – der König, Wackerbarth, Knöffel – das können wir nur erraten. Aber wir haben es nicht dabei bewenden lassen, und am 5. Mai 1727 ein neues Gesuch geschrieben, dass, wenn kein Holz aus den Wäldern an die Stadt abgegeben werden könne, dafür einige hundert Kasten Kalk und 70.000 Mauerziegel geschenkt werden möchten. Auch möchte die Bezahlung der alten Kammerschulden angeordnet werden."

Bähr horcht auf: „Was sind das für Schulden?"

Bürgermeister Schwarzbach holt ein buntes Schnupftuch aus seinem schwarzen Amtsrock und wischt sich die tränenden Augen, denn in seinem Alter, er ist nahe siebzig, reagieren die Tränendrüsen auf jede innere Anspannung. Und nachdem er wieder klaren Blickes ist, erklärt er Bähr: „Die Stadt hat im Jahr 1679 der königlichen Rentkammer Gelder vorgeschossen. Die Summe ist inzwischen mit Zinsen auf 11.018 Taler und 18 Groschen angewachsen."

Bähr versteht und meint nachdenklich: „Verdrehte Welt. Der Rat bettelt um königliche Gnade, um einen Beitrag zu den Baukosten zu erlangen, aber der eigentliche Schuldner ist der König?"

Bürgermeister Schwarzbach nickt erbost und macht eine abfällige Handbewegung. „Das Geld kriegen wir nie und nimmer wieder. Wir müssen uns selbst helfen." Sein Blick hellt sich auf. „Was ist mit den Betstübchen, Ratszimmermeister, sollten wir dafür in der neuen Frauenkirche nicht die Preise anheben?"

Bähr überlegt. Ein verschmitztes Lächeln macht sich auf seinem Gesicht breit. Der Gedanke nimmt ihm die Ruhe. Er steht auf und entwickelt seinen Plan. „In der alten Kirche waren acht Betstübchen und zwei Emporkirchen eingebaut?"

Der Bürgermeister bestätigt es ihm durch Kopfnicken.

„In der neuen Kirche", fährt Bähr fort, „sollen in den drei Emporen im Ganzen 36 Betstübchen von acht Ellen in der Front zu je 24 Sitzen gebaut werden?"

Der Bürgermeister hängt gespannt an Bährs Lippen.

„Diese Betstübchen könnte ich aber auch in kleinere zu drei, vier oder fünf Sitzen einteilen und mit Öfen versehen", überlegt Bähr. „Die Zahl der Vordersitze beträgt 864..."

Der Bürgermeister hebt warnend die Hand: „Aber manche sind durch Pfeiler verdeckt!"

Bähr nickt und sagt: „Wir können also für jede Empore nur 240 Sitze in den Betstübchen rechnen."

Er macht eine Pause, sieht das gespannte Gesicht vom Bürgermeister, der seine Frage nicht mehr für sich behalten kann: „Und was ist mit dem Preis?"

Bähr hebt den Zeigefinger und erklärt: „Der Preis sollte in der ersten und zweiten Empore 60 Taler, in der dritten Empore 50 Taler betragen." Der Bürgermeister, berüchtigt für sein schnelles Rechnen, hat das Ergebnis schon ausgerechnet. Strahlend erklärt er: „Die Gesamtsumme des erhofften Erlöses beträgt also 40.800 Taler!"

Bähr aber hat noch eine andere Idee: „Ich könnte unter der ersten Empore noch schmalere Betstübchen einrichten, die im Ganzen 70 Sitze ergäben, für welche wir 25 Taler Lösegeld nehmen könnten!"

Bürgermeister Schwarzbach ist begeistert. Er klopft Bähr anerkennend auf die Schulter.

„Mein lieber Bähr, das ist ein Vorschlag, dem sich der Rat nicht verschließen wird." Bährs Gesicht wird nachdenklich.

„Die Sache hat einen Haken, Bürgermeister – diese Betstübchen werden ein Stück der Kuppelpfeiler verdecken und dadurch die aufstrebende und tragende Kraft der Kuppelpfeiler nicht zur Geltung kommen lassen."

Der Bürgermeister lacht: „Aus Ihm spricht der Künstler, aber ohne Beschaffung der Baukosten keine Kuppelpfeiler und ohne Kuppelpfeiler gibt es auch keine Betstübchen. Also kein Schwanken. Ihr Vorschlag wird den Gemeindemitgliedern der neuen Kirche zur Kenntnis gebracht, und danach gehen wir zum Verkauf der Betstübchen über im Bibliothekszimmer im Ratshaus!"

Beschwingt geht der Bürgermeister zu seinem Schreibtisch, öffnet eine Geheimtür und holt aus dem mit edlem Mahagoniholz ausgelegtem Fach eine kleine Flasche Likör. Zwei kristallene Gläser stehen dazu bereit.

Der Bürgermeister gießt genüsslich den roten, dickflüssigen Likör in die von der Sonne blitzenden Gläser und reicht eines davon George Bähr. Er hält es ihm entgegen und sagt lachend: „Wenn ich daran denke, wie das alles mit uns angefangen hat – das Leben ist schon sonderbar!" Er trinkt, und auch Bähr lässt sich den süßen Schnaps auf der Zunge zergehen.

Der Herbst im Jahre 1727 vergoldete Dresden mit seinen Farben, dass die Rubine im Grünen Gewölbe erblassten. Zu diesem Farbenrausch gesellte sich noch eine andere Neuigkeit, die die Bürger in Atem hielt. Der König hatte den Taschenspieler und Zahnreißer Joseph Fröhlich zum „Hofnarr" gekrönt. Dieser Hoftaschenspieler war vorher an der fränkischen Residenz Bayreuth beschäftigt. Es soll dort nach dem Tod von Markgraf Georg Wilhelm am 18. Dezember 1726 nicht gerade lebensfroh zugegangen sein. Dresdens Prunk-Feste waren berühmt und berüchtigt, und so gedachte der 1694 im steiermärkischen Aussee geborene Sohn eines Müllers, an der Elbe sein Narren-Glück zu machen.

Doch Fröhlichs Ortswechsel gestaltete sich anders, als er sich es erhofft hatte. Sein nur wenige Monate alter Sohn aus zweiter Ehe verstarb gleich nach der Ankunft in Dresden an den Reisestrapazen.

Da hieß es für ihn, gute Miene zum bösen Spiel des Lebens zu machen, nach der alten Weise: „Dem Narren ist kein Amt zu hoch und zu schwer, wär sein Kopf auch noch so leer."

Sein erster Brief an den König vom 12. November 1727 war, seinem persönlichen Unglück zum Trotz, frech und unverschämt mit „Bürgermeister von Narrendorf" unterschrieben. Fröhlich verzichtete auch auf die respektierliche Form „An seine Majestät", sondern schrieb derb und bäurisch „An den König", um ihn dreist und geradeheraus zu fragen, wann ihm endlich das versprochene Pferd übergeben wird?

Außerdem bat Joseph Fröhlich um Dukaten zur Begleichung seiner Schulden, weil *„ich sonsten täglich mit 4 Kannen Wein mich habe beholffen, ich ietzo mit 6 Maaß kaum auskommen kann, zu geschweigen dass meine Magd täglich 8 Groschen mehr Marckt Geld vor die Küche fordert und haben will."*

Ganz andere Sorgen beschäftigen in diesen Tagen das Oberlandesbauamt in Dresden.

Fröhlich erwartet sein Pferd vom König, und der König erwartet ein Protokoll von einer Beratung, weil Seine Majestät auf dem Laufenden gehalten werden will, wie es um den Fortgang der Frauenkirche steht.

Die großen Risse mit Bährs Entwürfen liegen auf dem Tisch vom Oberlandesbauamt, und die Nervosität der anwesenden Herren, Oberlandesbaumeister Pöppelmann, Graf Wackerbarth und Landesbaumeister Knöffel, beherrscht geruchsintensiv den kleinen Raum. Wackerbarth will die Beratung schnell hinter sich bringen. Seine Gedanken kreisen um den eigenen Bau, den er Landesbaumeister Knöffel in Auftrag gegeben hat. Wackerbarths Ruh soll das barocke Ruhekissen seiner alten Tage werden. Statt darüber bei einem Glas Wein der Phantasie freien Lauf zu lassen, muss sich der Kommandeur aller sächsischen Festungen mit den Plänen dieses halsstarrigen Ratszimmermeisters herum ärgern. Und während in seinem Inneren die Gefühle widerstreiten, bricht es widerwillig aus Wackerbarth heraus, als er barsch erklärt: „Also, meine Herren, wir sind uns einig. Der Bährsche Entwurf zeigt bauliche Mängel. Ihre Vorschläge ?"

Knöffel tritt einen Schritt vor, rollt jetzt seine Bauzeichnung auf dem Tisch aus, über die Entwürfe von Bähr hinweg, so dass diese gänzlich verdeckt werden.

Knöffel gönnt sich eine die Spannung erhöhende Pause, bevor er seinen Vortrag eröffnet: „Bei dem geplanten Raumvolumen, im Gottesdienst sollen über 2000 Menschen Platz finden, reichen die Treppenläufe nicht. Deshalb schlage ich vor, zwei weitere Treppentürme neben dem Altar zu bauen."

Es herrscht nachdenkliches Schweigen in der Runde, das Pöppelmann jetzt bricht: „Diese Forderung unterstütze ich. Städtebaulich erhält die Frauenkirche dadurch von der Rampischen Gasse aus eine vollkommenere Ansicht."

Wackerbarth fühlt sich durch Pöppelmanns Unterstützung erleichtert und lobt seinen Protegé: „Eine ausgezeichnete Idee, Knöffel."

Dieser nutzt den zustimmenden Aufwind, den er verspürt und setzt nach: „Ich bin auch mit dem Kuppelentwurf von Ratszimmermeister Bähr nicht einverstanden."

Er breitet eine neue Zeichnung aus. „Sie muss mehr oval und dadurch besser in die Höhe gebracht werden."

Pöppelmann betrachtet den Riss und wendet sich dann zu Knöffel: „Und mit welchem Material soll die Kuppel erhöht werden?"

Knöffel antwortet wie aus der Pistole geschossen: „Wie mit dem Rat der Stadt abgestimmt, Oberlandesbaumeister, Holz und Kupfer!"

Aber Pöppelmann will es genau wissen. Deshalb fragt er nach: „Und wie hält Er es mit dem kreisförmigen Zentralraum? Bleibt es bei den acht Pfeilern mit der Choranlage?"

Wackerbarth enthebt Knöffel einer Antwort: „Daran wird nicht gerüttelt", erklärt er kategorisch und drängt auf ein Ende: „Gibt es noch andere Überlegungen?"

Knöffel schüttelt verneinend den Kopf, was Wackerbarth zufrieden zur Kenntnis nimmt.

„Gut, dann gehen Seine Planungen mit meiner Unterschrift an den Rat, zum König."

Knöffel rollt seine Zeichnungen zusammen und fragt dabei, ohne Wackerbarth anzusehen: „Wer bringt Ratszimmermeister Bähr bei, was hier beschlossen wurde? Wird er hinter meinem Gegenvorschlag nicht eine Intrige wittern, Gouverneur?"

Wackerbarth antwortet auf Knöffels delikate Frage: „Die Frauenkirche liegt dem Bähr sehr am Herzen. Aber er ist mit dem Bau beauftragt als Ratszimmermeister der Stadt. Wenn der Rat der Stadt unseren Wünschen zustimmt, hat Bähr sie auszuführen. Räsonieren kann er zu Hause."

Kein Widerspruch kam vom König auf die Post von Hofnarr Joseph Fröhlich. Im Gegenteil. Fröhlich begriff, sein Brief an den König hatte den richtigen Ton getroffen. Denn kurz danach wurde ihm sein Wunsch nach einem Pferd erfüllt. Allerdings war das Geschenk Ausdruck königlicher Schadenfreude. Fröhlich erhielt ein Pferd mit überlangen Beinen, was dem steiermärkischen, etwas zu dick geratenen Spaßmacher, zum Gaudi des Hofes, erhebliche Mühe bereitete, in den Sattel zu steigen.

Seine erste Wohnung bezog Joseph Fröhlich hinter dem Bauplatz der langsam empor wachsenden Frauenkirche. Ratszimmermeister Bähr nahm den Narren des Königs jedoch erst später wahr. Vorerst hatte er Wichtigeres zu tun, sollte es ihm nicht so ergehen wie im Sprichwort: „Der ist ein Narr, der den Finger zwischen Hammer und Amboss legt!“

1728

Wie aus einer hölzernen eine steinerne Kuppel wird

Am 27. Mai 1728 haben Ratszimmermeister George Bähr und Ratsmaurermeister Fehre kein Auge für die in tausend Farben aufbrechenden Frühlingsblüten. Auch der Gesang von Amsel und Meise dringt nicht in ihr Ohr. Schweigend, aber zielstrebig gehen sie nebeneinander durch Dresdens Straßen zum Rathaus.

Dorthin hat der Rat die beiden Männer dringlichst befohlen. Sie erwarten nichts Gutes, denn Bähr und Fehre wissen, dass der Bau der Frauenkirche teurer wird als gehofft. Bisher wurden 45.057 Taler, 10 Groschen und 6 Pfennige verbaut.

„Der König hält seine Taschen zu", sagt Bähr unvermittelt.

Und Fehre, der in die gleiche Richtung denkt, brummt: „Extra-Steuern kommen für ihn auch nicht in Frage. Schlechte Aussichten für die Fortsetzung unseres Kirchenbaues, George – oder siehst du Hoffnung?"

Bähr antwortet nicht, denn er braucht seinen Atem für die Treppen im Rathaus, die zum Ratssaal führen. Als er mit Fehre den Raum betritt, verstummen die Stadtväter.

Bähr und Fehre bleiben stehen und Bähr sagt kurz angebunden: „Ihr habt uns gerufen, Bürgermeister. Hier sind wir. Was gibt es?"

Der Bürgermeister betrachtet nicht ohne Wohlgefallen die zwei Meister ihres Faches und erklärt: „Nachdem der Rat alle Mittel überprüft hat, die wir zur Deckung der Kosten für den Weiterbau der Frauenkirche benötigen, sollt Ihr wissen, Ratszimmermeister, was wir von Euch und Euerem Ratsmaurermeister erwarten."

Die Angesprochenen zucken mit keiner Wimper.

„Noch mehr als bisher verlangen wir", fährt nun der Bürgermeister fohrt, „dass Ihr auf die Arbeiter gute Aufsicht übt. Auch wollen wir wissen, ob Ihr noch Arbeiter benötigt und einstellen könnt, weil wir, nach Eueren Vorgaben, genügend Baumaterial bestellt haben, das in den nächsten Tagen geliefert wird."

Eine Nachricht, die Fehres düsteres Gesicht aufhellt. Doch Bähr bremst: „So sehr uns das freut, Ihr Herren, aber wir können augenblicklich nicht mehr Leute einstellen, bis wir die Kuppelpfeiler der Umfassungsmauern gleichgeführt und die beiden vorderen Treppen in die Höhe gezogen haben. Danach brauchen wir dann allerdings mehr Arbeiter."

Fehre nickt zustimmend.

„Wie weit gedenkt denn der Herr Ratszimmermeister in diesem Jahr voran zu kommen?“ will ein Ratsherr wissen. Bähr überlegt und sagt im Brustton der Überzeugung: „Wir wollen die Kirche bis an das Hauptgesims im Rohbau fertig stellen.“

Die Ratsherren nicken anerkennend ob dieser Aussicht. Nur Fehre wagt einen skeptischen Blick auf seinen prophetischen Freund. Aber er widerspricht nicht.

Von der Elbe her nähert sich den Festungsanlagen der Stadt Dresden ein großer Lastkahn. Er ist beladen mit Sandsteinquadern, die er von einem Sandsteinbruch bei Pirna herauf gebracht hat. Am Ufer, unterhalb der Bastion, steht George Bähr. Er sieht dem Schiff erwartungsvoll entgegen, das jetzt seinen Anker wirft, bevor es an dem grob gezimmerten Steg anlegt. Hier warten schon die Handlanger, die die Steine mit Karren vom Schiff holen und sie bis zum überdimensionalen Kastenwagen schieben, vor den starken Ochsen gespannt sind. Nach dem Beladen schwingen die Kutscher die Peitsche und brüllen „He!“ und „Ho!“ und „Vorwärts!“, bis die Ochsen vorsichtig die gewaltige Last anziehen.

An einem der Wagen steht George Bähr. Seine Hand streicht behutsam über die raue Fläche des Steines wie über die glatte Haut einer Geliebten.

„Hat Er am helllichten Tage nichts Besseres zu tun, als Steine zu liebkosen?“

Bähr zögert eine Weile, bevor er sich umdreht. Diesen ironischen Ton, diese Stimme kennt er. Sie gehört Landesbaumeister Knöffel. Bähr lüftet seinen Dreispitz. „Herr Landesbaumeister...?“

Vor ihm steht Pöppelmanns Nachfolger, Mitte Vierzig, elegant gekleidet, einer der erfolgreichsten Architekten des Dresdner Hofes, der das Wort ‚Bescheidenheit‘ nicht kennt.

„Ich habe noch einmal in Ruhe Seine Entwürfe studiert“, beginnt Knöffel das Gespräch.

Bähr zieht die Augenbrauen hoch, sein Körper spannt sich.

„Gut gelöst, Ratszimmermeister. Loschwitz lässt grüßen. Ein bisschen Hohnstein, ein bisschen Carlsfeld, und Forchheim hat auch seine Spuren hinterlassen. Mir scheint, Seine Erzgebirgskirchen will Er in der Frauenkirche verewigen?“

Bähr schweigt.

„Aber reicht das für einen Künstler?“ bohrt Knöffel weiter.

Bähr sucht seinen fragenden Augen zu entkommen, zeigt auf die Steine. „Wer darf sich schon Künstler nennen? Michelangelo, der ja.“

Knöffel klopft mit seinem silbernen Spazierstock gegen den Sandsteinquader. „Und was wird mit der Kuppel? Dazu hat Er sich noch gar nicht geäußert?“

Bähr antwortet, fast zu schnell: „Es wird eine Kuppel aus Holz, Landesbaumeister, gemäß des Rats Vorgaben.“

Knöffel, etwas zynisch: „Er baut in Stein, aber er liebt das Holz?“

Bähr reckt sich, weil in ihm die Bilder seiner Kindheit aufleuchten: „Wer wie ich, in den Wäldern des Erzgebirges aufgewachsen ist, kann gar nicht anders als das Holz zu lieben. Im Gegensatz zu Stein ist es lebendig, es duftet, ist biegsam wie der Körper eines jungen Mädchens.“

Der diplomatische Knöffel lässt sich nicht auf diesen erotischen Gesprächsstoff ein, den ihm Bähr anbietet. Knöffel hat ein anderes Ziel seiner Begegnung mit Bähr im Auge. „Was muss Michelangelo verlockt haben, Ratszimmermeister, als er seine steinerne Kuppel über den St. Petersdom errichtete?“

Bähr hebt hilflos die Hände.

„Der Bau einer solchen Kuppel“, schwärmt Knöffel, „gleicht er nicht einem prallen Busen, der über dem Dächermeer der Stadt schwebt, ist das nicht die Krönung von Natur und Kunst?“

Da Bähr nicht antwortet, hakt sich Knöffel vertraulich in Bährs Arm und zieht ihn zum Elbufer. Dabei unterstreicht er mit seinem silbernen Spazierstock jeden Satz, den er ihm ins Ohr träufelt.

„Sein Können wird geschätzt, Ratszimmermeister“, säuselt Knöffel, „aber eines weiß Er nicht: Der König erwartet mehr als einen protestantischen Zentralbau. Ihm schwebt ein sächsisches Rom vor.“

Bähr sieht Knöffel zweifelnd an, als der sich jetzt vor ihm hinstellt, und ihm seinen silbernen Spazierstock gegen die Brust drückt.

„Vergesse Er nicht, Bähr. Dieser Florentiner, dieser Michelangelo, er war nicht nur genial, er war auch mutig!“

Knöffel verneigt sich und lässt Bähr zurück, ohne ihm noch einen Blick zu schenken.

Noch ganz in Gedanken an das unangenehme Gespräch versunken, das er soeben mit Landesbaumeister Knöffel führen musste, erwartet Bähr zu Hause die nächste Überraschung.

Am elegant geschwungenen Tisch, den Bähr in seiner Zeit als Zimmermannslehrling selbst entworfen hatte, sitzt mit geröteten Wangen Bürgermeister Schwarzbach, wobei Bähr nicht erkennen kann, ob sein Zustand vor innerer Erregung oder vom roten Wein herrührt, den Frau Maria gerade in einen Becher aus Freiberger Zinn nachgießt.

Bähr hängt seinen Mantel an den Haken, legt die Hand auf sein Herz und fragt bescheiden: „Was verschafft mir die Ehre, Herr Bürgermeister?"

Schwarzbach trinkt schnell noch einen Schluck Wein und wendet sich an Bährs Frau: „Ob Frau Maria uns auf ein paar Minuten allein lassen könnte? Ich habe mit Ihrem Mann ein amtliches Gespräch zu führen!"

Maria nickt, geht aber, ehe sie die Männer verlässt, zum Küchenschrank, holt einen zweiten Zinn-Becher, stellt ihn auf den Tisch und gießt ihn voll. Bähr setzt sich jetzt an den Tisch und schaut den Bürgermeister erwartungsvoll an, während Maria geräuschvoll die Tür schließt.

Das Stadtoberhaupt ringt die Hände – er hat auf seinem Amtsstuhl gelernt, dass es manchmal der Schauspielkunst bedarf – und richtet einen sorgenvollen Blick auf Bähr: „Ich komme im Rat nicht weiter, Ratszimmermeister, wenn Er mir nicht die Wahrheit sagt, was Er mit der Kuppel der Frauenkirche bezweckt?"

Bähr greift zum Wein, trinkt und schweigt.

„Stein oder Holz?" hakt der Bürgermeister nach.

Abrupt steht Bähr auf, verlässt den Raum und kommt mit einer Zeichnung zurück, rollt sie auf dem breiten Tisch aus, klopft auf den Riss und sagt dem Bürgermeister, jetzt mit ebenfalls geröteten Wangen, allerdings vor Wut: „Ich habe den Rat zu keiner Zeit belogen, Bürgermeister. Hier, auf diesem Längsschnitt des Entwurfs von 1726 habe ich die Kuppel als Holzbau gar nicht charakterisiert. Vielmehr sind die betreffenden Teile mit der gleichen roten Farbe wie die Mauerflächen ausgefüllt!"

Der Bürgermeister steht jetzt auf, starrt auf die Zeichnung und begreift, dass ihn der weitsichtige Ratszimmermeister ein bisschen über den Amtstisch gezogen hat. Sein Protest ist deshalb lautstark: „Keiner hat daraus auf eine Steinkonstruktion geschlossen. Er hat immer davon gesprochen, dass der untere Teil wie der obere Teil aus Holz und mit Kupferbedeckung gefertigt wird."

Bähr setzt sich demonstrativ auf seine Zeichnung, kreuzt die Arme vor der Brust, als müsse er sich vor weiteren Angriffen schützen und raunzt zurück: „Was muss ich jeden Tag hören? Auf der Baustelle, am Elbufer, vor dem Zwinger? Wem ich auch begegne aus dem Rathaus, mir wird stets bedeutet: Baue Er billig, Ratszimmermeister! Der Rat hat kein Geld. Wir müssen sparen! Ein großes Dach aus Kupfer wird zu teuer. Hat Er schon einmal über eine Kuppel aus Stein nachgedacht? Sie verringert die Kosten, da braucht Er kein Holz aus Italien zu importieren. Auch ist eine Kuppel aus Stein keiner Feuersgefahr unterworfen!"

Der Bürgermeister schiebt Bähr resolut vom Tisch, nimmt sich den Riss vor und betrachtet ihn in allen seinen Teilen. Dann wendet er sich im freundlichsten Ton an Bähr: „Hat Er schon einen Kostenanschlag?"

Bähr nickt, dreht die Zeichnung herum, auf deren Rückseite die von ihm errechneten Zahlen stehen. „Prüfe Er selbst nach, Bürgermeister", säuselt Bähr, des Bürgermeisters verbindlichen Tonfall aufnehmend, „wir sparen ein Sechstel, wenn wir eine steinerne Kuppel machen!"

Der Bürgermeister lässt sich entnervt auf seinen Stuhl zurück fallen. „Er ist ein erzgebirgischer Holzbock, Ratszimmermeister, aber wo Er Recht hat, hat Er Recht. Gebe Er seinen Anschlag über Steine, Steinmetzarbeit, Kitte und Eisenwerk im Rat ab. Der soll entscheiden, ob die Kosten höher oder geringer sind als bei einem Holzbau."

Bähr hält ihm als Zeichen seines Einverständnisses den Zinnbecher hin.

Der Bürgermeister stößt mit seinem dagegen. Sie trinken. Genüsslich wischt sich der Bürgermeister mit einem seidenen Spitzentuch seine Lippen, um zu verkünden: „Morgen habe ich beim König Audienz. Er wird um eine Spende nicht herum kommen."

„Sein Wort in Gottes Ohr", meint Bähr und trinkt seinen Becher leer.

1729

Marias Tod

In drei Tagen schreibt der Kalender den 1. Mai 1729, aber im Hause George Bähr denkt niemand an den Frühling. Der Winter kehrt zurück, zusammen mit dem Tod, der gleichgültig in einer Ecke des Schlafzimmers hockt und den Ratszimmermeister beobachtet, wie er vor seiner Frau Maria kniet.

Kalt und starr liegt sie auf dem Bett, in dem sie ihrem Mann dreißig Jahre die Wärme ihrer Liebe geschenkt hat.

„Mitten wir im Leben sind mit dem Tod umfangen", betet George Bähr mit schwacher Stimme. Wen suchen wir, der Hilfe tu, dass wir Gnad erlangen? Das bist du, Herr, alleine. Uns reuet unsre Missetat, die dich, Herr, erzürnet hat. Heiliger Herr Gott! heiliger, starker Gott! heiliger, barmherziger Heiland, du ewiger Gott! lass uns nicht versinken in des bitteren Todes Not."

George Bähr schaut auf das leichenblasse Gesicht seiner Frau, das eine große Ruhe ausstrahlt. Er sieht jedoch nicht ihr von siebzig Lebensjahren verwittertes Antlitz, sondern das schöne, junge, glatte, ihre strahlenden blauen Augen. Er besaß eine hübsche Tochter, der Schiffshandelsmann Johann Jentzsch, und er hatte sie ihm, dem unbekannten Zimmermann aus dem Erzgebirge, ohne viel Fragen anvertraut.

„Seid gut zueinander", forderte Vater Jentzsch seine Tochter Maria Magdalena und seinen Schwiegersohn George Bähr vor dem Traualtar auf, eine Bitte, woran sich beide gehalten hatten, in guten wie in schlechten Zeiten. Maria Magdalena war eine lebensfrohe Frau, die ihre Ehe genoss und mit Stolz auf ihren Mann blickte, der zu Höherem berufen schien, als nur zum Bohren in hölzerne Balken.

Am 20. August 1700 jubelte die Orgel in der Dresdner Dreikönigskirche, denn Sohn Christian Adolf wurde getauft, und der Pfarrer bat Gott: „Nun hilf uns, o Herr Jesu Christ, der du einst hier gewesen bist ein freundliches und frommes Kind, ohn alle Schuld, ohn alle Sünd, dir deiner Gnade anvertrauen!"

Ein Jahr später wagte sich die Lebensfreude nicht mehr über die Schwelle des Bährschen Hauses. Am 23. August 1701 begruben Maria und George ihr kleines Glück auf dem Inneren Neustädtischen Friedhof.

Seitdem ging es mit Maria bergab. Ihr wurde kein neues Kind vergönnt, und das verlorene konnte sie nicht aus ihrem Herzen reißen. George Bähr zog von einer Baustelle zur anderen, nur um ihren traurigen Augen zu entkommen. Alle Schönheit floh aus Marias Körper. Der Gram grub sich Falten. Ihre festen Brüste zog es zu Boden. Aus ihren blauen Augen wich aller Glanz.

Bähr sah es und konnte nicht helfen, weil er anderes fühlte. Mit jeder Aufgabe, die ihm als Zimmermeister und Architekt übertragen wurde, wuchsen seine Kräfte und seine Lust, endlich einmal eine große Kirche zu bauen. Er wusste, dass Gott mit ihm noch viel vor hatte, und im Grunde seines Herzens dankte er ihm, dass er seine Frau Maria von ihre Muttersehnsucht erlöst hatte. Ihre Worte, die sie ihm vor Jahren schenkte, klingen ihm jetzt im Ohr: „Wenn ich sterbe, George, warte nicht. Nimm dir eine Frau, eine junge, die dir Kraft gibt für den Berg, den du besteigen willst."

Auf dem Dresdner Neustädter Friedhof hat die Frühlingssonne am 1. Mai 1729 das letzte Fünkchen Schnee eingeschmolzen. Sanfte, wärmende Winde umspielen den Trauerzug, der gesenkten Hauptes hinter dem einfachen Holzsarg einher schreitet, den George Bähr mit seinen eigenen Händen gezimmert hat. Die Glocken läuten.

Die Grube ist bereit, Marias sterbliche Reste aufzunehmen. Am Rande des Grabes erwartet Superintendent Löscher die Trauergemeinde. Es sind die Männer, die mit George Bähr die neue Frauenkirche aufbauen: Ratsmaurermeister Fehre, Steinmetzmeister Ebhardt, Bährs Vettern, der Polier Schubarth und der Architekt Schmidt. Sie bilden einen Kreis um die Erdhöhle, in die die Sargträger jetzt vorsichtig das grobe Bett des Todes hinunterlassen. Ein schwaches Poltern, dann wird es still. Amsel und Meise singen um die Wette, begleiten als Duett die Trauerrede von Superintendent Valentin Löscher, der sich an Bähr wendet: „Mein Beileid, Ratszimmermeister. Bei all deinem Schmerz, vergiss nicht: Gott hat in allen deinen Tagen dich väterlich getragen, von deiner Jugend auf. Du sahst auf deinen Wegen des Höchsten Hand und Segen. Heute nimmst du Abschied von deiner Frau Maria. Mit ihr warst du dreißig Jahre glücklich verheiratet. Wenn du nun zurück in dein leeres Haus kommst, dann wünsche ich dir, die Einsamkeit möge dich nicht an die Hand nehmen. Nutze die Zeit, um darüber nachzudenken, dass Gottes Wege oft verborgen sind. Doch sei gewiss: wie der helle Morgen aus dunklen Nächten bricht, so wirst du bald spüren: der Weg, den Gott dich führt, bringt dich durchs finstre Tal zum Licht. Amen."

Löscher holt tief Luft und beginnt nun zu singen: „Jesus geh voran, auf der Lebensbahn..."

Die Trauergemeinde nimmt das Lied auf. Amsel und Meise verstummen.

Bähr wirft Erde auf den Sarg. Hinter ihm steht Fehre. Sein letzter Gruß für Maria ist ein Strauß weißer Tulpen.

Jetzt dreht sich Bähr zu ihm und sagt, mit Tränen in den Augen: „Verlass mich nicht, Gottfried."

Fehre ist zutiefst gerührt. Er ergreift Bährs Hand und verspricht: „Das wird nie geschehen, George. Niemals !"

Die griechische Prinzessin Teofano klagt ergreifend über ihr Schicksal. Die Arie in der gleichnamigen Oper rührt im Komödienhaus des Residenzschlosses zu Dresden die Herzen der Zuhörer, die gebannt der Musik des italienischen Hofkomponisten Antonio Lotti lauschen. Auch König August II. ist ergriffen und spart nicht mit Beifall, der nun im festlichen, über vier Ränge geschmückten Komödienhaus aufrauscht. Während alles klatscht, winkt der König seinem Gouverneur Wackerbarth zu sich heran und fragt ihn euphorisch: „Wie findet Er unsere neue Nachtigall, Reichsgraf?"

Wackerbarth, noch ganz erhitzt vom Bühnengenuss, schnauft: „Entzückend, Majestät, entzückend."

Der König hört auf zu klatschen. „Über den schleppenden Aufbau der Frauenkirche bin ich weniger entzückt. Warum kommt Bähr nicht voran?"

Graf Wackerbarth krümmt sich förmlich unter der königlichen Frage: „Es fehlt an Geld, Majestät. Der Ratszimmermeister kalkuliert im Sinne der Ratsherren. Aber wenn es zum Bauen kommt, reicht es nicht. Dann gibt es Streit. Streit aber kostet Zeit und Zeit ist Geld."

Der König reagiert unwillig: „Sie sollen sich einigen!"

Die Musik setzt wieder ein. Wackerbarth zieht sich mit einem Bückling vor seinem König auf seinen Platz zurück. Ein Vorgang, den die Hofgesellschaft genauso fasziniert beobachtet, wie das Bühnengeschehen. Denn vom vierten Rang aus war schwer zu erkennen, ob Wackerbarth bei dieser theatralischen Audienz erhöht oder erniedrigt wurde.

Es herrscht gereizte Stimmung im Audienzzimmer von Superintendent Löscher. Auf einem runden Tisch steht ein Schachbrett, und ein Blick genügt, um zu erkennen, dass Löscher kurz vor Schachmatt steht. Eine Chance, die Bürgermeister Schwarzbach sogleich in die Tat umsetzt. Ärgerlich stößt Löscher seinen weißen König vom Brett und sagt vorwurfsvoll: „Beim Schachspiel weiß Er seinen Vorteil zu nutzen, warum gelingt es Ihm nicht bei der Finanzierung der Frauenkirche?"

Schwarzbach, rund und gutmütig, weiß sich zu wehren, wobei ein bisschen Stolz seine Stimme durchdringt: „Ganz so matt wie soeben Herr Superintendent es sind, sieht unsere Sache nicht aus. Wir haben am 25. April gegenüber dem König unsere Bitte wiederholt, um einen milden Beitrag an Kalk oder Mauer-Ziegeln, oder was Ewigliche Königliche Majestät sonst zu einem nötigen Kirchenbau aus Königlicher Munificenc zu verehren allergnädigst gewillt sind zu geben. Unsere Bitte wurde am 12. Juli genehmigt, wenn auch nur in der bescheidenen Höhe von 500 Talern."

Löscher nickt dem Bürgermeister zufrieden zu: „Was wir haben, haben wir. Was wir bekommen, wissen wir nicht."

„Sage Er das nicht, Herr Superintendent. Eine weitere Hilfsquelle ist schon erschlossen."

Löscher sieht den Bürgermeister neugierig an.

„Es geht um die Forderung der verstorbenen Königin an die Birckholtzsche Konkursmasse, die sie mit ihrem letzten Willen für den Kirchenbau bestimmt hatte. Da aber die Aussichten auf deren Erlangung gering waren, hat sich der Rat an den König gewandt mit der Bitte, seine Majestät möge aus anderen Mitteln der Königin eine Summe anweisen lassen."

„Wie ich unseren König kenne, hat er das Ansinnen abgelehnt", räsoniert Löscher, was Schwarzbach mit einem Kopfschütteln verneint und gegen Löscher jetzt seinen dicken Ratsfinger hebt.

„Eine so gloriose Regierung, wie unter Ewiglicher Königlicher Majestät, eine mit so schönen Gebäuden ausgezierte Residenz, muss auch splendid sein für die Beförderung unserer eingepfarrten Seelen für die Frauenkirche, ließ der Rat den König wissen."

„Dieser Katholik macht aus uns schäbige Bettler", ruft Löscher verbittert.

Schwarzbach lächelt milde: „Ich bin kein Theologe wie Herr Superintendent, aber ich kenne meine Bibel. Und da heißt es doch: Suchet, so werdet ihr finden. Klopfet an, so wird euch aufgetan!" Unsere wiederholten Bittgesuche haben den König gnädig gestimmt, und deshalb hat er sich entschlossen, aus dem seligen Vermögen der verstorbenen Königin die Summe von 4000 Talern dem Rate zur Fortsetzung des Baues auszuzahlen."

Superintendent Löscher pfeift wie ein Kutscher anerkennend durch seine tadellos sitzenden Zähne, und der Bürgermeister lehnt sich zufrieden zurück, wobei er sich einen triumphierenden Blick auf Löscher gönnt.

„Schön, schön", lobt Löscher, „aber ich weiß vom Ratszimmermeister, dass die Baukosten auf 82.713 Taler und 13 Groschen gestiegen sind, schon höher als der erste Kostenanschlag des genehmigten Entwurfs es vorsah. Nach neuerlicher Berechnung sind für die Kuppel samt Türmen noch einmal 30.250 Taler erforderlich. Wo soll das Geld herkommen?"

Bürgermeister Schwarzbach tauscht sein triumphierendes Lächeln gegen einen nachdenklichen Blick auf Löscher und geht in die Offensive: „Der Rat fühlt sich außer Stande, Herr Superintendent, diese beträchtlichen Summen aus dem ihm zur Verfügung stehenden Mitteln aufzutreiben. Da geht es uns nicht besser als Herrn Superintendent, der nach dem Gottesdienst oft den Blechboden der Kollekte unbedeckt sieht."

Löscher verzieht keine Miene, als ob ihn des Bürgermeisters Pfeil nicht getroffen habe.

„Woher nehmen und nicht stehlen?" fragt Schwarzbach. Ohne Löschers Antwort abzuwarten, fährt er fort, die Pläne des Rates vor dem Superintendenten auszubreiten.

„Wir werden den König ersuchen, dass er uns gewährt, eine Steuer auf fremdes Bier zu erheben. Davon erhoffen wir uns jährlich 7000 Taler."

Löscher lacht höhnisch: „Daraus wird wohl nichts werden. Die Obersteuereinnahme und das General-Acciscolleg werden sich prinzipiell dagegen erklären und die Ansicht aussprechen, der Rat soll sich selbst die Kosten zu seinem Bau beschaffen."

Schwarzbach steht auf, weil er Mut braucht für das Begehren, das er nun an Löscher richtet: „Da wird uns wohl nichts weiter übrig bleiben, Herr Superintendent, als den Gotteskasten der Kreuzkirche zu leeren."

Löscher protestiert: „Das kommt nicht in Frage. Es sind schon bisher für den Bau 7000 Taler entnommen wurden. Es muss auch für die Kreuzkirche etwas übrig bleiben!"

Schwarzbachs Stimme wird kalt: „Die Kreuzkirche steht, die Frauenkirche nicht. Sie braucht zum Bauen nach bisherigen Berechnungen 800 Taler die Woche. Entweder wir gehen gemeinsam vorwärts, oder wir verlangsamen und stellen den Bau ein!"

Superintendent Löscher sieht Schwarzbach an, als hätte aus ihm der Teufel gesprochen. Löscher überlegt, und während er den Bürgermeister mit seinem Schweigen bestraft, stellt er die Schachfiguren wieder auf.

„Der Rat kann weitere 3000 Taler aus dem Gotteskasten der Kreuzkirche entnehmen", erklärt Löscher. Sein Gesicht hellt sich auf, als ob er selber froh wäre, diese Entscheidung so rasch getroffen zu haben.

Verschmitzt blinzelt er nach Schwarzbach: „Wie wär's, Bürgermeister, mit noch einem Spielchen?"

Es herrscht eine tiefe Stille auf dem Neustädter Friedhof, als George Bähr ihn betritt. Er ist ganz allein. Kein Mensch ist zu sehen. Der Ratszimmermeister holt tief Luft, als müsse er sich eines großen, inneren Drucks entledigen. Seine Augen suchen den Himmel, auf dem eine Herde Schäfchenwolken grasen.

„Beim Frieden wohnt Gott", denkt Bähr, „wo Uneinigkeit ist, da regiert der Teufel."

Und während er nachdenklich auf das Grab seiner Frau Maria zugeht, hört er ihre Stimme flüstern: „Im Frieden leben ist der beste Schatz auf Erden!"

„Du hast recht", sagt laut George Bähr, als ob seine Frau neben ihm ginge, „aber was nützt mir dieser Schatz, wenn ich die Last der Einsamkeit tragen muss?"

Da er keine Antwort erhält, redet er weiter mit ihr.

„Einsamkeit ist gefährlich, sie macht eigensinnig. Wer in der Einsamkeit ist, den beißen keine Hunde. Ich rede jeden Tag mit Gott, Maria, und seine Stimme wird lauter. Sie rät mir: Bleib nicht allein, denn in der Wüste trat Satan selbst zum Herrn des Himmels! Ich will kein Teufel werden, Maria, darüber haben wir oft gesprochen: der Einsame ist entweder ein Engel oder ein Teufel. Aber ich habe in meinem ganzen Leben bis jetzt noch keinen Einsamen gesehen, der ein Engel ist!"

Bähr ist am Grab seiner Frau angekommen. Er zupft ein paar verwelkte Blumen aus dem Kranz. Dann kniet er sich vor das Kreuz mit ihrem Namen, faltet die Hände und bittet in großer Ergebenheit: „Mein Herr und mein Gott, ich weiß ja, dass des Menschen Tun nicht in seiner Gewalt steht und niemand Macht hat, wie er auch seinen Gang wandle und richte. Regiere mich durch deinen Heiligen Geist, dass ich in meinem Beruf nicht fehle. Leite mich allezeit auf rechtem Wege. Dass ich nicht wanke zur Linken, noch zur rechten. Lass kein Unrecht über mich herrschen. Regiere mich nach deinem Wohlgefallen, denn du bist mein Gott, dein guter Geist führe mich auf ebener Bahn. Ich weiß ja, mein Herr, dass du mich berufen hast in deinen Weinberg, dass ich dir Arbeit zugesagt habe. Darum bitte ich dich, verleihe mir einen gesunden Leib bis an mein Ende und stärke mich, dass ich das Gewicht meines Berufes willig trage und mich nicht erhitze gegen die mir Anvertrauten. Denn ich will dir, meinem Herrn, allzeit treu und gewärtig sein. Amen."

George Bähr hält noch einen Moment den Kopf gesenkt. Dann steht er auf, küsst den Namen seiner Frau auf dem Kreuz. Ein Ahornblatt fällt vom Baum. Es streift seine Wange wie ein flüchtiger Kuss und Maria säuselt in Bährs Ohr: „Bleib nicht allein!"

Der Himmel spiegelt sich als blaues Band in der Elbe, auf der ein kleines Schiff mit einem großen weißen Segel seine Bahn zieht, dem Sandsteingebirge entgegen, das den Fluss wie ein Rahmen umspannt hält. An Bord des schmalen Kahns sitzt George Bähr unter der bunten Schar der Passagiere. Seine dreiundsechzig Jahre sieht ihm niemand an. Aber dass er ein Witwer ist, erkennt jeder an seiner schwarzen Kleidung. Ein breitkrempiger dunkler Hut schützt ihn vor der prallen Sommersonne. Das Schiff nähert sich dem Anlegesteg, von dem die Passagiere aus in die Stadt Pirna eilen, während neue Fahrgäste die Plätze besetzen. Unter ihnen ist eine junge Frau. Im Arm hält sie einen Korb Blumen. Ihre roten Haare hat sie hoch gebunden und mit einer gelben Rose fest gesteckt. Neugierig suchen ihre grasgrünen Augen nach einem freien Platz, während sie leichtfüßig über die groben Bretter auf das Schiff steigt.

Sie findet eine Bank, direkt neben Bähr. Freundlich nickt sie ihm zu, als sie ungezwungen Platz nimmt. Das Schiff legt ab, und bald hat es wieder die Flussmitte erreicht. Aber Bähr sieht nicht mehr die malerische Flusslandschaft. Er hört auch nicht die zarten Flötentöne eines Hirten, der am Flussufer seine Schafe weidet. Sein Blick kann sich nicht von der jungen Frau losreißen, die ihre nackten Arme auf die Reling gestützt, verträumt in das Wasser des träge dahin fließenden Stromes schaut. Der würdige Greis sieht ihr regelmäßiges Profil, das leuchtende Elfenbein ihres Nackens, auf dem sich ihre roten Haare wie Korallen dehnen. Ein Anblick, der ihn fesselt, von dem er sich nicht lösen kann. Und natürlich fühlt die junge Frau seine bohrenden Blicke, sieht sich nach ihm um, lächelt ihm schüchtern zu, um sich dann wieder der vorbei ziehenden Landschaft zuzuwenden.

Bähr steht auf und stellt sich mitten vor sie hin. Verwundert schaut sie ihn an. Bähr nimmt seinen Hut vom Kopf, verneigt sich ein wenig und sagt: „Ratszimmermeister Bähr."

Die junge Frau mustert ihn neugierig, weiß nicht, was er von ihr will und erwidert: „Johanna Juliane Wedel."

Bähr steht immer noch groß und breit wie ein Sandsteinfelsen vor ihr, und erklärt jetzt klar und vernehmlich mit seiner angenehmen Baritonstimme: „Ich bin 63 Jahre alt. Meine Frau ist vor drei Monaten gestorben."

Johanna Juliane Wedel sieht auf seine kräftigen Hände, die jetzt einen Sandstein aus seinem weiten Mantel holen. Der Sandstein hat die Form eines Herzens, das er ihr mit einer schüchternen Geste überreicht. Und er sagt diesen Satz, der sein weiteres Leben verändern wird: „Sandstein aus Pirna. Daraus baue ich die neue Frauenkirche zu Dresden. Sie wird so schön wie Sie es sind, Johanna. Heirate mich !"

Eine gewaltige Detonation erschüttert den Steinbruch. Ihr Grollen hört man bis Pirna. Geröllmassen donnern den Berg hinunter. Eine dichte Staubwolke verhindert jede Sicht.

Als sich die Rauchwolken verzogen haben, tritt Steinmetzmeister Daniel Ebhardt aus dem Staubnebel. Das Signalhorn verkündet, dass die Sprengung erfolgreich beendet wurde.

Ebhardt geht zur Schutzhütte, öffnet die Tür und ruft hinein: „Die Gefahr ist vorbei. Ihr könnt heraus kommen!"

Aus dem von schweren Holzbalken gezimmerten Schutzraum treten George Bähr und seine Frau Johanna ins Freie. Vor Bährs Füße rollt ein faustgroßer Sandsteinbrocken.

Ebhardt hebt ihn auf und hält George Bähr das Gestein hin, wobei er stolz erklärt: „Was Besseres findest du im ganzen Elbtal nicht!"

Bähr ignoriert Ebhardts Offerte und erwidert: „Ich weiß um die Qualität deiner Steine. Aber deshalb bin ich nicht hier. Ich bin gekommen, um dir zu sagen, dass ich Fehre Abbitte tun muss. Er ist mit seiner Kritik an deiner Arbeit im Recht. Du hast die Fugen der Steine in der Frauenkirche unsauber gesetzt und manche Steine sind deutlich schief."

Ebhardt wirft Bähr die Sandsteinkugel vor die Füße. Die Verstimmung über Bähr ist auf seinem Gesicht zu lesen, und er sagt vorwurfsvoll, was er denkt: „Dein Ratsmaurermeister ist auch nicht mehr der Jüngste. Vielleicht sieht er schlecht ?"

Bähr, sonst die Ruhe selbst, treibt Ebhardts Frechheit in einen Wutanfall. Er brüllt: „Es geht nicht um Fehres Augen, sondern um mangelnde Sorgfalt deiner Steinmetzen. Ich habe mich auf dich verlassen, und jetzt bin ich verlassen!"

Johanna tritt beiseite, um nicht zwischen die beiden Kampfhähne zu geraten.

Bähr packt Ebhardt am Kragen und zischt ihn an: „Warum bist du auf der Baustelle kaum noch zu sehen?"

Ebhardt, von der Arbeit mit den Steinen muskulös wie ein Gewichtheber, schüttelt Bähr ab wie eine lästige Fliege. Er tritt einen Schritt zurück und sagt leise, mit einem unüberhörbar drohenden Unterton in der Stimme: „Das liegt an den Löhnen, die du drückst und verspätet auszahlst."

Mit seiner Antwort hat Ebhardt eine verwundbare Stelle bei Bähr getroffen. Dieser ändert sofort die Lautstärke und wirbt versöhnend: „Bisher hast du immer dein Geld bekommen."

Ebhardt widerspricht: „Aber nie pünktlich. Du zwingst mich, dass ich meine Steinmetzen von meinem Geld vorausbezahlen muss."

Bähr, genervt, brüllt wieder: „Du kriegst dein Geld!"

Ebhardt, kalt: „Wann?"

Da Bähr ihm nicht antwortet, schleicht sich in Ebhardts Rede wieder dieser drohende Unterton: „Wenn es kein Geld gibt, bekommst du eine schiefe Kirche, Ratszimmermeister. Da kannst du brüllen, soviel du willst!"

Bähr sieht nach seiner Frau Johanna, die hilflos die Hände hebt, um ihm zu verstehen zu geben, dass er bei Ebhardt nur mit der Wahrheit weiter kommt. Bähr bückt sich, hebt den Stein auf, den Ebhardt ihm vor die Füße geworfen hat und drückt ihn dem Steinmetzmeister in die Hand, während er sachlich erklärt: „Vom Rat ist kein Taler mehr zu erwarten. Das musst du wissen, Daniele."

Aber Ebhardt bleibt stur und meint ungerührt: „Es ist mir egal, woher du das Geld nimmst. Gute Arbeit für gutes Geld! In meiner Bauhütte gilt er noch immer, dieser Grundsatz!"

Bähr sitzt in der Falle. Ebhardt hat den Spieß umgedreht und beobachtet genüsslich, wie unangenehm die Situation Frau Johanna ist. Bähr streicht sich nervös über die Wangen, wohl wissend, dass er eine Antwort finden muss, die Ebhardt befriedigt.

Bähr holt tief Luft und erklärt kurz entschlossen: „Also gut. Ich werde dir den ausstehenden Lohn aus meinem eigenen Säckel bezahlen."

Bei diesen Worten schaut Johanna ihren Mann entsetzt an, dreht sich wortlos herum und geht zu der Kutsche, die am Rande des Steinbruchs zur Abfahrt bereit steht. Bähr sieht seiner Frau fassungslos nach. Er begreift, dass er mit seiner Großspurigkeit soeben einen gewaltigen Fehler begangen hat.

Bähr lässt Ebhardt stehen und eilt Johanna nach, während Ebhardt höhnisch hinter ihm herruft: „Und vergiss nicht, Ratszimmermeister: besser sein Geld beherrschen, als sich vom Gelde beherrschen lassen!"

Johanna hat inzwischen die Kutsche bestiegen, die Zügel vom Apfelschimmel ergriffen. Resolut führt sie den Einspänner im Kreis, so dass er genau vor Bähr zum Stehen kommt. Dieser steigt auf. Kaum, dass er Platz genommen, gibt Johanna dem Schimmel die Peitsche und lässt ihn aus dem Steinbruch davon galoppieren, ohne Ebhardt noch eines Blickes zu würdigen,

Ihre roten Haare wehen im Wind, der ihre dringliche Frage in Bährs Ohren trägt: „Woher willst du das Geld für Ebhardt nehmen, George?"

Bähr schweigt, und deshalb fragt sie ihn noch einmal: „Woher soll das Geld kommen, George?"

Bähr will einen Blick von ihr erhaschen, aber ohne Erfolg. Deshalb versucht er, seine Stimme besonders energisch klingen zu lassen: „Deine Mitgift, Johanna, die muss uns jetzt helfen."

Johanna zieht die Zügel straff, dass der Apfelschimmel hoch steigt, um die Kutsche zum Halten zu bringen. Ihre grünen, sich verdunkelnden Augen suchen Bährs unsichere braunen, die ihrem fragenden Blick nicht standhalten.

„Du meinst, mein Geld soll dir helfen?!"

Eine Frage, die Bähr schwer trifft. Und immer, wenn er keine Antwort findet auf Fragen, die er nicht gerne hört, entzieht er sich. Wortlos springt er vom Wagen und geht schnellen Schrittes dem Elbufer zu, um möglichst große Distanz zu gewinnen.

Er eilt nach dem Wasser, als könne es ihn retten oder noch besser mitnehmen, damit ihm die Rückreise nach Dresden an der Seite seiner Frau erspart bleibt.

Endlich hat er die Elbwiesen erreicht. Ein vermoderter Baumstamm lädt ihn zum Verweilen ein. Jetzt hat sich Bähr Johannas Blicken ganz entzogen. Johanna ist eine kluge Frau. Sie ruft und schreit nicht. Sie lässt ihren Mann gewähren. Sie weiß, wenn er mit sich uneins ist, kann er stundenlang ins Feuer des häuslichen Kamins oder auf das Wasser der Elbe schauen. Beide Elemente sind ihm dann heilende Kräfte für die wunde Seele.

Auf dem Fluss taucht ein Kahn auf. Tief greifen die Ruder in das Wasser, von den kräftigen Armen des Fischers voran getrieben, um Dresdens Silhouette rasch näher zu kommen. Das Boot führt den Ratszimmermeister in längst vergangen geglaubte Zeiten.

Bähr sieht die Wellen, die ihn an Bilder aus seiner Jugend erinnern. Er sieht sich als jungen Mann in weichen Polstern ruhen, während der Gondoliere das graugrüne Wasser des Grand Canale von Venedig nutzt, um seinen Gast mit den großen, staunenden Augen, in der mit schwarzen und roten Farben verzierten Gondel, durch die Lagunenstadt schweben zu lassen. Hinter dem jungen Mann liegt eine weite Reise.

Seine Lehrlings- und Gesellenzeit hatte er mit glänzendem Zeugnis absolviert. George Bähr wurde ein anerkannter Zimmergeselle. Trotzdem wollte George in die Welt. Sehr zum Kummer seines Vaters, der ihn warnte: Was du in der Welt suchst, mein Sohn, das findest du auch bei uns im Dorf. Denn das Dorf ist die Welt, und die Welt ist ein Dorf!"

Eine Logik, der George Bähr nicht widersprach, aber auch nicht folgen wollte. Deshalb erklärte er seinem Erzeuger bei vollstem Respekt: „Kein Geselle wird zur Meisterschaft zugelassen, verehrter Vater, wenn er sich nicht einige Jahre auf Wanderschaft aufgehalten hat. So bestimmt es die Zunftordnung. Da wird dem Zimmergesellen ein Aufenthalt im Ausland anempfohlen."

Vor Monaten ist er in Sachsen aufgebrochen, um mit eigenen Augen die Kirchenbauten in Süddeutschland und Oberösterreich zu erkunden. Von dort zog es ihn weiter nach Rom. Auf dem St. Petersplatz stand er in seiner ersten römischen Nacht mutterseelenallein. Über der steinernen Kuppel des St. Peterdoms, über diesem den Himmel stürmenden Kunstwerk des Michelangelo, lag das silberne Licht einer ihn verzaubernden Mondnacht. Er sah in den Säulen die Heiligen Apostel beten und glaubte, dass sie jeden Moment von ihren Postamenten herunter stiegen, um ihn, den Fremden aus Sachsen, zu begrüßen. Der Anblick war so überwältigend, dass der fromme Zimmermann aus den erzgebirgischen Wäldern unwillkürlich auf die Knie ging, um ein Gebet des Dankes in den von Sternen übersäten italienischen Himmel zu senden, dass Gott ihn das alles lässt erleben. Durch die dünne, leinene Hose spürte er die mediterrane Wärme des glatten Marmors, der im Mondlicht wie Elfenbein glänzte.

In diesem Moment schwor George Bähr bei allen Engeln des Himmels: Wenn er je einmal eine Kirche bauen würde, dann sollte sie so schön wie St. Peter werden. Wie Michelangelo würde er Gott und Vater und Mutter zu Ehren eine Kirche bauen, prächtig und stolz soll sie von Sachsen aus das ewige Rom grüßen! Wie ein einziger Stein von der Erde bis zum Himmel soll sie sein, wie ein Himmel aus Stein, malte sich der junge Mann aus.

Und obwohl der junge Bähr in tiefer Mitternacht einsam und allein auf dem St. Petersplatz kniete, war ihm dieser Ort plötzlich merkwürdig vertraut und nahe gewesen. Der Mond schien ihm zuzublinzeln, so wie er es schon oft über den Wäldern des Erzgebirges getan hatte, als George, noch als kleiner Junge, in warmen Sommernächten im duftenden Gras der Bergwiese lag, die sich hinter seinem Elternhaus den Hang hinauf zog. Da gab es manches Gespräch mit dem Mond, der ein guter Zuhörer war und vornehm zu schweigen wusste auf all die Geheimnisse, die ihm ein kindliches Herz anvertraute. Der Mond, das wusste George, erhält sein Licht von der Sonne. Unter seinem runden Hof fühlte er sich geschützt.

Der Kahn mit dem Fischer ist entschwunden. Träge fließt die Elbe der Stadt zu, über die einmal die Kuppel seiner Kirche wachen würde. Ein Gedanke, der George Bähr wohl tut. Er pflückt neugierig ein groß gewachsenes Gänseblümchen aus dem Wiesengrün, um es seiner Frau Johanna zu schenken, die ihn dafür mit einem Kuss belohnt.

1730

Aus Freunden werden Feinde

Das graue Haupt tief über das Pergament gebeugt, umrahmt von zwei flackernden Kerzen, schreibt George Bähr in der Nacht zum 17. März 1730 seine Eingabe an den Rat der Stadt Dresden. Die Feder zittert nicht in der Hand bei den Worten: *„Es ist auch nunmehro von Grunde aus die Haupt Mauer der ganzen Kirche geführet, und mehr als ein halber Theil des ganzen Haupt Gesimses, sowohlen die gantze Steinmetzen Arbeit zur völliger Auffsetzung des Haupt Gesimses bereits verfertiget, und kömmt es itzo drauff an, das bemeltes Haupt Gesims vollends auffgesetzet were, wozu noch einige Wochen Zeit und an Mauer- und Handlanger Arbeit noch eine ziemliche Post Geldes erfordert wird, da dann hernach und nach völliger perfectionnirung des Haupt Gesimses die Cuppel und die 4 Thürme aufgeführet werden können, und versichern die Baugewercken dieses Jahr über wenigstens die Cuppel bis über dem obersten Gurt Gesims sambt denen 4 Thürmen auffzuführen, worzu aber und bis zum ganzen Bau der Kuppel und der 4 Thürme in allen vermöge vorgemeldter Baugewercken erstatteten pflichtmäßigen Berichts 30.250 Thaler erfordert werden, und sodann zur Auffsetzung der sogenannten Laterne auff die Kuppel und zum völligen Ausbau und Verzierung der Kirche, sowohlen zu Anschaffung eines einstimmenden Geläutes ebenfalls noch viele 1000 Thaler aufgewendet werden müssen!“*

George Bähr atmet tief durch, als hätte er eine Kiepe Sandsteine das Gerüst hoch getragen. Dann liest er noch einmal in Ruhe, was er zuwege gebracht hat. Zufrieden über die Konsequenz seines Bettel-Schreibens, versiegelt er dasselbe, das morgen früh schon auf dem Tisch des Bürgermeisters liegen wird.

Auf dem Bauplatz der Frauenkirche herrscht eine merkwürdige Stille. Kein Hammer schlägt auf die Meißel. Vor der Einrüstung stehen Handlanger neben ihren mit Steinen beladenen Kiepen. Einige sitzen auf dem Boden. Steinmetzmeister Ebhardt bildet mit seinen Steinmetzen einen Kreis und redet heftig auf sie ein. Da sieht er Ratsmaurermeister Fehre, der auf den Bauplatz kommt und nun stehen bleibt, verunsichert von der ungewohnten Ruhe, mitten am Tage.

Ebhardt löst sich aus der Gruppe und geht auf Fehre zu.

„Was ist passiert?“ will Fehre von Ebhardt wissen.

Ebhardt grinst: „Nichts ist passiert. Die Handlanger haben ein Problem mit Bähr."

Fehre ahnt den Grund, aber er lässt es sich nicht anmerken. Statt dessen fragt er die Arbeitsverweigerer mit strenger Stimme: „Warum seid ihr nicht auf dem Bau? Was steht ihr hier herum?"

Einer der Handlanger, ein starker, muskulöser Mann, tritt vor und erklärt demonstrativ: „Ohne Lohn bewegt sich hier kein Stein."

Fehre weiß nun Bescheid. Er antwortet wahrheitsgemäß: „Der Rat hat kein Geld ausgezahlt. Ihr müsst warten."

Der Handlanger murrt: „Wir warten schon vier Wochen. Meine Kinder haben Hunger."

Die Anderen haben sich inzwischen hinter ihrem Wortführer gestellt und bilden eine bedrohliche Gruppe gegen Fehre.

Der Ratsmaurermeister versucht, die aufgeheizte Situation abzuwiegeln. „Bähr ist nächste Woche beim Rat, der muss helfen."

Aber diese Auskunft beruhigt nicht. Widerspenstig unterstützen sie mit lauten Zurufen und Beifall ihren Anführer, der droht: „Lange machen wir das nicht mehr mit, Ratsmaurermeister. Irgendwann platzt uns mal der Kragen. Sag das dem Ratszimmermeister!"

Dann dreht er sich um zu seinen Leuten und sagt zu Fehres Verblüffung: „Wir bauen die Frauenkirche auch für uns. An die Arbeit, Männer!"

Der Regen trommelt gegen die hohen Fenster des Dresdner Ratshauses. Drinnen schlägt Bürgermeister Schwarzbach mal wieder mit dem Hammer auf den Tisch, bis endlich Ruhe im Saal eintritt. Die Ratsherren Ganzland, Schäfer, Dornblüth, Ströbel, Stöfichen, Schrey und Küfner tragen ihre Achtung gebietende Amtstracht, denn heute findet eine entscheidende Sitzung statt. Zweifel müssen aus dem Weg geräumt werden. Zweifel, die sich wie eine Krankheit durch die Residenzstadt Dresden schleichen, und von denen die Ratsherren hoffen, dass sie noch nicht bis zu den Ohren des Königs gedrungen sind.

Der Zweifel kommt verkleidet daher, als Frage, als Anfrage, die Bürgermeister Schwarzbach an die Versammlung weitergibt. „Uns liegt ein Antrag von Graf Wackerbarth vor", betont Schwarzbach gewichtig, „die Baupläne für die Kuppel der Frauenkirche noch einmal zu prüfen!"

Unruhe ergreift den Saal. Vor allem drei Männer sind von diesem Antrag unangenehm überrascht. Es sind Ratszimmermeister George Bähr, Steinmetzmeister Ebhardt und Ratsmaurermeister Fehre, die zu dieser Beratung eingeladen wurden, ohne dass ihnen mitgeteilt wurde, warum.

Bähr steigt das Blut zu Gesicht, als der Bürgermeister weiterredet und mit dem Finger auf den Ratszimmermeister zeigt: „Bähr behauptet ja", erklärt Schwarzbach mit anklagendem Ton in der Stimme, „eine Kuppel aus Stein käme nicht nur billiger, sondern würde das Gesamtwerk auch würdig krönen. Wie realistisch sind solche Aussagen, Ratsmaurermeister Fehre?"

Fehre sieht nach Bähr, der ihm ermutigend zunickt, auf die Frage zu antworten. Aber Fehre schweigt. Ebhardt schaut zu Boden. Die Unruhe im Saal steigt. Schwarzbach schlägt einen noch schärferen Ton an. „Im Namen des Rates: Ich ermahne Ratsmaurermeister Fehre ernsthaft, alle Gedanken und Bedenklichkeiten bei der Sache aufrichtig aufzudecken."

Fehre steht langsam auf. Er versucht, Bährs Blick auszuweichen. Seine Stimme zittert ein wenig, denn er weiß, was er zu sagen hat, gleicht einer Sprengung der Frauenkirche, aber Fehre kann nicht anders. „Alles muss sich nach der Wahrheit richten, Hoher Rat. Besser für die Wahrheit als für die Lüge Lohn zu erhalten. Die Wahrheit bedarf keiner Schminke."

„Antworte Er auf die Frage des Bürgermeisters", fällt Ratsherr Ganzland ihm in die Rede.

Bähr rutscht unruhig auf seinem Stuhl hin und her. Er glaubt, falsch zu hören, als Fehre nun weiterredet: „Ich kann mir nicht vorstellen", erklärt Bährs bester Freund, „wie die Bögen, worauf die Kuppel stehen soll, so befestigt werden, dass sie die Kuppel tragen. Denn die Hauptmauer muss ja sowohl das Kirchengewölbe wie die Bögen aushalten. Das ist eine so große Last, das ich nicht beschwören kann, ob Befestigung und Halt ausreichen."

Unter Bähr versinkt der Boden. Aber Fehre gießt noch mehr Öl ins Feuer. „Niemand kann garantieren", fährt er mit sichtlich gefestigter Stimme fort, „dass sich Pfeiler und Bögen nicht drücken und ziehen. Die Steine sind ja von unterschiedlicher Härte. Einer steht mehr als der andere."

Und um das Maß voll zu machen, wendet sich Fehre direkt an Bähr: „Wie das Durchdringen des Wassers durch die Fugen und Platten verhindert werden soll, hast du ja vor dem Rat erklärt, George. Aber ich habe trotzdem Bedenken."

Da hält es Bähr nicht länger auf seinem Stuhl. Er springt auf, packt Fehre am Rock und zischt, berstend vor Wut: „Du Verräter, du!"

Der Bürgermeister sieht die Ordnung gefährdet. Er schlägt mit dem Hammer auf den Tisch und ruft: „Auseinander, auseinander!"

Aber die beiden Männer kämpfen erbittert miteinander. Bähr hat größte Lust, Fehre vor aller Augen zu erwürgen. Doch plötzlich verlassen ihn die Kräfte. Er lässt von Fehre ab. Wasser tritt in seine Augen. Eine Träne rollt ihm über die faltenreiche Wange, während Fehre auf ihn einspricht, wie auf ein Kind, das beruhigt werden muss: „Mit Verrat hat das nichts zu tun, George", sagt Fehre leise in einem um Vertrauen werbenden Ton. „Ich sage meine Meinung zu unserer Kuppel. Vergiss das nicht – du baust sie nicht allein!"

Ein befremdliches Beben lässt die Gerüste erzittern. Steine fallen vor die Füße von George Bähr. Der halbfertige Bau hallt von einem einzigen Schrei wider: „Die Kirche stürzt ein!"

Bähr stolpert über Stufen, Pfosten, Bretter. Diffuses Licht umspielt ihn. Seine Hände tasten, als sei er blind. Da entdeckt er Johanna, die am Boden kauert und ängstlich flüstert: „Wir sind verloren."

Wie versteinert steht Bähr, rührt sich nicht von der Stelle. Ratsmaurermeister Fehre tritt aus dem Geröllnebel, zeigt anklagend mit dem Finger auf Bähr und brüllt gegen den Lärm der stürzenden Steine: „Du bist schuld!"

Vom Gerüst fällt Ebhardt. Er bleibt vor Bähr liegen und ruft mit blutendem Mund: „Rette dich, Ratszimmermeister!"

Bähr fällt auf die Knie, hebt bittend die Hände nach oben und fleht: „Erbarmen, mein Gott, Erbarmen. Nimm mich, aber nicht die Kirche!"

Schweißnass wälzt sich Bähr im Bett und schreit: „Nein! Nicht die Kirche! Nein!"

Johanna versucht, den unter seinem Albtraum tobenden Bähr wach zu rütteln. Endlich gelingt es ihr. „Bist du von allen guten Geistern verlassen?" fragt sie ängstlich, während sie ihm mit dem Nachthemd den Angstschweiß von der Stirn reibt.

Bähr richtet sich auf. Seine Augen funkeln irre. Mühsam brechen die Worte aus ihm heraus, nehmen ihm Satz für Satz den Druck von der Seele.

„Alles Unfug", räsoniert Bähr. „Brotlose Kunst. Statik prüfen. Gutachten. Komme ich damit einen Schritt weiter?"

Johanna versucht, ihren Mann zu beruhigen. „Ja, ja – ich weiß, alle sind gegen dich."

Bähr fängt an, hastig zu reden, als ob er vor dem Rat stünde und sich verteidigen müsste. „Fehre. Warum er? Warum habe ich vergessen: Wer sich niemand vertraut, wird von niemand verraten! Die Struktur meines Baues. Fehre kennt sie doch genauso gut wie ich. Er weiß, ein geschweiftes Dach, ein Werk von dieser Figur wie einer Pyramide, hat viel mehr Kraft zum Tragen einer Last, als ein Werk mit senkrechten Mauern. Die Last wird vielmals verteilt. Ein Ausschieben der Kuppel ist darum nicht zu befürchten. Auch bilden die vier Treppentürme Widerlager von genügender Stärke…"

Johanna fällt ihm ins Wort. „Deine Kirche in allen Ehren, George, aber ich habe ganz andere Sorgen. Ich hatte 200 Taler beiseite gelegt. Sie sind weg. Wie ich auch suche, ich finde das Geld nicht. Glaubst du, dass Vetter Schmidt…?

Bähr schüttelt den Kopf. „Ebhardts Steinmetze haben mit der Niederlegung ihrer Arbeit gedroht, wenn sie nicht bald ihren Lohn bekommen, auf dem sie schon zwei Monate warten. Der Rat konnte auch nicht helfen. Ich habe…"

Johanna legt ihm ihre Hand auf den Mund. Sie will nicht weiter hören. „Du bringst deine Familie ins Unglück, George", sagt sie leise. „Du denkst nur noch an deine Kirche. Aber was wird aus mir und deinen Kindern, wenn dir was passiert?"

Bähr wischt sich mit der Hand die Nachtgespenster aus den Augen. Er versucht mit einem Lächeln, seiner Frau die Sorgen zu nehmen. „Mir passiert schon nichts, Johanna – und wenn, dann nur im Traum!"

Weit öffnen sich die Flügeltüren zum Audienzzimmer des Königs. August II. sitzt gerade in einem Rollstuhl, als sein persönlicher Obristleutnant Pöppelmann jr., in den Saal kommt, sich kurz vor dem König verbeugt und nach einem Blick auf den körperlichen Zustand seiner Majestät knapp bemerkt: „Auf den Karneval in Warschau hätten Majestät verzichten können!"

Der König strafft sich und antwortet ihm mit klarer Stimme: „Karneval gehört zur Politik. Hätten mir die Polen ihre Krone aufs Haupt gesetzt, wenn ich nicht zum katholischen Glauben konvertiert wäre?“

Pöppelmann jr., überlegt und meint dann kurz: „Wohl kaum.“

Der König ist mit seiner Antwort zufrieden und fährt im monologischen Ton fort: „Keine europäische Macht, weder Paris, London, Berlin oder St. Petersburg, würde auch nur einen Blick auf Dresden werfen.“ Er lächelt seinem Obristen verschmitzt zu: „Aber polnisch-sächsischer Karneval in Warschau, da sieht die Welt gleich anders aus!“

Pöppelmann jr. reicht ihm Zeichnungen und Papiere: „Damit die Welt Dresden nicht ganz vergisst, lässt ihre Majestät die neue Frauenkirche bauen. Landesbaumeister Knöffel bittet um Vortrag in der Angelegenheit Frauenkirche.“

Der König überlegt und sagt dann: „Soll reinkommen!“

Pöppelmann jr. öffnet die Tür zum Vorzimmer, wo der elegante Johann Christian Knöffel gelassen auf seine Audienz wartet.

Der Landesbaumeister tritt vor, verneigt sich tief und holt aus den Lederbüchsen, die er unter dem Arm trägt, Pläne, die er jetzt vor dem König ausbreitet: „Majestät, ich danke für die Ehre und Gunst, Audienz zu erhalten. Hier, der Lageplan und Grundriss des Erdgeschosses, dazu ein Horizontalschnitt durch die Kuppel mit Ansicht auf das Dach.“

Der König betrachtet konzentriert die Papiere und fordert: „Ich will den Querschnitt sehen.“

Knöffel verneigt sich. „Selbstverständlich, Majestät. Hier – Querschnitt, Längenschnitt und Seitenansicht – von letzterem soll eine Medaille geprägt werden.“

„Was wird mit der Kuppel?“ will der König wissen.

„Holz und Kupferdach“, antwortet Knöffel. „Wie sich das gehört für eine protestantische Kirche. Eine steinerne Kirchenkuppel ist noch immer katholisches Privileg!“

Der König sieht Knöffel auf diese Bemerkung hin nachdenklich an und sagt: „Wir sind ja jetzt auch katholisch.“

Knöffel verneigt sich, enthält sich jedoch jeden Kommentars.

Pöppelmann jr. springt in das entstandene Schweigen: „Dresden muss Majestät ewig dankbar sein, dass Majestät einen protestantischen Kirchenbau protegiert.“

Der König nickt und erklärt kategorisch: „Ich will Ruhe im Land. Katholiken und Protestanten sollen sich vertragen. Konfessionsstreit kann ich nicht gebrauchen.“ Er pocht mit der Hand auf das Frauenkirchen-Prospekt und fragt Knöffel provozierend: „Warum soll Bähr nicht eine Kuppel aus Stein bauen? Ich hab nichts gegen ein sächsisches Rom!“

Knöffel verneigt sich. „ Mit Verlaub, Majestät. Ratszimmermeister Bähr wird diese Worte bestimmt sehr gern aus Euerem Munde hören. Auch braucht er bei seinem Vorhaben Eure königliche Hilfe.“

Der König hat den Wink seines Landesbaumeisters verstanden. Er nickt ihm Zustimmung zu: „Wir werden ihm wohl Audienz geben müssen.“

Wie ein Schwarm unruhiger Enten liegen die schwarzen Kähne auf der Elbe, hoch bepackt mit hellen Quadern aus Sandstein. Am Ufer warten mehrere, pritschenartige Wagen, auf die mit Hilfe von Holz-Rollen und armdicken Seilen tonnenschwere Steine verladen werden.

Ratszimmermeister George Bähr dirigiert das Verlade-Chaos, prüft den einen oder anderen Stein. Zärtlich fährt seine Hand über die raue Struktur, als streichle sie Meißner Porzellan.

Da reißt ihn die Stimme von Landesbaumeister Knöffel herum. „Manchmal denke ich“, höhnt Knöffel, „es geht gar nicht um die Frauenkirche, sondern um den Herrn Ratszimmermeister!“

Bähr sieht das glatte, zwanzig Jahre jüngere Gesicht seines Vorgesetzten und Kontrahenten, dessen Augen ihn ironisch mustern. Knöffel streicht jetzt prüfend über den Stein und sagt sanft zu Bähr, wohl wissend, dass seine Worte ihn schwer verletzen: „Ob das gut geht, bei seinen zweifelhaften Kenntnissen auf dem Gebiet der Gewölbekonstruktion?“

Knöffels Arroganz treibt Bähr das Blut ins Gesicht. Einen Kopf größer als Knöffel, breit und stark, steht er dem schlanken Fuchs gegenüber und weiß um seine Machtlosigkeit. Bähr beherrscht sich. Schwer atmend, die Wut unterdrückend, lehnt er sich an einen Sandsteinquader, verschränkt die Arme auf der Brust, als müsse er sich vor weiteren Angriffen schützen und gibt Knöffel zu verstehen, was er von ihm hält. „Herr Landesbaumeister hält es mit den Mücken. An heißen Sommertagen reizen sie meine Bauleute bis aufs Blut.“

Knöffel wird vertraulich: „Wenn der Ratszimmermeister glaubt, ich bin sein Feind, da täuscht er sich. Ich sag es nur mit meinen Worten, was der katholische Hof über ihn denkt. Die Angst vor einer Fehlkonstruktion schwebt über Dresden wie ein Damoklesschwert."

Knöffel tritt auf den Sandsteinquader zu, holt ein Vergrößerungsglas hervor und schaut durch das Glas auf den Stein. Ein feiner Riss zieht sich durch das sandsteinerne Gewebe.

Knöffel reicht Bähr wortlos das Vergrößerungsglas.

Während Bähr deutlich den Riss sieht, spricht Knöffel zu ihm, klar und sachlich, nicht ohne Sorge in der Stimme: „Wenn Er solche Bruchstellen übersieht, Meister Bähr, fällt seine Frauenkirche eines Tages zusammen wie ein Kartenhaus."

Bähr gibt ihm das Vergrößerungsglas zurück. „Mir ist ein wichtiger Bau anvertraut", erklärt Bähr, „der wichtigste Bau in meinem Leben. Ich kenne meine Steine, Landesbaumeister, nur die Menschen, die kann keiner kennen."

Er lässt Knöffel stehen und geht zu den Schiffen, um weiter das Abladen der Sandsteinfracht zu beaufsichtigen.

1731

Audienz beim König

George Bähr steht vor einem großen Spiegel. Er rückt sich die Perücke zurecht und setzt sich einen Dreispitz auf den Kopf. Ein stattlicher Mann, dem man seine 65 Jahre nicht glauben würde, käme jemand auf die Idee, ihn nach seinem Alter zu fragen. Der Ratszimmermeister knöpft sich den Rock zu, da tritt seine schöne, junge Frau Johanna mit dem schreienden, sechs Monate alten Sohn, Christian Heinrich, hinter ihm. Bähr wendet den Kopf nach ihr und fragt schüchtern: „Kann ich so gehen?"

Johanna zupft ihm das Halstuch zurecht, küsst ihn auf die Wange und flüstert ihm ins Ohr: „Viel Glück!"

In die Szene tritt Bährs Vetter, Johann George Schmidt, 24 Jahre jung, unter dem Arm mehrere Rollen aus Leder, die er Bähr überreicht. „Für den König!" sagt Schmidt ehrfurchtsvoll.

Bähr nimmt die Rollen, holt eine Zeichnung hervor, die die Innenansicht der Frauenkirche darstellt. Bähr wirft einen prüfenden Blick darauf und schaut Schmidt freundlich an. „Gut gemacht!"

Schmidt ist über das Lob sichtlich erfreut, aber auch über den kurzen Blick, den ihm Johanna schenkt. Seine Wangen färben sich mit einem leichten Rot. Bähr steckt den Riss zurück in die Lederrolle, nickt Schmidt aufmunternd zu, gibt seiner Frau und seinem Sohn einen kräftigen Kuss und verlässt das Zimmer.

Als er vor die Haustür tritt, kommt ihm Oberlandesbaumeister Matthäus Daniel Pöppelmann entgegen. Als er Bähr sieht, geht er ihm mit offenen Armen entgegen: „Mein lieber Bähr, das freut mich, dass Er beim König Audienz erhält!"

Bähr ist über diese direkte Anrede verblüfft. „Woher weiß Er...?"

Pöppelmann lacht ihn an, nähert sich ihm und sagt mit geheimnisvollem Ton: „Man weiß halt mehr, wenn der eigene Sohn Obrist beim König ist."

Bähr klopft auf seine Lederbüchsen: „Da drin ist meine Frauenkirche, Oberlandesbaumeister. Mit dem Urteil des Königs steht oder fällt alles."

Pöppelmann hebt die Hand, um die Wichtigkeit seiner Rede zu unterstreichen: „Sei Er gerade, Bähr. Majestät liebt selbstbewusste Männer. Der König muss das Wollen spüren und nicht bloß die Lust!"

Ein Gedanke, der Bähr hoffnungsvoll lächeln lässt. Plötzlich erstarrt des Ratszimmermeisters Miene, denn den beiden Männern nähert sich eine merkwürdige Gestalt. Sie gehört dem Hofnarren Josef Fröhlich. Er ist ganz in Schwarz gekleidet. Selbst sein Tirolerhut wirkt wie ein schwarzer Zylinder, geschmückt mit einem Edelweiß. Der klein gewachsene, bald vierzigjährige Taschenspieler trägt einen Trauermantel, der in eine Schleppe von 20 Ellen Trauerflor übergeht, die fast die ganze Straße bedeckt, so dass vorübergehende Bürger dem Tuch und seinem Träger Platz machen müssen. Als der Hofnarr sich Bähr und Pöppelmann nähert, macht er gegen sie eine artige Verbeugung, bleibt vor ihnen stehen und zieht aus den unergründlichen Tiefen seines Mantels zwei schwarze Karten, die er Bähr und Pöppelmann reicht: „Vor einem Jahr ist mein Bruder Gundling, des Preußen Königs kluger Narr gestorben. Mein Bruder war zu durstig. Aber daran ist er nicht zugrunde gegangen. Am Tisch des Königs saßen Wölfe."

Fröhlich gönnt sich bedeutungsvoll eine Pause, ehe er fortfährt: „Sie haben meinen lammfrommen Bruder Gundling in den Hades getrieben. Ich bin in tiefster Trauer. Seit seinem Tode habe ich alle Zimmer in meinem Narrenhäusel in schwarzes Tuch gehüllt. Auch den Schweinstrog habe ich schwarz bemalen lassen. Meine Residenz soll für Gundling Buße tun wie die Altäre am Karfreitag."

Pöppelmann unterbricht seinen Redefluss. „Wie lang will Er denn noch diese Farbe des Todes durchs Leben tragen? Er geht doch sonst so bunt, Herr Spaßmacher?"

Fröhlich rafft seinen dunklen Flor und versucht einen Kratzfuß. „Mein Kummer, Herr Oberlandesbaumeister, ist hoch wie die Elbe bei Flut. Wenn die Wasser meiner Tränen abgeflossen sind, und der Trauervogel von Athen davongeflogen ist, werde ich die Feder der Uhr fröhlichen Lebens wieder spannen!"

Ohne Bähr und Pöppelmann eines weiteren Blickes zu würdigen, schreitet der Hofnarr Fröhlich gravitätisch davon. Pöppelmann schaut ihm versonnen nach und sagt zu Bähr: „Fröhlich ist ein gutmütiger Mann, willfährig und barmherzig. Er ist mildtätig, hat vielen Armen Gutes getan. Auch bei Hofe hat er in vielen Sachen glücklich gewirkt. Seiner Profession nach soll er Müller sein. Er soll im Bayreuthischen noch eine Mühle haben. Er selbst ist römisch-katholisch, aber sein Weib, das übrigens aus Sachsen kommt, ist der evangelisch-lutherischen Religion zugetan.“

Bähr sieht den Hofnarren um die nächste Straßenecke gehen, nur der lange Trauerflor zeigt noch dessen Spur, bis auch der letzte Zipfel verschwunden ist. Bähr wendet sich an Pöppelmann: „Seine Kunst im Taschenspielen hat man aller Orten bewundert, weil man dergleichen in Sachsen nie gesehen hat. Er hat kluge und geschwinde Einfälle. Schwere Fragen sind ihm ein Leichtes. Ich glaube, Fröhlich hat es fast besser als unsereiner, der hundert Risse fertigen muss, um vom Rat einen Taler zu erbetteln. Sind wir nicht auch Narren der Obrigkeit, Pöppelmann, jeder auf seine ihm vom Schicksal verordnete Weise?“

Pöppelmann reicht ihm die Hand. „Blas Er nicht die melancholische Trompete, wenn Er zum König gerufen wird. Es zählt nur, was wir bauen. Und wenn Ihm die neue Frauenkirche gelingt, war die Spur seiner Erdentage nicht umsonst!“

Bährs Blick wird wieder hell. Pöppelmann klopft ihm auf die Schulter. „Vorwärts Bähr, meinen Segen hat Er!“

Die Flügeltüren zum Audienzsaal des Königs öffnen sich. George Bähr tritt ein, aber niemand ist im Raum. Er steht ganz allein in dem prächtigen, goldglänzenden Saal, von dem er nicht weiß, was er mehr bewundern soll: Den Fußboden aus edlen Steinen, die schön geschwungenen Möbel, das Sonnenlicht auf den glänzenden Porzellanen oder das an der Decke schwebende Bild, das von Engeln gemalt scheint. Doch jetzt klopft der Marschall mit seinem Stab auf den Marmorboden und ruft: „Audienz für Ratszimmermeister George Bähr!“

In dem Saal wird König August II. von seinem Obristleutnant Pöppelmann jr. in einem Rollstuhl hereingefahren. Bähr verbeugt sich in tiefer Reverenz. Als er wieder aufschaut, sieht er in das Gesicht des Königs, der ihn mit Interesse mustert. Ein Gesicht, das sich Bähr ganz anders vorgestellt hat. Der 61jährige König macht einen hinfälligen Eindruck. Übergewichtig und aufgedunsen sitzt er vor Bähr. Das gepuderte Gesicht kann die Krankheit, die ihn gezeichnet hat, nicht verstecken, aber seine Augen blitzen vor Neugierde, und seine Stimme klingt freundlich: „Ich bin erfreut“, sagt der König, „den Mann kennen zu lernen, der die Last des Neubaus unserer Frauenkirche auf sich genommen hat. Was war Euer Vater?“

Bähr verneigt sich. „Mein Vater Andreas Bähr hat die Zimmerei betrieben, in Lauenstein, dort bin ich 1666 auch geboren."

Der König erstaunt: „Mit Verlaub, Er sieht jünger aus."

Bähr weiß darauf keine Antwort, aber der König geht darauf nicht weiter ein, sondern ermuntert ihn mit einer Handbewegung: „Erzähl Er weiter!"

Bähr erinnert sich gern. „Von ihm habe ich die Liebe zum Holz. Schon als kleiner Junge konnte ich an den geschnittenen Hölzern erriechen, aus welchen Wäldern sie kamen. Die Hammerschläge der Zimmerleute klangen für mich wie Musik. Im Holz lebt die Welt, Majestät, egal, ob es hart, spröde, weich, federnd, hell oder dunkel, trocken oder harzig ist."

Bähr hält inne, weil er spürt, dass seine Gefühle für seinen Beruf mit ihm davon galoppieren. Aber dem König gefällt der große, alte Mann, der wie eine erzgebirgische Tanne vor ihm steht, und das Bild der Landschaft seiner Kindheit malt.

„Wir hatten in unserem Dorf ein Sägewerk. Dort habe ich das Holzhandwerk gelernt", berichtet Bähr dem König von Sachsen und Polen.

„Wann hat Er seine erste Kirche gebaut?" will der König jetzt wissen.

Bähr muss nicht lange überlegen: „Die Kirche in Schmiedeberg. An ihr habe ich drei Jahre gearbeitet. Von 1713 bis 1716 – und danach ging es 1719 gleich weiter mit der Kirche von Forchheim, zusammen mit meinem Freund, dem Ratsmaurermeister Gottfried Fehre. 1726 haben wir sie mit den Klängen der Orgel von Silbermann einweihen können."

Der König nimmt nun eine Mappe, in der Kupferstiche von weiteren Kirchenbauten, die unter George Bähr in Sachsen entstanden sind, aufbewahrt sind. König August II. betrachtet die Kirche von Carlsfeld, von Loschwitz, die Schlosskirche von Diesbar-Seußlitz und wendet sich jetzt fachmännisch an Bähr: „Mir fällt auf, Ratszimmermeister, Er bevorzugt in seinen protestantischen Bauten einen oktogonalen, von Emporen umgebenen Kirchenraum?"

Bähr fühlt sich verstanden. „Ihre Stützen tragen die innere Kuppel, Majestät. Dadurch wird der Altarraum aufgehöht und breiter."

Der König versteht und meint ironisch zu seinem Obristleutnant Pöppelmann jr.: „Das wird unserem Superintendent Löscher gefallen, so eine Bühnenwirkung!" Und zu Bähr gewandt: „Lasse Er seine Risse sehen!"

Der König gibt Pöppelmann jr. einen Wink, ihn mit seinem Rollstuhl zum größten Tisch im Saal zu fahren, an dem der Monarch ungeduldig zusieht, wie Bähr aus seinen Lederrollen die Baupläne hervorholt, um sie vor ihm auszubreiten.

Das Gesicht des Königs verwandelt sich. Es belebt sich, sein Körper strahlt konzentriert Energie aus, während er sich über die Zeichnungen beugt und moniert: „Ich sehe kein rechtes Entree?"

Bähr verteidigt sich: „Ich bedaure, Majestät, aber das ist eine Frage der Kosten. Nur nach den vom Rat bestätigten Rissen ist zu bauen."

Der König nimmt die auf dem Tisch liegenden goldenen Zirkel, misst die Distanz der Häuser, die um die Frauenkirche herum stehen. Ein Tun, das Bähr in höchste Anspannung versetzt. Jetzt schaut der König wieder hoch zu Bähr und sagt: „Das ganze Werk kann natürlich nicht geändert werden."

Bähr atmet erleichtert auf.

„Aber ich sähe es gern", fährt der König fort, „und will es auch so haben, dass das Hauptportal gegen Mittag, und der Altar gegen Mitternacht zu stehen kommt. Es wird nicht so viel mehr kosten. Was meint Er, Ratszimmermeister?"

Bähr wirft einen kurzen Blick auf den Riss und erklärt: „Majestät haben Recht. Wenn wir das Portal auf die Mittagsseite bauen, wird jedermann, der von der Pirnaischen und Rampischen Gasse oder vom alten Markt her kommt, das Hauptportal ins Auge fallen. Was den Altar betrifft, so glaube ich, ist es besser, er bleibt auf der Stelle des Morgens, so wie er jetzt steht. Wenn man in die Kirche tritt, ist er gleich rechts zu sehen. Für den Altar, mit Verlaub, Majestät, ist das in diesem Zentralbau, ohne Kirchenschiff, der beste Stand."

Der König übergeht den mutigen Widerspruch Bährs. Sein Schweigen signalisiert Zustimmung. Der König gibt ihm den Grundriss zurück und fragt: „Wo ist das Prospekt der Kirche?"

Bähr zieht aus einer weiteren Lederbüchse seine Zeichnungen, breitet sie vor dem König aus, der sie in die Hand nimmt und mit großer Aufmerksamkeit betrachtet. Ohne aufzuschauen räsoniert er: „Alle Achtung, Superintendent Löscher will hoch hinaus!"

Um weiterer Kritik vorzubeugen, ergreift Pöppelmann rasch das Wort. „Hier ist das Hauptportal der Kirche, auf das seine Majestät kritisch hingewiesen haben – und hier wird es dann endgültig, nach Majestät allergnädigster Meinung aufgebaut werden."

Der König ist es zufrieden, beugt sich wieder über die Risse und sagt dann zu Bähr: „Ratszimmermeister, einen Wunsch noch: Das neue Portal darf nicht von kleinen Säulen gemacht, sondern es müssen große dazu genommen werden. Jeder Stein der Frauenkirche soll ihre Pracht verkünden!"

Bähr legt die rechte Hand auf sein Herz und verneigt sich dankbar für des Königs Meinung, der schon wieder mit einem anderen Problem beschäftigt ist. „Ich sehe nur drei Türme – soll das so bleiben?"

Bähr erläutert: „Der Riss ist diagonal gezeichnet, Majestät. Wenn man sie vom Gewandhaus her sieht, wie im Prospekt, sieht man nicht nur den vierten Turm, sondern auch zwei Portale von der Abend- und Mittagseite."

Der König wiegt den Kopf, überlegt, und fragt dann: „Kann es sein, dass die jetzige Hauptwache das Panorama stört?"

Bähr nickt zustimmend: „Es wäre schade, wenn das Werk so versteckt bleiben sollte. Schließlich kostet es nicht wenig."

Der König widerspricht ihm nicht, gibt ihm Risse und Prospekte zurück und wendet sich an seinen Obristen: „Pöppelmann, bringe Er den Ratszimmermeister und seine Unterlagen zu Generalfeldmarschall Graf von Wackerbarth. Mein Befehl: Die Hauptwache ist zu schleifen, damit die Frauenkirche ihre Schönheit am Platze voll entfalten kann."

Bähr ist von dem Vertrauen, das ihm der König entgegen bringt, überwältigt. Er geht in die Knie vor ihm, greift nach der von Diamanten beringten Hand und küsst sie. Dann schaut er seinem König fest in die Augen. „Danke, Majestät, tausend Dank!"

Der König zieht seine Hand zurück und fragt im sachlichen Ton: „Und was wird die Kirche die Protestanten kosten?"

Bähr erhebt sich. „Wir haben 120.700 Taler spezifiziert."

Der König wirft Bähr einen zweifelnden Blick zu. „Und der Rat glaubt das?"

Bähr zögert mit der Antwort und meint dann selbstbewusst: „Wer den Himmel stürmen will, muss fest auf der Erde stehen."

Der König winkt seinem Obristen, der ihn jetzt im Rollstuhl um den in der Mitte des Saals stehenden Bähr herum fährt, so dass Bähr gezwungen ist, sich im Kreis zu drehen, will er den König nicht aus den Augen verlieren, während dieser mit lauter Stimme auf ihn einredet: „Ich brauche ihn, Bähr. Seine Frauenkirche schafft mir Frieden in der Stadt. Superintendent Löscher ist ein Fanatiker. Er hetzt gegen mich, weil ich zum Katholizismus übergetreten bin. Er ist ein glühender Protestant, aber von Politik versteht er nichts. Ich kenne meine Dresdner. Wenn erst die Frauenkirche steht, werden sie Ruhe geben – das Gelingen des Baus, Ratszimmermeister, ich lege es in Seine Hand!"

Bähr will antworten, aber er kommt nicht dazu, denn der König hebt gegen Bähr die Hand und erklärt abrupt: „Die Audienz ist beendet."

Bähr verneigt sich und muss den Saal verlassen.

Sofort tritt aus einer Geheimtür Landesbaumeister Knöffel. Er geht vor den König in die Knie und schmeichelt: „Mein Respekt. Majestät ist der größte Architekt."

Aber der König geht auf das Lob nicht ein, sondern kontert: „Ich hörte, dass Bährs Eigensinn manchen verhasst sein soll?"

Knöffel enthält sich einer Antwort. „Ist des Rates Baumeister ob seiner Dickfelligkeit beim Grafen Wackerbarth verhasst, so ist dieser Bähr wohl trotzdem ein rechtschaffner Mann. Mit meinen 61 Jahren fühle ich mich alt und krank. Aber dieser Bähr – er ist noch vier Jahre älter?!"

„Gleichwohl", ergreift nun Knöffel doch das Wort, „alle Last liegt bei ihm!" Der König sieht nachdenklich auf seinen Landesbaumeister. „Der Bau braucht Kontrolle, nicht nur vom Rat der Stadt, auch durch uns."

Knöffel verneigt sich für den Auftrag, den er für sich zu erkennen glaubt und verlässt, rückwärts gehend, den Audienzsaal. „Die neue Frauenkirche von Dresden, ihr Ruhm gebührt allein dem König von Sachsen und Polen!"

Pöppelmann jr. fährt den König aus dem Saal und ergänzt: „Man muss dem Bähr unter die Arme greifen, damit der Bau bald seinen Zweck erfüllt!"

Das Klappern der Pferdehufe über die runden Kopfsteinpflaster dröhnt von den Häuserwänden der Rampischen Gasse. In der Kutsche von Obristleutnant Pöppelmann jr. sitzt George Bähr und schaut nachdenklich auf den gut aussehenden Offizier, dessen Vater der Oberlandesbaumeister des Königs ist. Pöppelmann jr. sucht die Augen vom Ratszimmermeister und sagt lächelnd: „Majestät meint es gut mit Ihnen. Er steht hinter Ihrem Bau. Auch mein Vater lässt Sie grüßen. Er will gerne helfen, wenn Rat nötig wird."

Bähr nickt Pöppelmann jr. dankbar zu, da dringt lautes Geschrei an ihre Ohren, als sie sich der Baustelle der Frauenkirche nähern. Es ist die Stimme von Ratsmaurermeister Fehre. Und jetzt sieht Bähr auch, was sich abspielt. Fehre hält wütend dem Steinmetzmeister Ebhardt ein Stück Sandstein unter die Nase und brüllt: „Das machst du doch mit Absicht, du Intrigant, dass meine Leute nie genug Steine von dir bekommen und deshalb nicht weiter arbeiten können!"

Steinmetzmeister Ebhardt, eine imposante Figur von Mitte Dreißig, steht breitbeinig vor dem drohenden Fehre und lächelt arrogant. Dann sagt er so laut, dass es bis in die Kutsche zu hören ist: „Von mir bekommst du nur so viel Steine, wie bezahlt werden. Beschwer dich bei Bähr."

Als dieser seinen Namen hört, springt er behände aus der Kutsche, geht auf die beiden Streithähne zu und ruft in Richtung Fehre: „Wenn nicht genug Steine da sind, Gottfried, musst du deine Maurer eben woanders in Arbeit bringen!"

Fehre sieht Ebhardts höhnisches Gesicht, dreht sich langsam zu Bähr herum und sagt empört: „Ich höre wohl schlecht? Ebhardt lässt mich und meine Leute hängen, und du nimmst ihn dafür noch in Schutz?"

Bähr überhört seine Frage, nimmt Fehre den Stein aus der Hand und wendet sich an Ebhardt: „Sind das mitternächtige Steine, wie besprochen?"

Ebhardt nickt. „Die Steine sind gut, Ratszimmermeister. Ihr müsst sie nur noch bezahlen."

Bähr lässt Ebhardt ohne Antwort, gibt ihm den Stein zurück, wendet sich stattdessen an Fehre. Er umfasst vertraulich seine Schulter und zieht ihn beiseite, während er seine Stimme senkt: „Ich komme geradewegs vom König, Gottfried. Stell dir vor, er hat all unsere Baupläne bestätigt."

Fehre entwindet sich seiner Umarmung, sagt mürrisch: „Freut mich für dich, aber rede nicht von unseren Plänen, solange Ebhardts Steinmetzen für dich Künstler sind, und du in meinen Maurern nur Handlanger siehst."

Fehre geht zu Ebhardt zurück, reißt ihm den Stein aus der Hand und hält ihn jetzt Bähr vor. Seine laute Frage gilt auch Ebhardt: „Schau dir doch Ebhardts Steine an, die sind nie und nimmer aus einem mitternächtigen Steinbruch!"

Bähr ist der ganze Streit sichtlich unangenehm. Er sieht nach Pöppelmann jr., der aus der Kutsche aufmerksam die Szene verfolgt. Bähr weicht aus, wendet sich zum Gehen. „Wir klären das später. Graf Wackerbarth erwartet mich." Er lässt Fehre stehen und geht zur Kutsche.

Ebhardt stellt sich neben Fehre und meint hämisch: „Über dich kann ich mich nur wundern, Ratsmaurermeister. Ich dachte immer, ihr seid Freunde? Dass unser Ratszimmermeister keine Ahnung von Steinen hat, so was würde ich mir nicht einmal zu denken wagen!"

Fehre ballt die Fäuste, als wolle er gleich los schlagen. Doch er beherrscht sich und geht wortlos zu seinen Leuten, die stumm an ihren Karren stehen.

Die Kutsche mit George Bähr und Obristleutnant Pöppelmann jr. fährt durch das Tor, hinter dem das Palais des Gouverneurs Graf Wackerbarth in seiner barocken Schönheit die Gäste begrüßt. Aus seinem Arbeitszimmer beobachtet Wackerbarth das Aussteigen, wobei sein Gesicht nicht gerade Freude über den Besuch erkennen lässt. Das ändert sich, als George Bähr durch die Tür tritt. Mit übertrieben ausgebreiteten Armen kommt Wackerbarth dem Ratszimmermeister entgegen und erklärt euphorisch: „Die Hauptwache stört mich schon lange, mein lieber Bähr. Des Königs Befehl erfüllt meinen heißesten Wunsch!"

Wackerbarth bittet den Ratszimmermeister und Pöppelmann jr. an einen zierlichen Tisch, der das ganze Gegenteil zu Wackerbarths stattlicher Leibesfülle darstellt. Auf dem Tisch stehen drei Gläser Meißner Wein. Wackerbarth, einschmeichelnd und wohltönend: „Trinken wir auf die Gesundheit Ihrer Majestät des Königs!"

Die Männer trinken. Jetzt wendet sich Wackerbarth jovial Bähr zu: „Ich hoffe, er flieht nicht vor den Schwierigkeiten, bevor die Kirche steht, Herr Bau-Collega. Er ist schließlich nicht mehr der Jüngste..."

Auf dem Gesicht von Wackerbarth wechselt die Farbe der Freundlichkeit hin zur Farbe der Macht. George Bähr ist nicht blind. Er weiß, er steht auf dem Parkett sächsischer Baupolitik, und das ist so glatt wie das Eis auf der Elbe im Winter. Deshalb fragt er scharf zurück: „Wer König und Rat verpflichtet ist, warum sollte der desertieren?"

Wackerbarth setzt sein Glas ab, dass der schmale Tisch ins Wackeln kommt, geht zu einem Schrank, holt einen Lederbeutel heraus und stellt ihn auf den Tisch vor Bähr. Wackerbarth ähnelt einem Chamäleon. Sekundenschnell breitet sich wieder Freundlichkeit über seine hochgepolsterten Wangen aus. „Er braucht jeden Groschen, stimmt doch, oder?"

Bähr nickt unwillkürlich. Wackerbarth klopft auf den Lederbeutel. „Das sind 1.000 Taler, damit der Bau zu jedermanns Beifall und Vergnügen ausgeführt wird. Gott sei mit dir, Ratszimmermeister!"

Wackerbarth drückt Bähr den Beutel in die Hand und sagt, schon wieder kurz angebunden zu Obristenleutnant Pöppelmann jr.: „Die Audienz ist beendet. Bringe Er den Ratszimmermeister gesund zu Weib und Kind!"

Pöppelmann jr. verbeugt sich. Bähr aber bleibt aufrecht stehen, hält den Lederbeutel an seine Brust gedrückt, ist ehrlich gerührt: „Lieber geben, statt nehmen! Das war das Lebenscredo meiner Mutter, Reichsgraf. Sie ist schon lange tot. Jetzt finde ich es hier wieder. Ich danke, auch in ihrem Namen."

Wackerbarth ist ohne Zweifel ein harter Politiker. Aber er ist auch Architekt und Künstler. Und er weiß, wenn ihm der König den Auftrag zum Bau der Frauenkirche erteilt hätte, er hätte abgelehnt. Eine Festung bauen, ja, zu jeder Zeit. Aber einen Monumentalbau wie die Frauenkirche zu übernehmen, als gebauten Widerspruch zum katholischen Hof, das lieber nicht. Deshalb liegt in seinem Blick Bewunderung, wenn er jetzt am Fenster steht und die Hand hebt, um den Gruß zurück zu geben, den ihm der Ratszimmermeister aus der Kutsche zuwinkt.

Bährs Hand sinkt, die Spannung fällt nach der doppelten Audienz von ihm ab. Der Schlaf will sein Recht. Bähr fallen die Augen zu, und der Traum schenkt ihm Bilder der Erinnerung.

Auf einer harten Bank, unterhalb eines der großen, bunten Bleiglasfenster des Rathauses von Dresden, sitzt der 39 Jahre alte George Bähr. Eine prächtige, männliche Erscheinung, von der aber im Saal keiner Notiz nimmt. Umso schärfer beobachtet George Bähr, was um ihn herum geschieht.

Am Tisch des Bürgermeisters sitzen die Ratsherren. Hinter dem Bürgermeister hängt ein großer Kupferstich von der Stadt Dresden. Die Ratsherren sind miteinander in Gespräche vertieft, so dass es im Ratssaal wie in einem Bienenstock summt.

Jetzt schwingt der Bürgermeister die glänzende Messingglocke. Langsam kehrt Ruhe ein. Aller Augen richten sich auf den Bürgermeister, der nun seinerseits feierlich verkündigt: „Wir kommen zur Vereidigung George Bährs zum Ratszimmermeister!"

Es ist dieser Satz, auf den George Bähr die ganze Zeit gespannt gewartet hat. Schnell erhebt er sich und tritt vor den Rat. Er ist sorgfältig gekleidet, aber im Verhältnis zu den reich geschmückten Ratsherren wirkt sein Habitus äußerst bescheiden, aber nicht sein Auftreten. Er verneigt sich leicht gegenüber dem Bürgermeister und dann vor den anderen Herren.

Diese begreifen, vor ihnen steht kein kratzfüßiger Untertan, sondern ein selbstbewusster Mann, der sich jetzt ganz auf den Bürgermeister konzentriert, welcher eine Urkunde entrollt und nun feierlich verkündet: „Den 20. Oktober 1705 wird George Bähr von Lauenstein, der das Zimmerhandwerk erlernt und darauf etliche Jahre als Gesell gearbeitet und danach sich auf andere mechanische Wissenschaften gelegt hat, darin er es ziemlich weit gebracht, als Ratszimmermeister vereidigt. Er hat sich erboten, das Meisterrecht durch Verfertigen gewöhnlicher Risse zu gewinnen. Er übernimmt bei Eintritt in den Ratsdienst die Gesellen seines Vorgängers Andreas Voigt und führt dessen Art und Weise der wöchentlichen Arbeitsabrechnungen fort."

Der Bürgermeister macht eine kleine Pause, schaut über das Pergament zu Bähr, während er seine Stimme hebt: „Der Ratszimmermeister der Stadt ist in allen Angelegenheiten für das Gemeinwohl der Bürgerstadt und der Residenz Dresden tätig. Ist das bewusst und von ihm gewollt?"

George Bähr legt die Hand aufs Herz und sagt mit fester Stimme: „So wahr mir Gott helfe!"

Die Ratsherren stehen auf und spenden ernsten Beifall, während der Bürgermeister nun endlich George Bähr die Urkunde überreicht.

Eine Hand rüttelt George Bähr an der Schulter. Sie gehört Obristleutnant Pöppelmann jr. „Heh, Ratszimmermeister, wir sind da. Aufwachen!"

George Bähr taucht aus dem Meer seiner Erinnerungen auf. Verwirrt sieht er das Gesicht des jungen Leutnants über sich. Der lächelt ihn an: „Zu viel Aufregung, was? Erst der König, dann sein Gouverneur! Aber aller guten Dinge sind drei. Da schau Er, Seine Frau wartet schon."

George Bähr sieht aus dem Kutschfenster auf die Fassade seines Wohnhauses, wo ihm aus dem dritten Stock seine Frau Johanna zuwinkt. Früher ein unscheinbarer Putzbau, hat ihn Bähr 1711 gekauft und mit phantasievollem Schmuckdekor ausgestattet. Aus dem grauen Entlein wurde ein stolzer Schwan. Üppige Vasen schweben über dem Fenster, in dem seine Frau steht. Die Vasen reichen bis nach oben unter die drei großen Segmentbogenfenster des vierten Obergeschosses, hinter denen sich Bährs Arbeitsstube befindet.

Der Kutscher öffnet die Wagentür. Bähr hebt die Hand gegen Pöppelmann jr. zum Abschiedsgruß und geht auf sein Haus zu. Im Treppenhaus stürmt ihm Johanna entgegen: „George, nun sag schon, wie war's beim König?"

George, außer sich vor Glück, fasst seine schöne junge Frau um die Hüfte und trägt sie schwungvoll, als wäre sie eine Feder, in die Wohnung. Dort setzt er sie vorsichtig neben der Wiege seines Sohnes Christian Heinrich ab, küsst sie, breitet die Arme aus und sagt pathetisch: „Der König hat alles für gut befunden. Die ganze Anlage, der monumentale Charakter meiner Kirche – alles, was ich machen will, findet seinen Beifall!" Er holt sich einen Stuhl heran und setzt sich seiner Frau gegenüber.

Johanna schaut in die glücklichen Augen ihres Mannes. „Er ist eben ein kunstsinniger Fürst!"

Sie nimmt ihr Kind aus der Wiege. Bähr zieht die Schleifen ihrer Bluse auf, damit sie seinem Sohn die Brust geben kann. „Madonna mit dem Kind", denkt der stolze Vater, aber aus seinem Munde sprudeln andere Wörter. „Stell dir vor, Wackerbarth muss die Hauptwache abreißen, damit mein Gotteshaus zu seiner Geltung kommt!"

Johanna sieht ihren Mann erstaunt an. „Sollte die Wache der Garnison nicht erweitert werden?"

Bähr steht auf, geht erregt auf und ab, packt sie dann mit seinen großen Händen zärtlich an der Schulter. „Ja, du hast Recht. Aber umso höher ist der Entschluss des Königs zu achten!“

Voll Bewunderung sieht Johanna auf ihren Mann. „Ratszimmermeister Bähr, dein Weib ist stolz auf dich!“

Bähr küsst sie und flüstert ihr ins Ohr: „Ich wusste es, du bringst mir Glück!“

1732

Salzburger Emigranten in Sachsen

Heißes Wasser dampft. Leinentücher liegen bereit. Die Hebamme tupft die perlenden Schweißtropfen von Johannas Stirn, die in den Wehen liegt und vor Schmerzen schreit.

„Pressen!“ befiehlt die Hebamme. „Pressen!“

Auf dem blutbefleckten Laken kommt am 3. Februar 1732 neues Leben in die Welt.

Die Hebamme hält das Baby in die Luft und ruft begeistert: „Ein Junge, Frau Johanna, ein Junge!“ Die Mutter lächelt erschöpft.

Die Hebamme legt das Kind vorsichtig in das warme Wasser. Und die Berührung mit dem Element löst seinen ersten Schrei aus. Johanna hebt ihren Kopf aus dem Bett und mahnt die Hebamme: „Bade es nicht zu heiß. Mein Mann ist nach seiner Geburt auch zu heiß gebadet worden. Deshalb ist er oft so zornig und unzufrieden.“

Die Hebamme antwortet lachend: „Ach was, wer bei der Geburt nicht schreit, der schreit bei der Hochzeit!“

In diesem Moment betritt George Bähr das Zimmer. Die Hebamme hält ihm den nassen Säugling hin und erklärt stolz: „Ein Junge!“

Bähr küsst sein Kind auf die zarte Stirn und brummt: „Wie soll er denn heißen?“

Johanna richtet sich auf. „Komm her zu mir!“ ruft sie. „Na, komm schon!“

Bähr geht zu ihr, setzt sich behutsam auf das Wöchnerbett.

„Dein Sohn soll Wilhelm George heißen – einverstanden?“

Ihr Angebot überwältigt den 66 Jahre alten Vater. Er küsst dankbar ihren Mund, doch Johanna sieht, dass seine Augen trotzdem traurig sind. „So richtig freust du dich aber nicht?“ sorgt sich Johanna.

Bähr wendet sich von ihr ab und schaut zu der Hebamme, die seinen Sohn sorgsam in Windel wickelt. „Fehre macht mir Ärger, Johanna. Die Leute laufen mir aus dem Ruder. Ich bin zu alt für einen so großen Bau.“

Frau Johanna zieht seinen grauen Kopf zu sich herunter und flüstert ihm ins Ohr: „Zu alt? Sechs Kinder hast du mir versprochen, vergiss das nicht!“

Schmale Hände spielen auf einem Tasteninstrument mit Hammertechnik eine Komposition.

Der Orgelbauer Gottfried Silbermann lauscht ergriffen. Er schaut bewundernd auf seinen Freund, den 47 Jahre alten Johann Sebastian Bach, der bei dem Spiel immer jünger zu werden scheint, so glühen seine Wangen und blitzen seine Augen. Der Schlussakkord ertönt, abrupt dreht sich Johann Sebastian Bach herum, weil er vom Orgelbauer nur eines wissen will: „Wie gefällt dir die Musik, Gottfried?“

Der nur zwei Jahre jüngere Silbermann gießt statt einer Antwort roten Wein in kristallene Gläser, reicht sie seinem Freund, prostet ihm zu und sagt anerkennend: „Du wirst immer besser, Sebastian!“

Bach nickt dankbar, trinkt, wischt sich dann mit seinem Taschentuch die Lippen ab und fragt verschwörerisch: „Soll ich dir was verraten?“ Silbermann sieht ihn neugierig an.

„Die Komposition, die du eben gehört hast, ist für ein ‚extraordinäres Konzert‘ zum Namenstag von König August II. gedacht.“

Silbermann lacht auf. „Verstehe – wer Sächsischer Hofkompositeur werden will, muss sich was einfallen lassen. Aber ich habe auch eine Frage – wie findest du mein neues Tasteninstrument?“

Bach berührt die glänzenden Elfenbeintasten, wiederholt Passagen seiner Komposition. Nachdem er förmlich in das Instrument hinein lauscht, sagt er: „Ich kann den Klang nur rühmen, ja bewundern.“

Das freut Silbermann. Aber er freut sich zu früh, denn Bach setzt hinzu: „Leider ist es in der Höhe zu schwach und schwer zu spielen.“

Silbermanns Miene verdüstert sich. Tadel an seinen Arbeiten kann er partout nicht leiden. Er schlägt den Deckel zu und brummt verstimmt: „Wenn dir meine Arbeit nicht genügt, musst du ja nicht deine Zeit damit vergeuden!“

Bach kennt das aufbrausende Temperament seines Freundes und weiß ihn zu beruhigen: „Nun sei doch nicht gleich beleidigt, Gottfried. Im Ganzen ist es eine solide Arbeit. Wir wissen doch beide, nichts ist so gut, dass es nicht verbessert werden könnte.“

Aber für Silbermann hat sich die Sache erledigt. Er dreht sich von ihm weg, geht zu einem Sekretär, der in der großen Werkstatt neben dem Fenster steht und holt aus einem Fach einen

Brief. „Hier, lies!“ fordert Silbermann. „Der Dresdner Bürgermeister hat mir geschrieben. Ich soll wegen der Errichtung einer Orgel für die neue Frauenkirche nach Dresden kommen. Was hältst du davon?“

Bach liest aufmerksam den Brief, gibt ihn dann Silbermann mit der Bemerkung zurück: „In Leipzig pfeifen es die Spatzen von den Dächern, dass für den Bau der neuen Frauenkirche das Geld hinten und vorne fehlt. Und dieser Ratszimmermeister, dieser George Bähr, das soll ein ganz schlimmes Schlitzohr sein. Er hat zwar eine Audienz beim König bekommen, aber überlege dir gut, ob du dich mit ihm auf einen Orgelbau einlässt.“

Silbermann widerspricht: „Auf Bähr ist Verlass.“ Er geht zu seinem Tasteninstrument, öffnet den Deckel, spielt, hört, spielt und sagt dann versöhnlich zu seinem Freund Bach: „Du hast Recht, Sebastian, es ist in der Höhe zu schwach.“

Bach freut diese Einsicht.

„Aber meine Orgel in der Frauenkirche, unter deinen Händen wird sie in der Höhe so stark klingen, dass es die Engel im Himmel hören. Verlass dich drauf!“

Da klopft es gegen die Scheibe des Fensters, das Fenster wird aufgedrückt und ein eindrucksvoller Kopf erscheint. „Ratszimmermeister Bähr aus Dresden“, donnert sein Bass in die Werkstatt.

Silbermann schaut ihn verdutzt an, kann es nicht glauben, fängt an zu lachen und ruft: „Johann Sebastian, das glaubst du nicht. Wenn man vom Teufel spricht, steht er schon vorm Haus!“

Silbermann, gefolgt von Bach, tritt vor die Tür seiner Werkstatt. Vom Kutschbock eines Einspänners steigt Johanna Bähr. In Silbermann erwacht der Kavalier. Fürsorglich hilft er ihr beim Herunterklettern, während hinter ihm Bähr stolz verkündet: „Darf ich vorstellen, meine Frau. Johanna, das ist der große Orgelbauer Silbermann!“

Johanna macht einen artigen Knicks. Silbermann verneigt sich und wendet sich an Bähr: „Dein Besuch überrascht mich, aber er freut mich auch!“

Bähr kommt gleich zur Sache: „Hast du den Brief vom Rat der Stadt Dresden schon erhalten?“

Silbermann nickt.

„Das war meine Idee", fügt Bähr hastig hinzu, „ich habe den Rat überredet, dich für den Orgelbau meiner Frauenkirche zu gewinnen."

Jetzt mischt sich Bach ein. „Das war hellsichtig." Seine Stimme ist nicht ohne Ironie. „Er hat wohl gehört, dass der Leipziger Nicolai-Organist Görner nach Prüfung der Püchauer Orgel feststellte, Silbermann habe als rechtschaffener Künstler gearbeitet!"

Bähr will antworten, aber da kommt Trude, Silbermanns Hausangestellte, ein hübsches Mädchen. Sie deckt den Tisch, der unter dem Fenster der Werkstatt steht, mit einem weißen Tuch. Dann geht sie in die Küche, aus der sie Wein, Brot, Salz, Wurst und Obst holt. Das alles stellt sie auf den Tisch. Silbermann bittet seine Gäste, Platz zu nehmen und meint so nebenbei: „Mein Freund Johann Sebastian Bach, lieber Bähr, lobt mich immer vor Fremden. Aber wenn ich mit ihm allein bin, lässt er keinen guten Faden an mir!"

Johanna fasst spontan nach Bachs Händen und sagt bewundernd: „Ich liebe Ihre Musik!"

Bähr aber sucht nach Widerrede. „Es ist uns eine große Ehre, Sie endlich kennen lernen zu dürfen, verehrter Meister Bach. Doch um auf Püchau zurück zu kommen. Das ist gar kein schlechtes Beispiel, werter Thomaskantor. Silbermann hat nämlich bis jetzt nur für kleine Dorfkirchen gebaut."

Bach protestiert. „Ist der Freiberger Dom eine kleine Dorfkirche?"

Bähr winkt ab. „Ausnahmen bestätigen die Regel. Moment..."

Er geht zur Kutsche und holt Lederrollen aus dem Fond, stellt sie auf den Tisch und zieht Zeichnungen daraus hervor. Bähr breitet die Blätter auf dem Tisch aus, trinkt hastig einen Schluck Wein und zieht mit den Draufsichten, Innenansichten und Seitenansichten der Frauenkirche alle in seinen Bann.

Bähr erklärt stolz. „Das hier wird die größte protestantische Kirche in Sachsen. Du sollst mir, Silbermann, mit Gottes Hilfe, die größte Orgel bauen, die du je in deinem Leben gebaut hast. Unter meiner Kuppel wird die Musik deiner Orgel die Gemeinde näher zu Gott bringen!"

Bähr hält ihm die Hand hin. Silbermann ergreift sie. Bähr hat genau einstudiert, was er jetzt sagen will, und doch schnürt es ihm vor Erregung die Kehle zu, weil sie aus ehrlichem Herzen kommt, die Lobpreisung auf Silbermann. „Was du in Reichenbach und Rochlitz hast erwiesen, in Püchau, Tieffenau und Oederan. Und wie auch deine Kunst in Glauchau wird gepriesen, das zeigt dein schönes Werk, geschickter Silbermann – drum pack es jetzt in Dresden mit mir an!"

Silbermann ist überwältigt. Seine Augen beginnen verräterisch zu glitzern. Bach drückt den beiden Männern die Weingläser in die Hand und fragt gewollt naiv: „Und wer soll die Orgel einweihen?"

Silbermann hält sein Glas gegen Bähr und meint: „Wenn der Herr Ratszimmermeister nichts dagegen hat, mein Freund Johann Sebastian spielt die Orgel nicht schlecht!"

Bähr lacht dröhnend. Er schaut auf Silbermann und Bach und ruft seiner Frau begeistert zu: „Hab ich es dir nicht gleich gesagt, Johanna. In Freiberg finden wir zur Orgel von Silbermann auch einen Organisten!"

Die Sonne steht noch am blauen Himmel, als Bähr und Johanna nach Dresden zurückfahren. George Bähr, den Hut tief über die Augen gezogen, damit ihn die Sonne nicht blendet, hält straff die Zügel des Einspänners und treibt mit „Hüh!" und „Ho!" den frischen Wallach voran. Seine Frau Johanna hat den Kopf an die Schulter ihres Mannes gelegt und schaut versonnen auf die üppigen Frühlingswiesen, von einem See umkränzt, dessen Wasser zwei Kraniche mit ihren Flügeln aufwirbeln.

Hinter den flirrenden Rädern der offenen Kutsche stiebt der Sand hoch, um sich gleich darauf müde auf den Weg zu legen.

Da steigt plötzlich ein Lied hinter dem Hügel auf. Ein Lied, das George und Johanna wohl kennen, aber die Sänger versteckt noch ein kleiner Berg, den der Wallach jetzt munter erklimmt, während ihm das fröhliche Lied entgegen weht.

„Wie lieblich ist der Maien
aus lauter Gottes Güt',
dass sich die Menschen freuen,
weil alles grünt und blüht!"

Auf dem Hügelplateau taucht ein Zug aus Frauen und Männern in Salzburger Tracht auf, Kinder an der Hand, die barfuss über die frühlingswarme Erde laufen.

Als sie den Einspänner sehen, verebbt ihr Singen.

George Bähr lenkt seine Kutsche an den Rand der Straße und zieht seinen Hut, während Johanna den Leuten freundlich zuruft: „Gott sei mit euch!"

Ein junger Mann, mit knielangen Lederhosen und einem weißen, leinenen Hemd, tritt vor Bähr, verneigt sich und fragt mit unverkennbarem Salzburger Akzent: „Verzeih, Bruder. Wir haben gehört, euer katholischer König lässt uns Salzburger Emigranten nicht in seine Residenz. Warum?"

Bähr schaut ratlos nach Johanna, die gleich widerspricht: „Das kann ich nicht glauben. Ihr seid doch Protestanten wie wir!"

Der junge Mann schüttelt energisch den Kopf. „Wir dürfen nicht nach Dresden. Wir ziehen alle nach Meißen."

Bähr schaut in die großen, braunen Augen des Salzburger Burschen und will es nun genauer hören. „Wer hat euch wissen lassen, dass ihr nach Meißen gehen sollt?"

Der junge Mann kramt aus den Taschen seiner Lederhose ein Papier und gibt es Bähr. Dieser streicht das zerknitterte Pergament auf seinen Knien glatt, liest und meint dann erstaunt zu seiner Frau: „Das ist eine Botschaft von Superintendent Löscher. Er will in Meißen zu den Salzburger Emigranten sprechen."

Bähr gibt das Schreiben zurück und nickt dem Burschen aufmunternd zu: „Wir haben eine klugen König. Er lässt uns unseren lutherischen Glauben, und wir lassen ihm seine katholische Krone. Der Löscher ist ein braver Mann. Er wird euch helfen!"

Der Salzburger lächelt dankbar, macht eine Geste des Abschieds und rennt dem Treck hinterher, der auf der anderen Seite des Berges langsam verschwindet.

Johanna schaut ihm nach und bedauert: „Die armen Leute. Werden einfach aus ihrer Heimat gejagt, weil sie anders glauben. Stell dir vor, George, wir würden aus Dresden vertrieben…"

Doch sie wartet vergeblich auf Antwort. George Bähr ist vom Kutschbock gestiegen und pflückt vom Straßenrand einen Grashalm. Den hält er gegen die Sonne und ruft dabei seiner Frau zu: „Schau, Johanna, so einen Grashalm habe ich mal als Junge gefunden. Ich habe ihn mir lange angeschaut. Ein Wunderwerk. So fest und doch geschmeidig."

Er lacht Johanna zu. Freut sich wie ein Kind. „Jeden Tag sollte man in die Werkstatt von Mutter Natura schauen. Jeden Tag! Irgendetwas gibt es dabei immer zu lernen."

Johanna reicht ihm die Hand. Bähr steigt auf den Kutschbock und ergreift wieder die Zügel. Irgendwo beginnt die Glocke einer Dorfkirche zu läuten. Johanna küsst ihren Mann auf die Stirn, während sich der Wallach ohne Aufforderung ins Geschirr legt.

Der Tag geht zur Neige. Die Strahlen der Abendsonne scheinen durch die Fenster des Ratssaales genau auf die Mitte des Tisches, auf dem der Hammer von Bürgermeister Schwarzbach niederfällt. Seit dem frühen Morgen sitzen die Ratsherren Ganzland, Schäfer, Dornblüth, Strobel, Stöfichen, Schrey und Küfner und brüten über eine Entscheidung, die sie doch nicht zu fällen wagen.

Aber ein Beschluss muss sein. So oder so. Deshalb erklärt nach dem Hammerschlag der Bürgermeister mit fester Stimme: „In Vertretung von Ratszimmermeister Bähr bitten wir Ratsmaurermeister Fehre vor den Hohen Rat. Er soll uns helfen, endgültig zu klären, ob die Frauenkirche eine Kuppel aus Holz oder aus Stein bekommt?"

Die Tür zum Ratssaal öffnet sich und Ratsmaurermeister Fehre betritt das Parkett. Mit müden Augen mustern ihn die Ratsherren. Der Bürgermeister versucht mit lauter Stimme, sie aufzumuntern und ruft streng: „Wir hören, Ratsmaurermeister!"

Fehre streicht sich nervös über sein Gesicht und erklärt: „Ratszimmermeister Bähr hat mich ermächtigt, dem Hohen Rat zu versichern, dass die Kuppel, wenn sie eine steinerne wird, tüchtig und beständig von mitternächtigen Steinen aus dem Grätzschner Steinbruch gefertigt wird."

Der Ratsherr Strobel wiegt bedenklich seinen Kopf und will wissen: „Was ist das Besondere des ‚mitternächtigen' Steins?"

Fehre wendet sich ihm zu und antwortet, ganz Fachmann: „Das sind Steine aus den Brüchen der oberen Elbe, dicht an der böhmischen Grenze, die aus den nach Norden liegenden und der Witterung am meisten ausgesetzten Felswänden gebrochen werden. Deren Kern gewährt große Festigkeit."

„Und wie", hakt Ratsherr Dornblüth nach, „sollen die Steine verbunden werden?"

Fehre macht eine kleine Pause. Er will sich nicht festlegen. Er sucht nach Worten, die ihm Distanz gewähren – und er findet sie. „Der Ratszimmermeister Bähr, hoher Collegio Senatus", antwortet Fehre, „versichert, dass die Steine ohne Kitt und ohne Blei verbunden werden können."

Die roten Dächer über den alten Häusern scheinen sich zu ducken unter dem mächtigen Brausen der Glocken des Domes zu Meißen. Aber für die vielen Hunderte von Menschen, die sich auf dem Domplatz versammelt haben, klingt das Geläute wie eine Verheißung.

Stolz und erwartungsvoll stehen die Emigranten in ihren bunten Trachten, Männer, Frauen und Kinder, vor einem hölzernen Podest, das ein großes Kreuz ziert. Sie sind durch ihre Kleidung leicht zu unterscheiden von den Meißner und Dresdner Protestanten, die an diesem Protest-Gottesdienst teilnehmen.

Die Glocken verstummen. Auf dem Platz vor dem Dom wird es still. Denn jetzt klettert auf das Podium Superintendent Valentin Löscher. Er stellt sich unter das Kreuz, breitet seine Arme aus und ruft mit kräftiger Stimme über die entblößten Häupter hinweg: „Glaubensbrüder aus Salzburg. Willkommen in Sachsen. Willkommen in Meißen!"

Dankbarer Beifall brandet ihm entgegen. Löscher nickt der Masse zu und ruft ihr entgegen: „Im Namen von Sachsens Lutheranern protestieren wir gegen das Emigrationsedikt des Erzbischofs von Salzburg, der euch vor die Wahl gestellt hat, zum katholischen Glauben überzutreten oder das Land, eure Heimat, zu verlassen."

Der Beifall wird noch stärker. Löscher hebt die Hände, bittet um Ruhe, die nur langsam in die erregten Menschen zurückkehrt. Löscher schlägt sich an die Brust und klagt: „Auch wir müssen uns täglich unserer widrigen Religionsverwandten erwehren. Trotz unserer Bitten werden wir gedemütigt vom katholischen Hof zu Dresden, der unseren Salzburger Glaubensbrüdern den Zutritt in die Residenzstadt verweigert."

Die Menge wogt hin und her wie ein Vogelschwarm. Einzelne Rufer lassen sich vernehmen: „Nieder mit den Katholiken!"

Löscher zeigt mit ausgestreckter Hand auf das Kreuz und donnert in die Masse: „Aber Gott wohnt, dem Himmel sei Dank, noch in unseren sächsischen Herzen. Deshalb rufen wir zur Mitmenschlichkeit auf. Lasst uns eine Kollekte sammeln für unsere Salzburger Glaubensbrüder. Denn wie heißt es in der Bibel: Geben ist seliger denn Nehmen!"

Ein Kirchendiener hält Superintendent Löscher eine Büchse hin. Löscher greift in seinen Talar und holt ein Geldstück heraus. Er hält es in die Höhe und ruft: „Gott sei mit Euch!"

Dann steckt er das Silber in die Büchse. Die Leute klatschen begeistert. Da springt der junge Salzburger, dem Bähr auf seinem Wege nach Dresden begegnete, auf das Podium und ruft begeistert seinen Landsleuten zu: „Fürchtet Euch nicht! Der Herr sorgt! Salzburger, lasst uns unseren sächsischen Glaubensbrüdern von Herzen danken!"

Und weil ihm das Herz voll ist, geht ihm der Mund über, und er beginnt mit starker Stimme zu singen, das alte Luther-Lied, in das alle auf dem Domplatz nun mit einstimmen.

„Eine feste Burg ist unser Gott,
eine gute Wehr und Waffen.
Er hilft uns frei aus aller Not,
die uns jetzt hat betroffen.
Der alt böse Feind mit Ernst
er's jetzt meint; groß Macht
und viel List sein grausam
Rüstung ist, auf Erd ist
nicht seinsgleichen."

Der 8. Mai 1732 war ein heller Frühlingstag. Die schwarzen Amsel-Sänger mit ihren gelben Schnäbeln probierten neue Melodien, und die Sonne tauchte ihre goldenen Strahlen in das grüne Wasser der Elbe, das von Böhmen herauf gemächlich gegen Norden zog.

Von all dem Aufbruch der Natur bekamen die Ratsherren leider mal wieder gar nichts mit, denn sie hatten heute einen Gast, der sie ganz in Anspruch nahm. Bürgermeister Schwarzbach schlägt bedeutungsvoll seinen Hammer auf den Tisch und verkündet im Brustton stolzer Amtswürde: „Unser nächster Tagesordnungspunkt: Disposition zu einem über den Altar zu errichtenden Orgelwerke für die Frauenkirche durch Herrn Gottfried Silbermann aus Freiberg."

Die Türen zum Saale werden von dem alten Ratsdiener geöffnet. Silbermann tritt auf. Er geht bis in die Mitte des Saales. Vor dem Bürgermeister verneigt er sich, entbietet all den anderen Ratsherren seinen Gruß und übergibt dann dem Bürgermeister eine in Leder gebundene Mappe mit den Worten: „Meine Disposition für ein starkes Orgelwerk."

Der Bürgermeister knüpft die kunstvoll verschlungenen Schleifen auf und schaut interessiert auf das Prospekt. „Was soll die Orgel kosten?", will er von Silbermann wissen.

Dieser antwortet rasch: „5680 Taler!"

Der Bürgermeister schiebt die Ledermappe von sich, schüttelt den Kopf und erklärt: „Zu kostbar."

Aber Silbermann kennt sein Geschäft. Er weiß, den Preis muss er spezifizieren, sollen die Auftraggeber zustimmen. Selbstbewusst widerspricht er. „Das ist ein Vorzugspreis, Euer Ehren. Für Materialkosten veranschlage ich 3680 Taler. Für das Gehäuse 2000 Taler. Dazu Kosten für Transport und Handlanger. Mein Angebot ist ehrlich."

Der Bürgermeister sieht sich Hilfe suchend nach seinen Räten um, sieht da aber nur Kopfschütteln. Deshalb erklärt er: „Eine so hohe Summe kann der Rat nicht aufbringen. Es reicht auch eine kleinere Orgel, wie die in der Sophienkirche. Sie hat 3000 Taler gekostet."

Silbermann tritt energisch an den Ratstisch, holt aus seiner Mappe einen Riss mit der Innenansicht der Frauenkirche, hält ihn vor Bürgermeister und Ratsherren, die aufmerksam seinen Worten lauschen. „Umfang und Höhe des Altarraumes der Frauenkirche sind mit der Sophienkirche nicht zu vergleichen", erläutert Silbermann. „Nur mit einer größeren Orgel lässt sich der Raum mit einer geschickten Gleichheit des Tones ausfüllen."

Silbermann sieht an den Gesichtern der Räte ihre Zweifel. Deshalb steigert er seine Rede. „Ehrenwerte Räte der Stadt Dresden, ich stehe dafür, dass jedermann zufrieden sein wird. Ein so herrliches Gebäude wie die Frauenkirche braucht ein ihm gemäßes Orgelspiel!"

Der Bürgermeister hebt beschwichtigend seine Hände. „Wir wissen, dass Gottfried Silbermann mit vollkommenem Recht zu den Virtuosen Sachsens zählt – aber bei allem guten Willen: Wir haben keine 5000 Taler in der Kasse!"

Silbermann lenkt ein. Er sieht, dass er mit seinen Forderungen nicht weiter kommt und eher den Auftrag verliert, wenn er dabei bleibt.

„Also gut", lenkt Silbermann ein, „ich verlange aber dann freie Ab- und Zufuhr, die Lieferung von Kohle und Brennholz, sowie zur Aufstellung des Werkes freie Wohnung in Dresden auf anderthalb Jahre."

Doch der Bürgermeister überhört geflissentlich Silbermanns Angebot, er bleibt bei seiner Vorgabe: „Uns wäre ein Werk wie in der Sophienkirche für 3000 Taler wirklich lieber..."

Silbermann wird ungeduldig. „Natürlich kann ich in die Frauenkirche eine Orgel für 3000 Taler bauen. Kein Problem. Nur, wer übernimmt die Haftung, wenn die Orgel nicht genügend Effekte bringt, und die Gemeinde beim Singen ihren Klang ersetzen muss!? Was will der Rat? Will er eine besonders wertvolle Orgel für die neue protestantische Frauenkirche oder nicht? Will er dafür die Arbeit von Gottfried Silbermann aus Freiberg oder nicht?"

Der Bürgermeister fühlt sich ein wenig attackiert, sucht fachliche Hilfe bei Johann Heinrich Gräbner. „Herr Hoforgelmacher Gräbner, Er war Organist an der alten Frauenkirche. Wie sieht Er die Sache?"

Gräbner zögert nicht mit seiner Antwort, sondern nickt dem von ihm verehrten Orgelbauer aus Freiberg ermutigend zu. „Silbermann weiß, wovon er spricht. Ein Orgelwerk für die neue Frauenkirche muss solche Größe haben!"

Der Bürgermeister gibt sich geschlagen. „Gut, kommen wir zu einem Beschluss", resigniert er. „Meister Silbermann legt uns in vier Wochen eine neue Spezifikation vor." Er hebt warnend den Finger gegen Silbermann: „Nicht über 4000 Taler!"

Silbermann nickt zustimmend. Die Stimme des Bürgermeisters klingt nun schon zufriedener. „Ebenso soll er freie Wohnung haben. Noch Fragen?"

Silbermann hebt die Hand. „Ich bitte den Rat, von der vereinbarten Summe nach Lieferung des englischen Zinns zur Fertigung der Orgelpfeifen mir 2000 Taler vorab auszuzahlen."

Der Bürgermeister überhört diese Forderung und stellt die seine dagegen: „Die Orgel ist innerhalb von drei Jahren fertig zu stellen. Sie soll nach dem Kammerton eingerichtet werden. Wer mit dem Kontrakt einverstanden ist, hebe die Hand!"

Einmütig stimmen die Ratsherren dem Beschluss zu. Auch Silbermann gibt sein Zeichen des Einverständnisses. Der Bürgermeister schaut in die Runde, sieht zufriedene Gesichter. Er nimmt seinen Hammer, schlägt auf den Tisch und verkündet: „Die Sitzung ist geschlossen!"

Der Bildhauer Johann Christian Feige ist ein Mann von beeindruckender Erscheinung. Die 43 Jahre sieht ihm keiner an, als er da vor der leeren Wand in der Frauenkirche steht, wo einmal sein Hochaltar die Blicke der Gemeinde auf sich ziehen soll.

Zusammen mit seinem Gehilfen, dem zehn Jahre jüngeren Benjamin Thomae, zieht Feige eine Leinwand hoch, auf der jetzt das Bild des himmelstürmenden Hochaltars erkennbar wird. Die Projektion hat eine überwältigende Wirkung.

Der zukünftige Altar der Frauenkirche, mit seinen verkröpften und gebrochenen Gebälken, den schweren Konsolen und konkaven Schwingungen der Emporen und Balustraden, in das sich Mittelrelief und Figurenschmuck dekorativ einschmiegt, das wird, so freut sich Feige innerlich, für Dresden eine bildhauerische Sensation. Er weiß um die Wirkung des Altars, der noch mit vier hölzernen Logenringen umgeben sein wird.

Johann Christian Feige lebt seit 1718 in Dresden. Zehn Jahre später erhält er das Bürgerrecht. Feige hatte nicht lange überlegt, seine Zustimmung zu geben, als ihn Bähr nach Abschluss der Umbauarbeiten 1727 von Schloss und Kirche zu Seußlitz beim kühlen Elbe-Wein die Frage stellte, ob er die bildhauerischen Arbeiten für den Außenbau und den Innenraum der Frauenkirche übernehmen wolle. Bähr schätzte die handwerklichen Fähigkeiten des 1689 in Zeitz geborenen Künstlers. Feige erkannte in Bährs Auftrag sofort die größte berufliche Herausforderung seines Lebens: das Gesamtkunstwerk Frauenkirche. Es ging ja nicht nur um den Hochaltar. Es mussten Flammen- und Rauchvasen gestaltet werden, Laubzierrat und Sonnenblumenrosetten. Mit Bähr war sich Feige darüber einig, dass der Baukörper der Frauenkirche sparsam mit Bildhauerarbeiten geziert werden sollte, um sich der Gesamtwirkung des selbst wie eine monumentale Plastik erscheinenden Bauwerks unterzuordnen. Nach ersten erfolgreichen Entwürfen für den Außenbau, in denen der Reichtum seiner künstlerischen Formensprache erkennbar wurde, entschied sich der Rat der Stadt, Johann Christian Feige auch den Auftrag für den Innenausbau zu geben.

Ein Auftrag, von dem Steinmetzmeister Ebhardt ebenfalls profitierte, dessen vorgefertigte und zugehauene Steine in Feiges Bauhütte, die in Elbnähe auf der Neustadt-Seite lag, geliefert wurden.

Feiges Bildhauerarbeiten entstanden auf der Grundlage eines Kontraktes, den Bähr mit dem Rat der Stadt über die Ausgestaltung des Chores mit den „5 Stücken" – Altar, Beichtstühle, Orgelgehäuse, Treppenbalustrade und Kanzel – am 1. Dezember 1733 geschlossen hatte.

Für diese Ausführung verlangte Feige 4200 Taler. Eine Summe, die dem Rat zu hoch erschien. Bähr schlug daraufhin dem Rat vor, aus den Entwürfen von Feige, Thomae und Ebhardt einen eigenen Entwurf zu entwickeln, wofür ihm aber letztlich keine Zeit blieb. Denn er musste den Kuppelbau vorantreiben.

Seinen Hochaltar beschrieb Johann Christian Feige gegenüber dem Rat mit den nüchternen Worten: „Auf jeder Seite des Altars stehen sechs Arkaden von guten, dauerhaften Steinen, dazu Sims- und Säulenwerk mit Kapitellen. An Bildhauerarbeit werden zwölf Vasen mit Flammen gefertigt. Geliefert und koloriert werden die über den Beichtstühlen an den beiden Chören angefügten Balustraden. Der ganze Altar ist von guten ausgesuchten Köttersteinen. Die Figuren werden auf Marmor-Art glanzpoliert und geschliffen, desgleichen das Säulen- und Simswerk. Die Glorie wie auch die Strahlen werden mit Glanzgold überzogen und poliert. Das über dem den Altar befindliche Orgelgehäuse, mit dem Holz dazu wird durch Bildhauer- und Tischler-Arbeit verziert mit Kartellen, Kapitellen, Kartuschen, wohl ausgearbeiteten Voluten und Kragsteinen. Die Engel sitzen in Lebensgröße. Ihre Flügel werden mit Glanzgold poliert."

Am Schluss schreibt Feige, dass er „für 4200 Taler alles tüchtig, gut und dauerhaft fertigen und liefern will."

Für die Holz-, Vergoldungs- und Malerarbeiten an der Kanzel berechnet er dem Rat nochmals 450 Taler, so dass er insgesamt auf eine Summe von 4650 Taler kommt.

Was Feige nicht weiß: Sein Freund, der Ratsmaurermeister George Bähr, hat hinter seinem Rücken einen Pauschalkontrakt mit dem Rat über 3800 Taler abgeschlossen, obwohl ihm die Kalkulation von Feige bekannt war. Aber um sie dem Rat angenehm zu machen, verbilligte Bähr den Kontrakt. Schon zu Beginn der Arbeiten floss das Geld an Feige unregelmäßig.

Der Ratsmaurermeister ruft durch die Innengerüste der Frauenkirche: „Hallo Christian, ich möchte dir Gottfried Silbermann aus Freiberg vorstellen!"

Feige wendet sich von seinem Hochaltarprospekt ab, strahlt Silbermann entgegen und reicht ihm stumm, mit einer verehrenden Verbeugung, seine Hand.

„Mein Freund, Bildhauer Feige", sagt Bähr stolz. „Vor Jahren haben wir beide Schloss Seußlitz verschönt. Seitdem sind wir wie Pech und Schwefel."

Silbermann mustert interessiert den groß gewachsenen Feige, spürt die Wärme seiner von den Steinen aufgerauten Hand und hört gerne das Lob aus seinem Mund.

„Es ist für uns eine große Ehre, wenn eine Orgel aus Ihrer Werkstatt hier gebaut wird, Meister Silbermann."

Bähr fällt ihm fast ins Wort: „Willst du uns nicht deinen Hochaltar vorstellen, Christian?"

Feige nickt, tritt beiseite und gibt Silbermann den Blick frei. Dieser schaut, überwältigt von dem geplanten Wunderwerk, staunend auf das Prospekt. „Christus am Ölberg", flüstert Silbermann beeindruckt.

„Genau", poltert Feige. „Ich will konkave Schwingungen bauen, Emporen und Balustraden, in die sich der Figurenschmuck dekorativ einschmiegt. Und hier, zu Füßen des Altars", er zieht Silbermann demonstrativ näher an die Leinwand heran, „kommen zwei Schmuckvasen hin, wie die von Pöppelmann am Zwinger. Aber größer und ausladender, gefüllt mit Weintrauben und Ähren."

Feige zeigt auf die schlafenden Apostel: „Diese Apostel muss ich verkleinern, entsprechend der noch kleineren Figuren der Häscher im Hintergrund und an den Toren und Häusern der Stadt Jerusalem. Die Säulen fertige ich aus grünem Marmor."

Bähr schaut über den Altar hinaus in die Höhe und nörgelt: „Das ist alles gut und schön, Christian, aber wir müssen auch noch über das Prospekt für die Orgel reden! Meister Silbermann kommt nicht so schnell wieder nach Dresden."

Feige registriert ernüchtert, dass Bähr kein Wort über seinen Altarentwurf verliert, sondern dass ihn schon neue Pläne beschäftigen. Vorwurfsvoll wendet sich Feige an Silbermann: „Der Ratszimmermeister macht es einem nicht einfach. Ich war auf Ihren Besuch gar nicht vorbereitet, Meister Silbermann." Und anklagend zu Bähr: „Vergiss nicht, ich bin für alle Skulpturen, Turmspitzen und Pfeilerkapitelle am Außenbau verantwortlich. Ich habe auch nur zwei Hände, George."

Bähr übergeht den Vorwurf, dreht Feige den Rücken zu und sagt zu Silbermann: „Die Orgel über dem Altarhaus, Gottfried, ich stelle sie mir so vor…"

Weiter kommt er nicht, denn Feige stellt sich zwischen die beiden Männer und erklärt undiplomatisch, weil er will, dass es vier Ohren hören: „Wir müssen auch mal über Geld reden, George. Ich habe Frau und Kind. Bis jetzt habe ich nur Vorleistungen erbracht, aber kaum einen Taler gesehen."

Bähr antwortet ihm ungerührt: „Du wirst noch ein bisschen warten müssen. Hab Geduld."

Feige wendet sich wortlos von Bähr und Silbermann ab und gibt seinem Assistenten Thomae ein Zeichen, dass er den Prospekt einrollen soll. Thomae, der sich die ganze Zeit schweigend im Hintergrund gehalten hat, rollt die Leinwand ein. Die Illusion verschwindet. Nur die nackte Steinwand ist noch zu sehen.

Silbermann hat die kurze Auseinandersetzung zwischen Bähr und Feige verunsichert. Er geht zum Ausgang. Bähr folgt ihm, nicht ohne einen wütenden Blick auf seinen Freund Johann Christian zu werfen.

Da bleibt Silbermann stehen und fragt den ihm nacheilenden Bähr: „Wo soll meine Orgel hinkommen, Ratszimmermeister?"

Die Zornesfalten von Bährs Gesicht verschwinden. Er legt den Arm um Silbermanns Schulter und zeigt in die Höhe: „Deine Orgel, Gottfried, kommt über das Altarhaus. Es wird ein Schwalbennest aus Musik!"

Silbermann lächelt bei diesem Gedanken und meint geschmeichelt: „Wenn ich dich so reden höre, George, glaube ich fast, du baust deine Kirche für meine Orgel?"

Bähr zögert mit der Antwort, dann nickt er, breitet die Arme aus und ruft: „Musik! Das ist ewiges Leben. Ich habe mich oft gefragt, warum ich nicht beim Orgelbau geblieben bin?"

Silbermann sieht Bähr erstaunt an. „Du hast Orgeln gebaut?"

Bähr lacht. „Mein wichtigster Kunde war der Großherzog von Parma!"

Silbermann, neugierig geworden: „Und warum hat es dich dann doch zur Architektur gezogen?"

Beide Männer treten jetzt aus dem Dunkel der Frauenkirche auf den Bauplatz, wo es wie in einem Ameisenhaufen wimmelt, und die Luft erfüllt ist vom Schreien der Handlanger und vom

Hämmern der Zimmerleute. Ein Wagen mit Sandsteinen rollt ächzend an Bähr und Silbermann vorbei. Bähr nimmt ein abgebrochenes Stück Stein von der Ladung, hält es Silbermann vor die Augen und brummt: „Ja, warum? Salomos Tempel. Unser Dorfpfarrer besaß ein Modell von Salomos Tempel. Davon kam ich als Kind kaum los. Ich habe ihn nachgebaut."

Bähr schaut Silbermann versonnen an und fragt leise: „Sind Musik und Architektur nicht innig verwandt, zwei Seelen wie wir?"

Silbermann streicht mit der Hand über den Stein, sieht Bähr in die Augen. Sein Blick erzählt von seiner ungeteilten Zustimmung. Ein Augenblick, der von nun ab die Männer verbindet.

Im Atelier von George Bähr sitzt sein Vetter Johann George Schmidt. 35 Jahre jung. Groß und schlank. Blonde Haare, braune Augen. Er ist ein begabter Zeichner und der Gedanke, dass er einmal zusammen mit Ratsmaurermeister Fehre die Frauenkirche baulich zu Ende führen wird, ist ihm so fern wie Grönland von Dresden. Schmidt hat einen Zehn-Stunden-Tag, denn alle Zeichnungen und Risse, die der Rat begehrt oder Landesbaumeister Knöffel noch einmal in Kopie will, stammen von ihm. Ratszimmermeister Bähr zeichnet sie dann nur noch mit seinem Signum. Ohne Schmidt wäre Bähr wie ein Wagen ohne Räder. Deshalb hat Schmidt im Hause des Ratszimmermeisters absolutes Vertrauen auch in privaten Dingen, aber jetzt hat Bähr, als er durch die Türe tritt, nicht seine schöne Frau Johanna im Sinn, sondern Silbermanns Orgel, und die Frage bohrt in ihm, wie er dieses Wunderwerk verpacken soll.

Bähr geht deshalb schnell zu Schmidt an die Zeichentafel, nimmt seinem Vetter den Stift aus der feingliedrigen Hand, spannt ein frisches Blatt Pergament auf und zeichnet konzentriert, mit wenigen Strichen, einen barocken Entwurf.

Schmidt, den die Eskapaden des Ratszimmermeisters schon lange nicht mehr aus der Ruhe bringen, wartet auf die Frage, die sich an solche Eruptionen stets anschließt. Diesmal lautet sie: „Was hältst du von so einem Gehäuse für Silbermanns Orgel, Johann?"

Schmidt betrachtet sich die Umrisse und antwortet zurückhaltend: „Es scheint mir sehr schmal. Ist das mit dem Rat abgesprochen?"

Bähr macht eine wegwerfende Geste. „Lass den Rat meine Sorge sein, Vetter. Was der Rat will, ist nicht immer sinnvoll – und alles muss der Rat ja auch nicht wissen."

Aber Schmidt kontert leise, doch bestimmt, weil er ahnt, dass Bähr wieder einmal eigene Wege geht. „Ich dachte", sagt Schmidt und macht eine kleine Pause, „Feige soll das Orgelgehäuse bauen? Muss er da nicht den Entwurf machen?"

Bähr tritt vom Zeichentisch zurück. Er ist über seines Vetters Widerspruch verstimmt. Seine Stimme wird barsch. „Ich habe Feiges Entwurf gekauft. So, wie er sich das denkt, geht es sowieso nicht. Außerdem hat er nur seine Taler im Kopf. Blamiert mich vor Silbermann. Ob Feige oder ich – letztendlich ist es egal, wer das Orgelgehäuse entwirft. Silbermann muss es gefallen, darauf kommt es an. Wo ist Johanna?"

Schmidt atmet auf. Das Gewitter ist vorüber. Bährs Frage nach Johanna bedeutet, dass das Thema Frauenkirche und alles, was damit zusammenhängt, vom Thema Familie abgelöst wird. Und Johanna ist Gott sei Dank dort, wo nach Meinung des Ratszimmermeisters eine brave Frau und Mutter hingehört. „Johanna ist in der Küche", antwortet Schmidt kurz.

Bähr nickt zufrieden. Seine Stimme wird weich. „Mach Schluss für heute", fordert er Johann auf. Bähr zieht das Blatt mit seinem Originalentwurf vom Messtisch, zerknüllt es, steckt es in seine große Manteltasche und schiebt Johann förmlich zur Tür hinaus. „Bis morgen", brummt Bähr. „Sei pünktlich!"

Die Tür schließt sich hinter Vetter Johann Georg Schmidt, da umfassen zwei schmiegsame Hände Bährs Brust. Rote, volle Lippen drängen sich an sein Ohr, und Johannas sanfte Stimme flüstert: „Was stehst du hier rum? Komm ins Bett. Ich muss dir was erzählen."

Bähr dreht sich zu seiner Frau, nimmt ihre Hände von seiner Brust, schiebt sie von sich und schaut sie, überrascht von ihrem Werben, fragend an. Johanna drängt ihn unter Küssen und Zärtlichkeiten in Richtung Schlafkammer, zieht ihn aufs Bett und verkündet mit erregter Stimme: „Ich bin wieder schwanger!"

Bährs Augen leuchten auf. Er nimmt ihre Hände, küsst sie, und raunt verschwörerisch: „Vielleicht wird es ein Mädchen."

Die Tür zur Schlafkammer ist offen. Das Gesicht von Vetter Schmidt taucht auf. Er ist noch einmal zurückgekommen, weil er eine Zeichnung vergessen hat, an der er noch Korrekturen vornehmen will. Johanna hat die Arme um Bähr geschlungen, der sie leidenschaftlich küsst.

Für einen Moment kreuzen sich die Blicke von Johanna und Schmidt. Während sich Schmidts Augen bei dem Anblick des Paares verdunkeln, funkeln Johannas Augen wie im Triumph. Unbemerkt von Bähr verlässt Schmidt leise die Wohnung des Ratszimmermeisters.

Eine Kutsche fährt vor die Baustelle der Frauenkirche. Aus dem Fenster schaut suchend Landesbaumeister Knöffel. Sein Blick streift über die zahlreichen Arbeiter, Handlanger, Zimmerleute und Steinmetzen, die rund um die Frauenkirche am Werk sind. Vom Gerüst steigt ein Mann, dessentwegen der Landesbaumeister sich extra hierher begeben hat. Ratsmaurermeister Fehre sieht die Kutsche und die schnaubenden Pferde, und er sieht, wie Landesbaumeister Knöffel vorsichtig aussteigt. Sein Diener hält den Verschlag offen.

Knöffel macht eine Geste der Einladung, Fehre möge in die Kutsche steigen. Der Ratsmaurermeister verbeugt sich kurz und folgt der Einladung. Der Diener schließt die Kutschentür und Knöffel erklärt, sich mit einem seidenen Tuch Luft zufächelnd, obwohl es gar nicht heiß ist in der Kutsche: „Ratsmaurermeister, das Oberlandbauamt benötigt bauliche Hilfe."

Fehre nickt und schweigt. Seine großen, von den Steinen rissigen Hände, fahren nervös über den mit roter Seide bespannten Sitz und verraten dem Landesbaumeister die Unruhe seines Gastes. Knöffel sieht es mit Befriedigung, gönnt sich eine Pause, um die Spannung zu erhöhen.

„Der König wünscht", fährt Knöffel fort, und Fehres mächtiger Körper spannt sich bei diesen Worten zusehends, „die Errichtung eines seitlichen Glockenturms an der Sophienkirche."

Fehre weicht dem fragenden Blick von Knöffel aus, sieht hinaus auf das Baustellengewimmel. „Wir sind mit der Frauenkirche im Zeitverzug", antwortet Fehre.

Knöffels Gesicht bleibt unbewegt, obwohl er weiß, dass es ein Pfeil ist, den er jetzt abschießt. „Kann er wirklich guten Gewissens als Praktiker an die Theorien von Bähr glauben?"

Fehre wendet sich jetzt Knöffel zu. Seine graublauen Augen sind wie Eis. „Die Gutachter haben Bährs Modell zugestimmt. Danach wird gebaut."

Knöffel lächelt süffisant. „Wir alle müssen vor dem König geradestehen."

Fehre faltet seine Hände wie zum Gebet, sucht nach der richtigen Antwort und sagt dann: „Wer baut, kennt die Angst, das Werk könnte misslingen."

Knöffel, selbst ein begnadeter Architekt, ist von der Aufrichtigkeit Fehres beeindruckt. Aus seiner Forderung wird eine Bitte: „Mich würde es wirklich freuen, Ratsmaurermeister, wenn wir zusammen den Glockenturm für die Sophienkirche errichten. Sein Können weiß nicht nur der König zu schätzen!"

Das Haus atmet eine merkwürdige Stille, als George Bähr sein Anwesen betritt. Kein Kindergeschrei, kein Klappern in der Küche. Und auch Vetter Schmidt sitzt nicht am Zeichenbrett. Bähr ist sichtlich erschöpft. Er, der sonst gerade wie eine erzgebirgische Silbertanne durch die Tür tritt, wirkt zerzaust wie nach einem Sturm. Etwas in ihm ist zerbrochen. Auf dem Tisch im Atelier steht das Modell der Frauenkirche. Bähr wirft seinen Rock darüber, als könne er den Anblick nicht ertragen. Er geht zur Hausorgel und fängt an zu spielen. Wild und aggressiv lässt er seinen Gefühlen freien Lauf. Plötzlich unterbricht er sein Spiel, stützt sich mit den Armen auf die Tasten, dass die Orgel dissonant aufschreit, nimmt seinen Kopf in die Hände und fragt den, auf den er sein Leben stets vertraut hat.

„Mein Gott", stammelt Bähr, „sag mir, ist es Sünde, die Sehnsucht nach dem Außergewöhnlichen? Ist es vermessen, mit einem großen Werk, dass ich Dir widme, die Welt zum Staunen zu bringen? Kosmischer Fürst, ich weiß, jede Kirche, die ich bisher für Dich gebaut habe, ist nichts weiter als ein Modell Deines göttlichen Universums. Gelobt seist du, o Herr!"

Da reißt es ihn vom Orgelstuhl. Er ringt nach Luft, greift sich ans Herz. Seine weit aufgerissenen Augen suchen das Kreuz, das über der Orgel an der Wand hängt.

Aber es ist gar kein Kreuz. Es sind weit aufgerissene Zähne eines heulenden Wolfes, der ein Rudel anführt, das Bähr verfolgt. Ihre Läufe wirbeln. Ihre gierigen Mäuler hecheln. Immer näher kommt die Wolfsmeute, da fasst der erste zu.

„Nein, nein!" schreit Bähr und wehrt sich wie von Sinnen, dabei ist es nur Johanna, die den schweißnassen, fast bewusstlosen Bähr versucht, wach zu rütteln. Endlich gelingt es ihr.

Sie reißt ihm das Hemd über der Brust auf, um ihn trocken zu massieren. Auf der Brust trägt er ihr Amulett: Ein kleines Herz aus Sandstein. Schwer fällt ihm das Atmen.

„George, mein Liebster", fragt Johanna erleichtert, als er endlich wieder die Augen aufschlägt, „was ist mit dir?"

Bähr sieht seine Frau über sich, sieht ihr besorgtes Gesicht. Mühsam hebt er die rechte Hand, streicht ihr übers Haar und flüstert: „Es ist alles Windhauch, Johanna."

Johanna hält seine Hand fest, küsst sie. „Wie meinst du das, George?"

Sie trocknet sein Gesicht, schüttelt das Kissen auf, dass er bequemer liegen kann. Bähr hält fest ihre Hand und spricht mehr zu sich als zu seiner Frau: „Wer eine Grube gräbt, kann hinein fallen. Wer eine Mauer einreißt, den kann die Schlange beißen. Wer Steine bricht, kann sich dabei verletzen. Wer Holz spaltet, bringt sich in Gefahr."

Johanna versucht, den Gedanken ihres Mannes zu folgen, doch es fällt ihr offensichtlich schwer.

„Windhauch, alles Windhauch, verstehst du, Johanna? Welchen Vorteil habe ich, dass ich mich so anstrenge? Alle Tage bestehen nur aus Sorge und Ärger. Selbst in der Nacht finde ich keine Ruhe. Freundschaft, Vertrauen gibt es nicht. Alles Windhauch…"

Er lässt ihre Hand los, dreht sich zur Seite. Johanna begreift, ihr Mann will allein sein. Sie deckt ihn zu, küsst sein graues Haar und verlässt die Schlafkammer.

Während Morpheus, der Gott des Traumes, dem Ratszimmermeister George Bähr in Dresden einen sanften Schlaf schenkt, herrscht in der Freiberger Werkstatt von Gottfried Silbermann freudige Aufbruchstimmung.

Auf einem großen Tisch liegen Orgelbaupläne. Der Tisch ist rund. Um ihn herum sitzen Gottfried Silbermann, sein Kompagnon und Vetter Johann George Silbermann und zwei weitere Mitarbeiter. Vor ihnen stehen Zinnbecher mit Wein. Gottfried Silbermann hebt den seinen in die Höhe und spricht feierlich: „Nachdem uns die Orgel zu Crostau für den Reichsgrafen von Watzdorf wohl gelungen ist, steht der Bau des Positivs zu Etzdorf an. Danach gilt all unsere Kraft dem Orgelbau der Frauenkirche zu Dresden!"

Er trinkt darauf und alle tun es ihm nach.

„Das ist nach dem Freiberger Dom der größte Auftrag, den wir je hatten", ergänzt mit Stolz in der Stimme Vetter Johann George Silbermann.

Meister Silbermann stimmt ihm zu: „Ich sage es ohne Übertreibung", und unterstreicht mit einer energischen Handbewegung, warum ihm diese Arbeit so wichtig ist, „die Orgel für die Frauenkirche ist mir eine Herzensangelegenheit!"

Johann Silbermann schiebt ihm Papiere über den Tisch und meint: „Um das Pfeifenmaterial aus englischem Zinn musst du dich nicht sorgen. Es ist ausreichend für Prinzipale." Silbermann nimmt die Unterlagen, liest sie aufmerksam, fragt dann: „Für die labialen Holzpfeifen, ist das Nadelholz schon gefertigt?"

„Noch nicht", antwortet sein Vetter, „im Moment sind wir dabei, das Eichenholz für den Untersatz zu trocknen."

„Sehr gut." Gottfried Silbermann schaut seinen Kompagnon lobend an.

„Im Interesse der Haltbarkeit werden wir die Füße, Bärte, Hüte und Rohraufsätze der Gedackt- und Rohrflötenpfeifen, sowie sämtliche Metallpfeifen-Kerne aus lauter Zinn, statt wie üblich aus Blei herstellen."

Vetter Silbermann wiegt zweifelnd den Kopf. „Diese Arbeiten sind aber in der Kalkulation nicht berücksichtigt", gibt er zu bedenken. Silbermann ist sich seines Wertes bewusst, meint lächelnd: „Wenn die Orgel erst steht, werde ich an den Dresdner Rat eine Eingabe mit unseren Nachforderungen schreiben."

„Eine letzte Frage noch", Vetter Silbermann hebt die Hand, „wird Bähr rechtzeitig mit dem Orgelgehäuse fertig?"

Silbermann reagiert nicht sofort. Nimmt noch einen Schluck Wein. Überlegt. Als er dann antwortet, hat seine Stimme ihre Leichtigkeit verloren. „Bähr weiß, dass ich nächstes Jahr im Herbst Orgelpfeifen, das sind zwanzig Zentner englisches Zinn, nach Dresden transportieren lassen will. Ich denke, auf den Ratszimmermeister ist Verlass!"

Am Fuße der Frauenkirche bearbeiten die Steinmetze grobe Sandsteinquader, die von Handlangern auf Schubkarren verladen und zur Einrüstung gefahren werden. Dort warten die „Bergsteiger" mit Rucksäcken aus Holz. Die Last, die nun über das Baugerüst in die Höhe getragen werden muss, ist enorm.

Oben wird jeder Stein gebraucht. Steinmetzmeister Ebhardt und seine Gehilfen schließen Stück für Stück die Außenhaut der Frauenkirche. Doch heute stockt die Arbeit, obwohl genügend Steine herauf geschleppt werden.

Ratsmaurermeister Fehre fordert bei seinem Kontrollgang von Ebhardt: „Hör auf, hier weiter herum zu murksen. Sieh dir das an, nichts passt!“

Ebhardt schmeißt ihm den nächstbesten Stein vor die Füße und brüllt los: „Seit Tagen warte ich auf die Zeichnungen von Bähr. Ohne abgesteckte Maße geht es eben nicht! Du neunmalkluger Tor!“

Bevor Fehre antworten kann, betritt Architekt Schmidt das Gerüst. Er wird von Ebhardt höhnisch begrüßt: „Sieh mal, wenn man vom Teufel spricht, steht sein Assistent schon vor dir!“

Schmidt geht auf Ebhardts abfälligen Empfang nicht ein. Er zieht aus seiner Lederbüchse Risse und breitet sie vor Ebhardt aus. Dieser studiert sie eingehend und meint plötzlich anerkennend: „Warum nicht gleich so und vor allem, warum nicht rechtzeitig?“ Schmidt hebt die Hände, um seine Unschuld zu beteuern. „Das Orgelgehäuse… Er denkt an nichts anderes.“

Fehre erstaunt: „Soll das nicht Feige machen?“

Ebhardt fällt in seinen ironischen Ton zurück: „Das passt zu ihm. Alles zieht er an sich. Fest davon überzeugt, dass aus der Frauenkirche ohne ihn nie was wird.“

Schmidt versucht zu versöhnen: „Ich helfe ihm, wo ich kann.“

Ebhardt schaut Schmidt nachdenklich an, legt ihm die Hand auf die Schulter und meint vertraulich: „Du bist mir schon lange ein Rätsel. Warum verdingt sich ein gestandener Architekt wie Du mit Haut und Haaren bei so einem Egoisten? Du kannst doch dein Brot gut und gerne auch ohne Bähr verdienen?“

Schmidt entzieht sich mit einer Rückwärtsbewegung Ebhardts Hand, tritt einen Schritt zurück, sagt bescheiden: „Die Arbeit macht mir Freude.“

Ebhardt winkt ab. „Mir nicht. Hat dir dein hochverehrter Ratszimmermeister erzählt, dass er für den inneren Ausbau der Frauenkirche für Zimmerer, Tischler, Schlosser, Glaser, Bildhauer, Maler, Orgel und Glocken beim Rat nur 23.640 Taler angegeben hat?“

Schmidt, ganz Fachmann: „Das scheint mir zu niedrig.“

Ebhardt schäumt auf: „Zu niedrig? Ein Hohn, das ist es!“

Fehre, der bis jetzt dem Gespräch wortlos zugehört hat, meint kritisch: „Das kennen wir ja. Bähr will dem Rat mit niedrigen Kostenanschlägen entgegen kommen und wir – die Gewerke – müssen es ausbaden."

Schmidt versucht zu vermitteln: „Ja, ich weiß – das ist eine alte Schwäche von ihm. Ein Fehler, den er immer wieder macht."

Ebhardt spuckt verächtlich über die Gerüstbrüstung. „Eine alte Schwäche eines alten Mannes, der eine viel zu junge Frau hat. So ein Leben würde ja nicht mal ich aushalten." Er lacht Schmidt frech ins Gesicht. „Und ich bin fast dreißig Jahre jünger!"

Fehre findet, dass es genug sei mit der Lästerei und wird sachlich: „Wann glaubst du, bist du hier fertig, Ebhardt?" Er zeigt auf die Risse, die Schmidt mitgebracht hat. „Die Ausreden sind dir ja nun genommen."

Auch an einem anderen Ort in Dresden wird an diesem Tag heftig gestritten. Wackerbarthsruh. Die üppige Gartenanlage strahlt einen täuschenden Frieden aus. Hinter den beschnittenen Hecken ertönt Graf Wackerbarths erregte Stimme. „Stimmt das, dieser Bähr will von seiner steinernen Kuppel nicht lassen?"

Hinter dem dichten Grün der Buchsbaumhecken taucht jetzt, schlank und rank, Landesbaumeister Knöffel auf. Er ist ein paar Schritte voran gegangen, um von Wackerbarth Abstand zu gewinnen. Knöffel dreht sich zu ihm herum. Der schmale Weg verhindert ein Weitergehen. Wackerbarth, dick und rund, mit geröteter, vom Streit erhitzter Stirn, muss notgedrungen vor Knöffel stehen bleiben, der die Situation nutzt, um in die Offensive zu gehen. „Ich war immer für eine Kuppel, Exzellenz!"

Der Generalgouverneur schnauft heftig wie ein Seehund und schaut Knöffel aus kleinen, listigen Augen misstrauisch an. Ein Blick, den der Landesbaumeister übersieht.

„Ich war es", fährt Knöffel fort, „der den Vorschlag gemacht hat, die Kuppel ovaler zu bauen, damit sie besser in die Höhe gebracht wird. Aber es war für diese Erhöhung immer nur an Holz und Kupfer gedacht. Von einer steinernen Kuppel war bis dato keine Rede."

Wackerbarth wischt sich mit seinem gestickten Seidentuch den Schweiß von der Stirn und fragt bohrend: „Was treibt dieser Bähr? Will er seinem protestantischen Glauben ein eigenes Denkmal setzen? Will er seinen Namen verewigen?"

Knöffel schweigt höflich. Sieht sich dann um, als ob hinter den Hecken heimliche Lauscher versteckt wären, tritt einen Schritt auf Wackerbarth zu und fragt leise: „Wissen Exzellenz, wie er den König überredet hat?"

Wackerbarth nickt heftig und antwortet ebenso verschwörerisch: „Er, Bähr, wisse andere Kirchen, die auch so gebaut wären. ‚Was soll das heißen?', wollte der König wissen."

Knöffel klatscht in die Hände. Sein Gesicht überzieht sich mit der Freude der Erkenntnis. Er ruft, jetzt ohne Rücksicht auf etwaige Lauscher: „Das ich darauf noch nicht gekommen bin! Bähr war in Rom, Florenz oder Venedig!"

Wackerbarth hebt Hilfe suchend die Hände. „Das zu wissen, bringt uns auch nicht weiter. Der König treibt uns mit der Peitsche aus Dresden, mein lieber Knöffel, wenn Bährs Turmbau von Babylon einstürzt!"

Knöffel schüttelt den Kopf. „Das wird nicht passieren, Exzellenz. Ich prüfe jeden Riss."

Wackerbarth zeigt sich versöhnt. Er geht auf Knöffel zu, fasst ihn am Arm und drängt ihn, weiter mit ihm durch den Garten zu gehen. „Wird der Bau ein Erfolg", schmeichelt Wackerbarth, „steht Seiner Nachfolge von Oberlandesbaumeister Pöppelmann nichts im Wege. Mein Wort darauf."

Abrupt lässt Wackerbarth den soeben gelobten Knöffel mitten auf dem Weg stehen und verschwindet hinter der nächsten Hecke.

Eine Macht misst sich gern mit der anderen, denkt Knöffel und schaut dem 60 Jahre alten Gouverneur August Christoph Reichsgraf Wackerbarth spöttisch hinterher.

Heißes Wasser fließt in einen hölzernen Zuber. Johanna gießt es über den Rücken von George Bähr, der in einer riesigen Wanne sitzt und nach einem langen Arbeitstag auf der staubigen Baustelle jeden Schwall mit Wohllauten begrüßt, der aus dem tönernen Krug auf ihn nieder prasselt.

„Wie war dein Tag?" will Johanna wissen, während sie beginnt, ihrem Mann den breiten Rücken einzuseifen. Bähr neigt sich nach vorn, damit ihm von der Massage auch ja nichts entgeht und brummt ins Wasser: „Superintendent Löscher will einen ersten Gottesdienst in der Frauenkirche abhalten. Da heißt es, Platz schaffen."

Johanna, die jetzt zur Bürste gegriffen hat, ahnt, dass da ein neuer Konflikt auf ihren Mann zukommt. Deshalb fragt sie wie nebenbei: „Und was machst du, wenn Silbermann anreist und er seine Orgel nicht einbauen kann?"

Bähr taucht seinen nassen Schädel in das Wasser, prustet genussvoll, taucht wieder auf und sagt einen seiner Lieblingssätze: „Kommt Zeit, kommt Rat."

Er steigt aus der Wanne. Johanna hat ein Tuch bereit gelegt, mit dem sie ihn abtrocknet.

Bähr setzt sich neben die Wanne auf einen hölzernen Schemel und wechselt das Thema. „Mit Fehre habe ich nur noch Ärger. Er weiß immer alles besser. In jeder Frage steckt Misstrauen."

Johanna bringt ihrem Mann ein frisches, weißes Leinenhemd, während Bähr weiter nörgelt: „Und bei Ebhardt muss ich mir jeden Stein dreimal anschauen. Die reinste Verschwörung."

Johanna hilft ihm, das Hemd überzustreifen und gibt ihm Widerpart: „Vielleicht liegt es auch an dir. Alles willst du alleine machen. Keiner macht es dir recht. Vetter Schmidt zeichnet für dich Tag und Nacht – aber ein Lob hört er von dir nie."

Bährs Gesicht verzieht sich. Es ärgert ihn, wie Johanna mit ihm spricht. Er steigt in seine breiten Hosen und verteidigt sich: „Es ist nicht meine Schuld, wenn Knöffel mir jede Woche neue Risse abverlangt."

Johanna setzt sich ihm gegenüber auf den Rand des Zubers und stellt ihm die Frage, die sie ihm schon lange stellen wollte: „Warum gibst du die Bauleitung nicht ab? Du bist nicht mehr der Jüngste!"

Bähr stellt sich empört vor seine Frau und donnert sie an: „Diese Kirche, das ist… das ist mein Leben. Verstehst du das nicht?"

Darauf weiß Johanna keine Antwort. Sie beginnt, das Wasser aus der Wanne zu schöpfen, bleibt mit dem Krug vor ihm stehen. Ihre Stimme klingt besorgt: „Ich sehe, was ich sehe. Dieser Bau zehrt an deinen Kräften. Denk doch auch mal an mich, an deine Kinder."

Bähr nimmt ihr den Krug aus der Hand, setzt ihn auf den Holzboden und sagt ganz ruhig: „Ich brauche 500 Taler. Die Ratskasse ist leer. Ich muss Bildhauer Feige auszahlen."

Johanna sieht ihren Mann missbilligend an, zögert, dann geht sie aber doch zur Geldtruhe. Aus ihrer Schürze holt sie den Schlüssel, mit dem sie die Truhe öffnet. Dann stellt sie sich daneben: „Bitte, bedien dich."

Bähr holt eine Geldkatze heraus. Johanna schließt die Truhe wieder sorgfältig ab, wendet sich an Bähr. Ihre Stimme ist ganz kalt: „Das ist das letzte Mal, dass ich Dir helfe. Es muss auch noch etwas für die Familie und für die Kinder bleiben. Wenn du so weiter machst, George, treibst du uns alle in den Ruin. Ist das der Preis, den du bereit bist, für deine Frauenkirche zu zahlen?"

Bähr antwortet ihr nicht. Er geht in sein Atelier, laut und vernehmlich fällt die Tür hinter ihm zu.

Ratszimmermeister Bähr schlägt mit der Faust auf den Tisch, dass die Tuschfässer hochspringen, und die schwarze Tusche über die Zeichnungen läuft. Sein Vetter Schmidt schaut ihn fassungslos an ob dieses plötzlichen Ausbruchs. Er glaubt, der Zorn sei gegen ihn gerichtet, aber Bähr bringen ganz andere Gedanken in Rage.

„Warum vertraut mir keiner?" will er von Vetter Schmidt wissen. „Kannst du mir das mal sagen?"

Schmidt meint lakonisch: „Wer nicht vertraut, wird nicht betrogen."

Bähr fegt wütend die Zeichnungen vom Tisch. „Ich brauche deine Sprichwörter nicht. Ich hab dich was gefragt!"

Schmidt hebt die Zeichnungen vom Boden auf, glättet sie und vermeidet während seiner Antwort, Bähr ins Gesicht zu schauen. „Vielleicht", meint Schmidt gelassen, „weil dir Entscheidungen immer schwerer fallen." Er hält ihm ein leeres Blatt Pergament hin. „Soll ich zuerst das Gehäuse für die Silbermann-Orgel oder die Risse für Knöffel entwerfen?"

Bähr geht zum Fenster, schaut auf die grauen Wolken, verschränkt seine großen Zimmermannshände hinter dem Rücken und schimpft: „Dieser Knöffel! Von Anfang an hat er sich in meine Entwürfe eingemischt. Jetzt zweifelt er an der Festigkeit der Kuppelhälse und will jede Woche einen neuen Riss, nur um sich vor Wackerbarth abzusichern."

Bähr dreht sich zu Schmidt und erklärt kategorisch: „Das Orgelgehäuse kann warten!" Plötzlich geht er zu Schmidt, packt ihn am Kragen und zieht ihn auf Augenhöhe zu sich heran. „Du bist der Einzige, mit dem ich über alles reden kann, Vetter. Ich habe auch in Fehre kein Vertrauen mehr."

Schmidt schiebt ihn von sich und widerspricht: „Dafür gibt es keinen Grund. Alle Maurerarbeiten sind von Fehre so ausgeführt, dass sie die Last einer steinernen Kuppel tragen – wenn sie denn je gebaut wird."

Bähr reagiert eigensinnig. „Das kann ich ja von meinem Ratsmaurermeister erwarten. Aber vor drei Jahren hat er mich mit der Frauenkirche allein gelassen, weil er mit Pöppelmann unbedingt die Schlossbrücke über die Elbe bauen wollte."

Schmidt schüttelt über so viel Verdrängungskunst den Kopf. „Warum wirfst du das Fehre als Vertrauensbruch vor?", fragt er tadelnd. „Du baust doch auch mit Pöppelmann an der Dreikönigskirche."

Bähr reagiert missmutig. „Das eine hat mit dem anderen nichts zu tun."

Jetzt wird Schmidt ungehalten. Er steht auf, geht erregt vor Bähr auf und ab und spricht laut, was sonst gar nicht seine Art ist. „Du hast ein Problem, George. Mir scheint, dir schwindet das Selbstvertrauen. Wer kritisch und selbständig denkt und nicht in deine Pläne passt, den erklärst du zu deinem persönlichen Feind. Manchmal denke ich, deine Angst, dass dir jemand die Bauleitung aus der Hand nimmt, ist größer als dein Mut, deinen Gewerken zu sagen, dass du sie nicht bezahlen kannst. Du bist ja auch nicht ehrlich dem Rat gegenüber. Wo soll da Vertrauen herkommen? Fast jede Kalkulation setzt du zu niedrig an, nur um den Zuschlag zu bekommen. Aber dadurch geraten wir alle in Teufels Küche!"

Schmidt hat kaum Luft geholt, so bricht aus ihm heraus, was ihm schon lange auf der Seele liegt. Bähr bleibt bei seiner Meinung: „Fehre macht sein eigenes Spiel."

Schmidt hat keine Lust auf ein weiteres Gespräch. Er geht zur Tür. Bevor er sie öffnet, dreht er sich noch einmal um und sagt warnend zu Bähr: „Es gibt keinen besseren Ratsmaurermeister als Fehre. Vergiss nicht, er war einmal dein bester Freund. Ohne ihn wären wir mit der Frauenkirche nicht so weit gekommen."

Schmidt will gehen, aber da ist Bähr blitzschnell an der Tür, stellt sich davor, und es brüllt aus ihm heraus wie aus einem Vulkan: „Ihr seid alle Duckmäuser! Ja kein Risiko eingehen. Verantwortung nach oben schieben. Abwarten, wohin die Reise geht. Zu mehr reicht es nicht. Alles Speichellecker des Rates. Ich weiß schon, warum es mit der Frauenkirche so langsam vorwärts geht. Alle hoffen, dass ich sterbe, damit sie sich den Lorbeerkranz aufsetzen können. Aber diesen Gefallen tue ich ihnen nicht. Auch dir nicht. Da könnt ihr lange warten!"

Während Bähr vor seinem Vetter tobt, erscheint Johanna mit einem Tablett Kaffee.

Als Bähr sie erblickt, sagt er abweisend: „Du störst."

Johanna sieht irritiert nach Schmidt, aber sie erntet nur ein hilfloses Achselzucken. „Ich dachte", versucht Johanna die Spannung zu lösen, „eine Tasse Kaffee würde euch gut tun."

Bähr schlägt ihr das Tablett mit dem Kaffee aus der Hand, dass die Scherben wie Bälle über den Boden springen. „Wenn du nicht gehst", brüllt er, „dann geh ich eben. Auf mich hört ja doch keiner!"

Krachend wirft er die Tür ins Schloss. Johanna steht in der Mitte des Zimmers. Ihr Kleid ist vom Kaffee beschmutzt. Sie versucht, es zu säubern, aber darüber bricht sie in Tränen aus.

Schmidt geht zu ihr, um sie zu trösten. Sie fällt ihm hemmungslos um den Hals. Ihr ganzer Körper zittert und sie stammelt: „Das habe ich nicht verdient, das habe ich nicht verdient..."

Schmidt führt Johanna zu dem Schemel am Zeichentisch, gibt ihr sein Taschentuch. Während sie sich die Tränen abtrocknet, versucht er die Unglückliche zu beruhigen.

„Ich weiß nicht, was mit ihm los ist", flüstert Schmidt. „Er wird immer ungerechter. Sein Misstrauen steigt wie Hochwasser. So kann ich nicht mehr arbeiten. Ich werde ihn verlassen."

Johanna greift nach seinen Händen. „Tu das nicht, Johann, bitte, bleib hier. Er wird von Tag zu Tag cholerischer. Die Fliege stört ihn an der Wand. Wenn du aus dem Haus gehst, bin ich ohne Schutz. Auf dich hört er, weil er dich braucht."

Sie beginnt wieder zu weinen, während sie Schmidts Hände an ihre Brust zieht.

„Ich hatte mir von seiner Liebe so viel erwartet", schluchzt sie, „aber es heißt immer nur: Verzichten, verzichten!" Schmidt widerspricht ihr nicht, als sie ihn unter Tränen fragt: „Wird George zu Stein wie seine Kirche?"

Johanna klammert sich an Schmidt wie eine Ertrinkende. Sie sucht seinen Mund und küsst ihn mit der Leidenschaft einer verzweifelten Frau, gegen die sich Schmidt kaum wehren kann und es auch gar nicht will.

In der Freiberger Werkstatt des Orgelbauers Gottfried Silbermann herrscht feierliche Stille.

Vorsichtig schneidet Silbermann in eine zinnerne Pfeife ein Lavium. Um ihn herum stehen seine Gesellen und sein Kompagnon Georg Silbermann. Es ist ein heiliger Akt. Denn jetzt muss sich erweisen, wie die Pfeife klingt. Vorsichtig setzt Silbermann das Lavium an seinen Mund und bläst hinein. Die Pfeife hat einen schönen, hellen Ton.

Silbermann geht mit der Pfeife zur Windlade und setzt sie passgerecht an den ihr zugedachten Platz. Dann dreht er sich zu seinen Mitarbeitern herum und sagt stolz: „Die erste Pfeife für die Orgel in der Dresdner Frauenkirche."

Die Werkstatt hallt wieder vom begeisterten Klatschen von sechs Orgelbauerhänden.

Silbermann senkt den Kopf und faltet die Hände. Es wird still. „Gott schenke uns", betet Silbermann, „auch für alle anderen seine Gunst."

„Amen", klingt es zurück.

Die Wellen der Elbe lecken gelangweilt an den Ruderblättern der Kähne, von denen Sandsteine entladen werden. Wie aufgezogene Uhren laufen die Handlanger zwischen den Schiffen und den Fuhrwerken mit ihrer Last hin und her. Der Schweiß treibt ihnen die Tränen in den Augen. Aber es gibt kein Innehalten, denn Ratsmaurermeister Fehre steht hinter ihnen und kontrolliert die Verladearbeiten. Auf dem Weg zwischen Wasser und Uferstraße steht Steinmetzmeister Ebhardt und barmt: „Vorsicht, Vorsicht! Jeder Stein ist ein Vermögen wert!"

Ratsmaurermeister Fehre ruft Ebhardt ironisch zu: „Man kann nicht aus jedem Sande Gold gewinnen!"

Da fällt ein Sandsteinwürfel von der Kiepe eines Trägers. Fehre hebt ihn auf, betrachtet den verwitterten Stein, geht zu Ebhardt und hält ihm diesen vor die Augen.

„Der da ist gar nichts wert, wenn du davon noch mehr geliefert hast, muss ich Bähr davon unterrichten."

Ebhardt reagiert verächtlich: „Der eine rafft die Steine, der andere wirft sie!"

Fehre bleibt unbeirrt: „Bähr muss wissen, was du hinter seinem Rücken treibst!"

Ebhardt versucht es mit Ironie: „Noch mehr Papier? Das wird den Ratszimmermeister freuen. Er hat schon jetzt kaum noch Übersicht, was auf dem Bau passiert. Kommt deshalb jeden Tag eine andere Kommission zur Kirchenbesichtigung?"

Fehre wirft ihm den Sandstein vor die Füße. Dann spuckt er vor ihm aus. „Deine Steine bestehen aus Sand, aber du bestehst nur aus Spott, Ebhardt!"

Ebhardt hebt demonstrativ den Stein wieder auf und lädt ihn dem nächsten an ihm vorbeikommenden Träger auf die Kiepe. „Knöffels Spione habt ihr doch auch auf dem Hals", fährt Ebhardt ungerührt fort.

Fehre fühlt sich von Ebhardt so gereizt, dass er ihn am Kragen packt und ihm ins Gesicht zischt: „Du hast dich entschieden mitzubauen, und deshalb gilt für dich, für mich, für alle nur eines: Schaden abwenden, Schaden abwenden von der Frauenkirche."

Er lässt ihn los. Ebhardt ist von seinem Angriff beeindruckt. Der Spott flieht aus seinen Augen.

Auch Fehres Ton ändert sich. Fast beschwörend sagt er zu Ebhardt: „Was Bähr auf seinen Schultern trägt, ist sogar für einen Herkules zu schwer."

Ebhardt widerspricht trotzig: „Ein Stein schleift den anderen, eine Hand wäscht die andere. Gut Lohn macht die Arbeit leicht. Wenn Bähr das nicht begreift, kann ihm keiner helfen."

Ebhardt lässt Fehre stehen, geht zu den schwer beladenen Fuhrwerken und gibt das Zeichen zum Abfahren.

1733

Der König ist tot

Durch den aufwirbelnden Schnee jagt die königliche Kutsche mit Eskorte an einer Postsäule vorbei, die Richtung Warschau zeigt. In der Kutsche sitzt unter dicken Fellen König August II. und greift gierig nach einem Becher Wein, den ihm sein Obristleutnant Pöppelmann jr. reicht. Mit zitternden Händen umfasst der König den Becher und schlürft den Wein als wäre es Medizin.

„Diese Reise ist Wahnsinn", kommentiert Pöppelmann jr. das Bild, das sich ihm bietet. „Majestät sind sehr krank."

Dem König läuft vom Fieber der Schweiß über das gepuderte Gesicht. Seine Augen blitzen dennoch herrisch. „Die Polen wollen in einer Gegenwahl ihren eigenen König aufstellen. Bin ich nicht verpflichtet, mehr Bedacht zu nehmen auf meine Völker, als auf mich?"

August II. hält Pöppelmann jr. seinen leeren Becher hin und fragt: „Was macht die Frauenkirche?"

„Gottfried Silbermann hat seinen Vertrag unterschrieben", antwortet ihm sein Obristleutnant. „Es ist ohne Frage ein großer Auftrag für ein kleines Honorar."

Der König nickt zufrieden und greift wieder nach dem Weinbecher, den Pöppelmann jr. inzwischen erneut für ihn gefüllt hat. „Wenn ich von Warschau zurück bin, gehen wir an den Bau der Katholischen Hofkirche. Auch für die muss mir Silbermann die Orgel bauen." Er trinkt. „Und wie steht's mit dem inneren Ausbau?"

Pöppelmann jr. schweigt, aber der König drängt: „Will Er mir nicht antworten?"

„Majestät haben leider das ganze Jahr über dem Rat der Stadt Audienz verweigert."

Der König lacht. „Die Zeit ist ein fliegender Fisch. Polen ist im Moment wichtiger als Sachsen."

Als Pöppelmann jr. auch dazu nichts sagt, wird der König neugierig: „Was wollte denn der Rat?"

Pöppelmann jr. macht nicht seine erste Reise mit dem König von Sachsen und Polen. Er weiß, weder im Dresdner noch im Warschauer Schloss bleibt Muse für die Fragen des Alltags. Feste sind angesagt und Empfänge gekrönter Häupter. Also wird die Kutsche zum Audienzsaal für die Banalitäten der königlichen Untertanen.

Ohne große Eile holt Pöppelmann jr. eine Briefrolle aus seiner Koffertasche und liest dem König vor, wo dem Dresdner Stadtrat der Schuh drückt. „Die Herren vom Rat der Stadt bitten Seine Majestät um Überlassung von Kupfer, oder, wenn das nicht möglich ist, um Anweisung der Gelder aus dem Accis-Überschuss."

August II. zieht missbilligend seine Augenbrauen hoch, was aber Pöppelmann jr. in seinem Vortrag nicht zu bremsen vermag. „Zur Begründung führt der Rat aus", liest er weiter, „dass der Bau schon jetzt nahezu 150.000 Taler gekostet habe, und die Unmöglichkeit, weitere Mittel zu beschaffen, ihm jede Hoffnung nehme, Kuppel und Laterne der Vollendung zuzuführen. Überhaupt würde der Rat niemals einen so wichtigen Bau übernommen haben, hätte er nicht in der beständigen Hoffnung leben können, dass der König…"

König August II. unterbricht ihn schroff: „Ich kann nicht auf jeden Bettelbrief reagieren!"

Pöppelmann jr. lässt die Briefrolle sinken und meint vorwurfsvoll: „In diesem Fall wäre es aber angeraten gewesen. Ihr Schweigen, Majestät, hat den Rat den Beschluss fassen lassen, die Ausführung des Kuppelbaus vorerst einzustellen."

Der König sieht aus dem Fenster der Kutsche, aber er kann nichts sehen. Die Kälte hat es mit einer Gardine aus Eis verhangen. Pöppelmann jr. will einem Zornesausbruch zuvor kommen. Deshalb referiert er weiter: „Es ist kein Geld mehr da. Die Kuppel ist von Bähr mit 50.000 Taler veranschlagt. Außerdem sieht sich der Rat Seiten des katholischen Hofes ohnehin dem Vorwurf ausgesetzt, er baue allzu kostbar."

„Und was heißt das?" will der König wissen.

„Es soll nur der innere Ausbau der Kirche weiter gefördert werden."

Der König schüttelt den Kopf. „Kommt nicht in Frage. Wenn wir von Warschau zurück sind, nehmen wir die Sache in die Hand. Die Frauenkirche ohne Kuppel wäre ja wie die Elbe ohne Wasser!"

Pöppelmann jr. ist sehr zufrieden mit der Reaktion seines Königs. Zum Dank füllt er ihm den Becher nach.

Die Tür zum Schlafraum von George Bähr wird aufgerissen. Befiederte, bepelzte und befranste Masken füllen das Zimmer.

Das Fenster splittert. Von draußen schaut, auf seinem Pferd sitzend, der Reiter herein, der einst bei der Zerstörung des Alten Friedhofs mit ewiger Rache gedroht hat.

Ein Pierettchen, von obszöner Nacktheit unter dem durchsichtigen Schleier, setzt sich lachend auf Bährs Brust, so dass sie ihm fast die Luft nimmt. Und als sollte sein letzter Atemzug nicht mehr ihm gehören, taucht unter dem Bett der Tod auf, der auf eine Trommel einschlägt wie damals auf der Mauer des Friedhofs von der Alten Frauenkirche.

Der Reiter hebt die Hand. Es wird still. Das Pierettchen hört auf zu lachen. Der Tod lässt seine Trommelschlegel sinken. Der Reiter springt vom Pferd direkt ins Zimmer, tritt an das Bett zu Bähr, der sich nicht wehren kann, denn das zarte Pierettchen ist bleischwer, und sagt zu dem nach Luft keuchenden Ratszimmermeister, mit seiner Reitpeitsche jeden Satz drohend unterstreichend: „George Bähr, du baust deine Kirche auf den Gräbern unserer Vorfahren. Du bist von sträflichem Hochmut. Du hast vergessen: Wer sich erhöht, der wird erniedrigt werden!“

Der Reiter winkt dem Tod zu und fordert von ihm: „Nimm ihn dir!“

Der Tod lässt seine Trommel dröhnend fallen, geht auf Bähr zu, aber der, alle Kräfte zusammen nehmend, bäumt sich auf, wirft das Pierettchen auf den blank gescheuerten Holzboden und schreit: „Wirf ihn raus, Johanna, wirf ihn raus!“

Er reißt sich das Hemd auf, ringt nach Luft. Seine Finger verfangen sich in der silbernen Kette, die er um den Hals trägt und an dem das Herz aus Sandstein hängt. Von seinem Schreien wird nicht nur Johanna aus dem Schlaf gerissen. Auch aus den Kinderbetten schreit die Angst.

Johanna versucht, ihren Mann zu beruhigen, so gut es geht.

Plötzlich reißt Vetter Schmidt die Tür auf und ruft mit von Schreck geweiteten Augen: „Wir sind verloren! Der König… in Polen. Unser Schutzpatron ist tot!“

Und wie zur Bestätigung dieser unfassbaren Nachricht beginnen von allen Kirchentürmen Dresdens schwer die Glocken zu läuten.

Es ist der 1. Februar 1733.

Schnee wirbelt durch den Zwinger. Die barocken Putten tragen weiße Hauben. Ihre vom Winter geliehenen Flockenmützen stehen im krassen Gegensatz zu den schwarzen Fahnen mit den goldenen Insignien A & R, die das Kronentor vom Zwinger dominieren, durch das jetzt der 71 Jahre alte Architekt Pöppelmann stapft, der dieses Juwel barocker Kunst seinem König erbaut hat. Pöppelmann stemmt sich gegen den frostigen Wind. Er trägt Trauerkleidung, hält den Kopf gesenkt und wäre fast mit Ratszimmermeister George Bähr zusammengestoßen, der von der Stadtseite her in den Zwinger will.

Bähr sieht im Gesicht des großen Kollegen Tränen. Es sind keine Schneekristalle, die auf dem faltenreichen Gesicht Pöppelmanns zerschmelzen. Nein, Bähr sieht richtig.

Pöppelmann weint.

„Mein König ist tot“, sagt er zu Bähr wie zu einem Fremden. Und als dieser ihm bedrückt zunickt, versucht Pöppelmann mit einem Lächeln seine Tränen zu vertreiben.

„Er hat es mir nicht immer leicht gemacht“, erinnert sich der Erbauer von Schloss Pillnitz, Schloss Moritzburg, der Augustusbrücke und Schloss Großsedlitz. „Er hat mich getrieben, gedrückt, gefordert – immer wieder gefordert!“

„Vielleicht hast du all das Schöne erst dadurch zu bauen vermocht, Matthäus“, antwortet ihm Bähr und zeigt auf den Zwinger. Pöppelmann folgt seinem Blick, als sähe er sein Baukunstwerk das erste Mal und meint skeptisch: „Es wird einsam um uns, Ratszimmermeister. Wackerbarth hat sich auf sein Schloss Zabeltitz zurückgezogen. Der gute Permoser liegt im Sterben.“

„Gott hat ihm 82 Jahre geschenkt“, philosophiert Bähr, „er kann sich nicht beklagen.“

Pöppelmann hört gar nicht hin, sondern barmt weiter: „Hofjuwelier Melchior Dinglinger hat uns verlassen. Die Jungen scharren mit den Hufen, wollen alles anders machen.“

Bähr brummt zustimmend: „Vor allem der tüchtige Knöffel.“

Pöppelmann hält seine Hand in das Schneetreiben, so dass Schneeflocken auf seinen breiten Fingern hängen bleiben. „Sieh dir das an, George, der Schnee schmilzt dahin wie unser Leben.“

„Für manche fängt es erst an“, sinniert Bähr, „unser neuer König ist 37 Jahre jung.“

„Er wird mich nicht mehr brauchen“, resigniert Pöppelmann. „der neue Oberlandesbaumeister steht schon fest. Er heißt Johann Christoph Knöffel.“

Bähr schweigt. Seine Aufmerksamkeit wird abgelenkt von einer merkwürdigen Erscheinung. Durch den tiefen Schnee des Zwingerhofes schreitet der Hofnarr Joseph Fröhlich. Er ist ganz in Weiß gekleidet. An Armen und Beinen trägt er Trauerschleifen. Sie sind so schwarz wie die zehn Meter lange Schleppe, die im Wind weht und allen vom Schmerz des Hofnarren um seinen toten König kündet.

Eine schmale Hand, reich mit Ringen geschmückt, setzt eine Dame aus Elfenbein auf einem Schachbrett aus Edelsteinen vor den König aus schwarzem Ebenholz.

Gespannt schaut Friedrich August III., Sohn und Nachfolger August des Starken, in das versteinerte Gesicht seines eleganten Gegenspielers. Es ist Graf Brühl. Er erkennt seine Ausweglosigkeit. Wortlos wirft er seinen König auf das glatt polierte Schachbrett. Die Figur dreht sich wütend im Kreis.

Zufrieden über seinen Sieg lässt sich Friedrich August III. in den von chinesischer Seide bezogenen Sessel zurückfallen. Er mustert Brühls Verlierermaske, will ihn wieder aufrichten, indem er ihn in sein Vertrauen zieht mit den Worten: „Ich habe unseren sächsischen Gesandten in Rom beauftragt, mit dem Architekten Chiaveri über den Bau der Katholischen Hofkirche zu verhandeln."

Brühls Miene erhellt sich. „Es wurde Zeit, Majestät. Ihr verstorbener Vater, Sachsens und Polens großer König, Gott habe ihn selig, hat diesen Schritt nicht gewagt."

Friedrich August III. genießt das Lob seines Ministers.

„Aber", fragt Brühl, „was wird aus der Frauenkirche?"

Friedrich August III. stellt die Schachfiguren wieder auf. Schadenfreude zieht über sein Gesicht, als er antwortet: „Die Frauenkirche kann weiter gebaut werden. Aber ohne mein Geld!"

Durch den eisverkrusteten Schnee auf den Dresdner Elbwiesen knirschen die Kufen eines Schlittens, der von Vetter Johann Georg Schmidt gezogen wird. Christian Heinrich und George Wilhelm, Bährs Söhne, kreischen vor Vergnügen.

Schmidt, von den Lustschreien der Buben angestachelt, versucht schneller zu laufen, während Johanna mit Schieben hilft. Da bleibt Schmidt in einer dicken Schneewehe stecken. Er lässt sich fallen. Der Schlitten kippt um, und die Kinder krabbeln prustend und lärmend wie Schneehühner auf die verschneite Wiese. Lachend hilft Johanna dem Vetter ihres Mannes beim Aufstehen. Sie klopft ihm den Schnee vom Mantel. Schmidt schaut sie zärtlich an. Ihre Augen werden plötzlich traurig, und Tränen rinnen über ihr Gesicht. Schmidt fasst nach ihren Händen, die rot von der Kälte sind.

„Was hast du, Johanna?“ will er wissen.

Johanna entzieht ihm ihre Hände, versteckt sie in der Tiefe ihres Mantels, tritt einen Schritt zurück und sagt zu ihm, während ihr weiter die Tränen die blanken Wangen hinunter laufen: „Du bist nicht der Vater meiner Kinder. Aber du nimmst dir Zeit, spielst mit ihnen...“

Schmidt schweigt, aber Johanna bedrängt ihn: „Warum legt er nicht den Bau in deine Hände? Er hätte mehr Zeit, kostbare Zeit, für mich, für seine Kinder ...“ Sie schaut auf ihren schwangeren Bauch. „Und für die, die er mir noch schenkt!“

Schmidt wird das Gespräch sichtlich unangenehm. Verlegen schaut er auf die schwangere Johanna, sucht nach einer Antwort: „Der Ratszimmermeister ist eben noch ein junger Mann“, meint er zögernd. „Junge Männer wollen alles allein machen.“

Johanna schaut Schmidt fragend an.

„Das sich jung fühlen“, sagt er schnell, „ das, scheint mir, ist sein Problem.“

„Ja, ja“, lacht Johanna erleichtert über seine Diagnose, „das stimmt. George bleibt immer der kleine Junge, dem der Grashalm schöner vorkommt als jede Blume.“

Schmidt schweigt. Dann geht er auf Johanna zu, nimmt ihr kühles Gesicht in seine warmen Hände, küsst ihr die Tränen weg und sagt leise: „George ist blind. Er sieht eben nur seine Kirche.“

Gesang steigt auf zum Gewölbe der Kreuzkirche. Andächtig, mit kräftiger Stimme, jedes Wort ist deutlich wie eine Bitte zu hören, singt die kleine Schar, vom heiligen Anlass erregt, den Liedtext 236 zur Heiligen Taufe:

„Nun Gottlob, es ist vollbracht,
und der Bund mit Gott geschlossen;
was uns rein und selig macht, ist auf dieses Kind geflossen.
Jesus hat es eingesegnet und mit Himmelstau beregnet.“

Während die Taufgäste weiter loben:

„O du dreimal selig Kind, vom Dreieinigen geliebet,
dem der Vater sich verbindt,
dem der Sohn das Leben giebet,
dem der Geist ist ausgegossen
und der Himmel aufgeschlossen!"

trägt Johanna ihr jüngstes Kind, dessen neugierige Augen aus einem weißen Steckkissen blinzeln, zum Taufbecken. Als sie an Bildhauer Feige und Ratszimmermeister Fehre vorbei geht, nicken die beiden Männer ihr gerührt zu, während ihre Bässe brummen:

„Werde fromm und wachse groß, werde deiner Eltern Freude,
und dein selig Christenlos tröste dich in allem Leide;
deine Taufe sei die Thüre, welche dich zum Himmel führe!"

Am Taufbecken erwartet George Bähr, an der Hand den drei Jahre alten Sohn Christian Heinrich, Mutter und Kind. Auch Vetter Schmidt steht am Taufstein. Er trägt Johannas und George Bährs zweites Kind auf dem Arm. Die Kirche ist gut gefüllt.

Auf den hölzernen Bänken sitzen Maurer und Handlanger von der Baustelle der Frauenkirche. Vorsichtig, um keinen Lärm zu machen, weil er zu spät kommt, den Hut in der Hand, drückt sich Steinmetzmeister Ebhardt in eine Kirchenbank. Er winkt Fehre zu, der jetzt neben Schmidt Aufstellung nimmt, denn beide sind heute die Taufpaten, und als solche werden sie von Superintendent Valentin Löscher besonders freundlich willkommen geheißen. Löscher stellt sich vor Johanna und George Bähr, breitet die Arme aus und ruft: „Lasset die Kindlein zu mir kommen und wehret ihnen nicht, denn ihrer ist das Himmelreich!"

Johanna hält nun über das Taufbecken ihr Kind, das Löscher mit Wasser benetzt.

Alle erwarten, dass das Baby schreit, aber es ist ganz still und lächelt Löscher aus seinem kleinen Bett heraus zutraulich an, als sei es dankbar für das, was ihm geschieht.

„Am 17. März, im Jahre 1733, taufe ich dich auf den Namen Brigitta Juliane Bähr." Löscher schlägt das Kreuz über das Kind, faltet die Hände und senkt den Kopf.

Alle Taufgäste folgen ihm in dieser Geste der Demut und beten seinen Segen leise mit: „Im Namen des Vaters, des Sohnes und des Heiligen Geistes, Amen!"

Die Orgel setzt wieder ein, die Köpfe heben sich. George Bähr schaut auf seine Frau, in deren Augen sich Tränen der Rührung sammeln. Auch Vetter Schmidts Blick hängt an Johannas Gesicht, die ihr Kind jetzt George Bähr hin hält, der seiner Tochter die Tropfen des Taufwassers von der Stirn küsst.

Alle setzen sich im Halbkreis um das Predigerpult, hinter das selbstbewusst Superintendent Valentin Löscher tritt und mit fester Stimme verkündet: „Liebe Gemeinde, heute haben wir das dritte Kind von Ratszimmermeister George Bähr und seiner Frau Johanna getauft. Möge Gottes Segen sein Leben begleiten in unserem protestantischen Dresden – und möge Gott ihm das Leid ersparen, das unseren Brüdern und Schwestern aus Salzburg widerfahren ist. Ihnen rufe ich zu, verzagt nicht, baut auf Gott, denn ihr seid seine lebendigen Steine, auf der die Kirche unseres Herrn Jesus Christus ruht, auch wenn Euch widrige Glaubensverwandte aus Euerer Heimat vertrieben haben. In dieser Kirche haben wir Dresdens Protestanten aufgerufen, für die Salzburger Emigranten zu spenden. Die Kollekte ist ein schönes Zeichen unseres christlichen Miteinanders. Lasst uns im Angesicht dieses unschuldigen Kindes nicht die vergessen, die draußen vor der Tür stehen. Lieber geben als nehmen, spricht der Herr!"

Die Orgel braust auf, und die Kirchendiener gehen mit der Geldkatze durch die Reihen. Münze auf Münze klingelt in den Beutel. Auch George Bähr und seine Taufgäste greifen tief in ihre Taschen.

Bähr brummt Fehre zu: „Warum machen wir so etwas nicht für unsere Frauenkirche? Da käme gewiss ein hübsches Sümmchen zusammen – du weißt, wir brauchen jeden Taler!"

Fehre nickt ihm zu, aber sagt nicht Ja und nicht Nein, sondern brummt zurück: „Schön wär's…"

Eine wärmende Karfreitagssonne spiegelt die Pfeiler der Augustus-Brücke im Wasser der sanft dahin fließenden Elbe.

Rasch schreitet George Bähr über die von Oberlandbaumeister Pöppelmann und seinem Freund, Ratsmaurermeister Gottfried Fehre, erbaute Brücke, dem Neustädter Ufer zu. Denn dort wartet Glockengießer Johann Gottfried Weinhold auf ihn. Heute ist ein ganz besonderer Tag. So wie es die Tradition der Glockengießer seit Jahrhunderten vorsieht, soll die erste Glocke für die Frauenkirche in der Sterbestunde Christi gegossen werden. Um 15 Uhr.

George Bähr schaut flüchtig auf seine silberne Taschenuhr. Sie zeigt ihm nicht nur die Stunde und den Tag, auch das Jahr 1733 lässt sich von ihr ablesen.

Seine Schritte werden eiliger. Dabei denkt er darüber nach, wie schnell die Zeit vergeht. Erst voriges Jahr wurden die beiden kleinsten Glocken der alten Frauenkirche zum Einschmelzen für das neue Geläut dem Glocken- und Stückgießer Johann Gottfried Weinhold übergeben.

„Die Glocken“, denkt George Bähr, „sie sind die Stimme der Kirche in der Welt“, und er freut sich schon auf den Metallgeruch und auf die schwarz gefärbte Werkstatt, wo Weinhold die Bibel für ein Gebet zurecht legt und um Gottes Beistand bittet, bevor er das über 1000 Grad heiße, flüssige Metall in die in den Boden gegrabene Glockenform schießen lässt. Zischend entweicht das Gas aus den vorbereiteten Lüftungslöchern. Glockengießer Weinhold schnuppert es wie Parfüm, denn schon am Geruch des Gases erkennt er, ob der Guss gelingt. Ob die Arbeit nicht umsonst war, die mit dem Herstellen der Gussform in einem langwierigen Verfahren voraus ging. Lehrling und Geselle haben über einem gemauerten Kern Schicht um Schicht Lehm aufgetragen, dazu Pferdemist als Bindemittel, und das Ganze mit einer aus Buchenholz geschnittenen Schablone in Glockengröße geformt. Diesen Vorgang hat Weinhold mit Argusaugen überwacht, denn die Form der Schablone hat er vorher genau berechnet, ist sie doch entscheidend für den Ton, wenn später der Hohlraum, der dem künftigen Aussehen der Glocke entspricht, mit Metall gefüllt wird. Doch bevor das fließen kann, wird die gesicherte Form in die Grube der Werkstatt verpflanzt. Dann wird wie im Garten, wenn ein Baum wachsen soll, Erde darauf geschüttet und fest gestampft, damit sie nicht unter dem hohen Druck wie ein Vulkan aus der Erde explodiert. Nur die „Windpfeifen“, die zum Entweichen der Gussgase angebracht sind, ragen noch aus dem Boden heraus. Eine Arbeit, die Monate dauert und je nach Größe der Glocke mehr oder weniger Arbeitszeit verschlingt. Wenn es dann soweit ist, wenn mit der

Legierung aus 78 Prozent Kupfer und 22 Prozent Zinn die Glocke aus dem Schmelzofen über einen kleinen Kanal in die Gussöffnung der Form gespeist wird, dann nimmt Glockengießer Weinhold seine Bibel zur Hand.

Lehrling und Geselle falten die Hände und lauschen den Worten ihres Meisters, der demütig gegen den Himmel schaut und spricht: „Alles, was wir tun in Wort und Werk, tun wir im Namen des Herrn Jesus, indem wir Gott, dem Vater, durch ihn Dank sagen."

„Amen!" klingt es hinter Weinholds Rücken, wo im hellen Osterlicht an der Tür jetzt George Bähr steht, groß und breit, mit blitzenden Augen, voller Neugier auf den Schmelzvorgang.

Glockengießer Weinhold freut sich über seinen Besuch. Er legt die Bibel beiseite, holt ein Schutzglas aus seinem Werkstattkittel und überreicht es Bähr. Dieser geht zum Ofen und schaut in das Feuerherz.

„Die Zwillings-Glocken der alten Frauenkirche, in der neuen Glocke werden sie weiter klingen, Meister Bähr", sagt Weinhold hoffnungsfroh und ergänzt: „Die Kirchgemeinde hat Silber gespendet. Ihr Ton wird alle Glocken Sachsens übertreffen."

Bähr wendet sich vom Schmelzofen ab und schaut ungläubig auf Weinhold. „Was – Er glaubt noch, dass Silber den Ton verschönt? Ich kenne keine ältere Glocke, in der man jemals Silber gefunden hat!"

Weinhold lacht. „Na, dann wird es Zeit, dass die Glocken der neuen Frauenkirche silberhell erklingen!"

Er nimmt Bähr am Arm und führt ihn die hinteren Räume der Werkstatt, wo Weinholds Gesellen den hohlen Kern für eine neue Glocke formen. Bähr ist im Bilde und will wissen: „Wie schwer wird sie, die größte Glocke?"

Weinhold wiegt bedächtig seinen Kopf, hält Bähr in Spannung, bevor er auf seine Frage stolz antwortet: „Die größte Glocke kommt auf stattliche 2750 Kilo, bei einem Durchmesser von 1750 Millimetern. Höhe und Tiefe des Tons hängen von der Weite der Glocke ab. Schon ab 300 Kilo tönt sie im zweigestrichenen C!"

Bähr nickt zufrieden, greift in einen Berg von Ton und formt daraus geschickt eine Glocke, die er Weinhold auf der flachen Hand hinhält. „Sein Schmelzofen darf nicht ausgehen. Für das Geläut der Frauenkirche, so hat der Rat und Superintendent

Löscher entschieden, brauchen wir vier Glocken! Ist das bis nächstes Jahr zu schaffen?"

Weinhold nickt. „Mit Gottes Hilfe, denke ich, müsste es zu machen sein."

Ratszimmermeister George Bähr hebt drohend den Finger. „Es sind keine ordinären Glocken. Sie müssen etwas Besonderes werden. Beimischung anderer Metalle wie Blei und Zink sind für den Klang schädlich."

Glockengießer Weinhold nickt zustimmend und meint dann verschmitzt: „Außer etwas Silber, Ratszimmermeister, es soll ja das schönste Geläut Dresdens werden!"

Bürgermeister Schwarzbach wirkt mürrisch und unzufrieden, während er seinem Sekretär ein Schreiben an den neuen König Friedrich August III. diktiert: „Der Kirchenbau ist jetzt soweit geführt worden, dass nur noch der obere Teil der Kuppel samt der Laterne in Höhe von 60 Ellen fehlt. Das Gebäude ist schon allenthalben mit Türen und Fenster versehen, und beinahe alle Betstübchen, Emporkirchen, Männer- und Weiberstühle sind erbaut und angelegt. Es ist überhaupt der Bau soweit gekommen, dass noch in diesem Jahr der Gottesdienst angestellt werden kann. Die Kosten des Baues sind schon auf 164.453 Taler, drei Groschen und zwei Pfennige aufgelaufen. Davon sind nur etwa 30.000 Taler freiwillige Beträge gewesen. Die übrigen Summen sind entweder durch Vorschüsse aus den kirchlichen Kassen oder durch zinsbare Kapitalien aufgebracht, das meiste aber ist der Ratskämmerei entnommen worden. Gegen die Absicht und den Willen des Rates ist der Bau leider allzu kostbar geworden. Der Rat ist deshalb schlechterdings nicht mehr im Stande, zum ferneren Ausbau der Kirche etwas beizutragen. Er ist somit genötigt, die weite Öffnung der Kuppel, gegen den Einfluss der Witterung und vor Eindringen von Regenwasser, wie bereits geschehen, mit Brettern zuzudecken und von der Ausführung der Kuppel gänzlich abzusehen."

Bürgermeister Schwarzbach unterbricht, holt tief Luft und sieht seinen Sekretär, einen vom Schreiben krumm gezogenen Mann mittleren Alters so strafend an, als sei dieser für das Dilemma verantwortlich. Der Sekretär weiß um die Gefahr seines cholerisch reagierenden Vorgesetzten und beugt sich deshalb schutzsuchend noch tiefer über das Pergament, während der

Bürgermeister sein Diktat wieder aufnimmt. „Zur Vollendung des inneren Ausbaues, zur Anschaffung von Altar, Kanzel, Orgel und Glocken sind noch viele tausend Taler erforderlich. Über die Ausführung der Kuppel hat der bisherige Baumeister der Kirche, George Bähr, zwei Vorschläge gemacht, sowohl auf Holzbau wie auf Steinbau. Darüber hat er die genauesten Anschläge gefertigt. Da aber kein Geld mehr vorhanden ist, sieht der Rat sich in der Notlage, sich bittsuchend an den Fürsten wenden zu müssen."

Es folgt eine Pause, die so lange dauert, dass der Sekretär nun doch den Blick des Bürgermeisters sucht. Schwarzbach befiehlt den fragenden Augen: „Unterschrift und Siegel!"

Die goldverzierten Flügeltüren zum Audienzsaal im Dresdner Schloss öffnen sich.

Ein hagerer Marschall klopft mit seinem Stab dreimal auf das Parkett und ruft dazu: „Audienz beim König für Superintendent Löscher!"

Löscher betritt den Saal, verneigt sich vor dem König, der erhöht vor ihm in einem Sessel sitzt. „Gott schütze unser Sachsen!" bittet Löscher und breitet seine Arme aus. „Die Frauenkirche – wir kommen nicht weiter. Die Ratskasse ist leer."

Friedrich August III. wedelt mit einem Papier und ruft fröhlich: „Ich weiß, ich weiß, mein lieber Löscher. Bürgermeister Schwarzbach hat mir gerade geschrieben."

Löscher fühlt sich bestätigt und fragt hoffnungsfroh: „Wird Ihre Majestät helfen?"

Der König erhebt sich aus seinem Sessel. Aus seinem Gesicht ist alle Fröhlichkeit gewichen, als er zurück fragt: „Wieso hofft Ihr auf meine Hilfe? Ich bin Katholik. Ihr seid Protestant. Was ist mit den von Euch zur Frauenkirche eingepfarrten Gemeinden, Herr Superintendent?"

Damit hat er bei Löscher eine wunde Stelle getroffen.

„Wollt Ihr mir nicht antworten?" fragt der König streng.

Löscher windet sich, aber es hilft alles nichts. Die Wahrheit muss heraus. „Das ist ja unser Dilemma", gesteht er, „sie verweigern die Steuer. Leider."

Friedrich August III. sieht Löscher einen Moment verdutzt an, als könne er nicht glauben, was er soeben gehört hat. Dann fängt er schallend an zu lachen. „Ihr seid mir ja schöne Protestanten", prustet der König, „wollt eine neue Kirche, spendet keinen Kreuzer, aber von Euerem katholischen König wollt Ihr die Taler!"

Löscher windet sich vor Scham. Langsam gewinnt er seine Souveränität zurück. Und in das Lachen des Königs sagt Löscher: „Verzeihung, Majestät. Ihr hochwohllöblicher Vater hat sein königliches Protegeat für die Frauenkirche nie in Frage gestellt."

Die Erinnerung an seinen Erzeuger rührt Friedrich August III., sie bringt ihn aber auch in Schwierigkeiten. Denn er will sich finanziell auf keinen Fall festlegen. Sein Blick sucht Hilfe bei Graf Brühl, der die ganze Zeit schweigend, am Fenster stehend, dem Dialog zwischen Superintendent Löscher und dem König zugehört hat. Da der Graf schweigt, wird Friedrich August unwirsch und erklärt kurz angebunden: „Die Audienz ist beendet."

Jetzt löst sich Brühl von seinem Fensterplatz, geht zu Löscher, fasst ihn unter dem Arm und begleitet ihn zur Tür. Kurz davor sagt er so laut, dass es auch der König nicht überhören kann: „Verzagt nicht, Herr Superintendent. Der König wird helfen!"

Löschers Blick verrät, dass er dem katholischen Hof kein Wort glaubt. Als sich hinter ihm die Türen schließen, ereifert sich Friedrich August III. gegen seinen Minister: „Was fällt Ihm ein, Graf? Der König wird helfen! Die Frauenkirche wollten die Dresdner Protestanten – was hat das mit mir zu tun? Ich habe in Italien Bilder für 50.000 Taler bestellt. Soll ich das Geschäft etwa rückgängig machen? Dann übernimmt Er als Minister und Generaldirektor für meine Kunstsammlungen aber auch die Vertragsstrafe!"

Brühl hebt die Hände. „Majestät beruhige sich. Dresdens Protestanten bekommen ihre Frauenkirche. Majestät muss deshalb auf kein Bild verzichten."

Der König sieht seinen Minister an, als wäre er ein Zauberer.

Graf Brühl genießt einen Moment die königliche Verblüffung, bevor er seinen Plan entdeckt:

„Für die Salzburger Emigranten wurden 28.366 Taler, 21 Groschen und sechs Pfennige gespendet. In Sachsen gibt es keine Salzburger Emigranten mehr. Und dort, wo sie untergekommen sind, wird ihnen der nötige Unterhalt gewährt." Der König begreift, wo sein Minister hin will. Er hebt den Finger, damit die

Idee von Brühl eine königliche wird. Brühl ist Diplomat und schluckt herunter, was ihm auf der Zunge liegt. Friedrich August III. ruft triumphierend: „Wir nehmen das Geld der Emigranten für die Fortsetzung des Kirchenbaus!“

„Genau“, bestätigt Graf Brühl in seinem schönsten breiten Sächsisch, wobei ein verräterischer Glanz in seine Augen tritt. Er weiß, dass mit diesem Vorschlag die Gunst des Königs für ihn weiter gewachsen ist.

In Gedanken versunken betritt George Bähr den Architekten-Raum in seinem Haus, wo zu später Stunde Vetter Schmidt noch immer am Reißbrett sitzt und zeichnet. Als er den Ratszimmermeister sieht, sagt Schmidt freudig erregt: „Ich mache gerade den Riss für Landesbaumeister Knöffel fertig. Schön, dass es weiter geht mit der Frauenkirche, George. Superintendent Löscher war hier. Er wollte dir mitteilen, dass der König die Spenden für die Salzburger Emigranten für den Weiterbau der Frauenkirche frei gibt.“

Bähr hört es und schüttelt ungläubig den Kopf. Schmidt ereifert sich: „Ohne das Geld der Salzburger Emigranten hätten wir noch mehr Zeit verloren.“

Bähr lacht verächtlich auf. „Ja, der Löscher, das ist ein ganz gewiefter Fuchs. Nach außen wettert er gegen den Beschluss des Königs, dass die Kollekte, die die Dresdner für die Salzburger Emigranten gespendet haben, für den Bau der Frauenkirche eingesetzt wird. Aber nach innen begießt unser Superintendent das Geschäft mit Meißner Wein, weil er weiß, dass der Rat für den Bau der Kuppel keinen runden Taler mehr in der Kasse hat.“

Schmidt bringt die Rede auf ein Thema, das ihn selbst tief bewegt: „Keiner glaubt, dass die Kuppel aus Stein hält.“

Bähr zieht sich einen Schemel heran und setzt sich so dicht vor Schmidt, dass sich fast ihre Nasen berühren. „Und wie ist es mit dir?“ will Bähr wissen. „Glaubst du an meine steinerne Glocke? Oder redest du mir nur zum Maul und hinter meinem Rücken machst du mit den Zweiflern und Intriganten gemeinsame Sache?“

Schmidt ist von dieser scharfen Fragestellung überrascht. Er sucht nach einer Antwort, weicht aus: „Ich vertraue auf Gott und lass ihn walten.“

Bähr kontert: „Manchmal muss man sein Schicksal in die eigenen Hände nehmen. Was mich betrifft, ich vertraue auf meine gerechte Sache!"

Schmidt stimmt ihm zu: „Vertrauen weckt Vertrauen."

„Schön wär's", moniert Bähr. Er zieht ein Blatt vom Reißbrett und betrachtet sich die Innenansicht der Frauenkirche. Dann gibt er es zurück. „Mach Schluss", fordert Bähr seinen Vetter auf. „Morgen ist auch noch ein Tag!"

Brausende Orgelklänge steigen in das hohe Gewölbe des Freiberger Doms hinauf. Neben der Orgel, auf der Johann Sebastian Bach spielt, steht sein Freund Gottfried Silbermann. Als der letzte Ton verklingt, fragt ihn Bach: „Und was soll ich für die Einweihung deiner Orgel in Dresden spielen?"

Silbermann winkt resigniert ab. „Das weiß allein Gott in der Höhe. Bähr hat sich Aufschub erbeten."

Bach sieht Silbermann erstaunt an, der in Zorn gerät. „Wenn es mir zu bunt wird mit Bährs fadenscheinigen Entschuldigungen, packe ich Holz, Zinn und Eisen auf meine Wagen, fahre alles vor die Frauenkirche und verlange Entschädigung vom Rat für die Wartezeit, in der ich andere Aufträge ablehnen musste."

Bach spielt eine von seinen Inventionen an, unterbricht sich und meint zu Silbermann: „Sei nicht so ungeduldig. Du sagst doch selbst, dass unter Bährs Kuppel der Klang deiner Orgel die Ohren der Engel berühren wird!"

Silbermann schweigt. Bach versucht, ihn abzulenken. Er beginnt eine Fuge in g-Moll zu spielen, unterbricht wieder, dreht sich auf seiner Orgelbank zu Silbermann herum.

„Wie denkst du darüber, Gottfried?", zieht Bach ihn ins Gespräch. „Wenn wir von der Natur des Menschen sprechen, müssen wir da nicht auch der Musik eine solche zugestehen? Ihre Fülle darf kein Komponist schmälern. Manchmal denke ich, nicht nur in jeder Komposition, nein, jeder Ton ist ein vollkommenes Abbild der göttlichen Schöpfung."

Silbermann ist von Bachs Gedanken fasziniert. Dessen Frage lässt ihn seine Probleme mit Bähr augenblicklich vergessen. „Alles aus Einem und Alles in Einem", das wussten schon die alten Griechen, Sebastian."

„Also, du stimmst mir zu", will es Bach genau wissen. „in einem einzigen Ton finden wir das Universum?"

Silbermann nickt: „Wie der Schöpfer ist, so sind auch seine Kreaturen."

Im Ratssaal zu Dresden ist eine große Tafel aufgestellt. Auf ihr ist ein Vertikal- und Horizontalschnitt für die steinerne Kuppel zu sehen. Vor dem Riss steht der Ratszimmermeister George Bähr und hört mit roten Ohren, so aufgeregt ist er trotz seiner siebenundsechzig Jahre, was ihm der Bürgermeister an diesem 31. August 1733 zu sagen hat.

„Wir haben eine Entscheidung getroffen", eröffnet der Bürgermeister seine Rede. „Der anwesende Rat wird mit dem Ratszimmermeister George Bähr einen Kontrakt über den Aufbau einer steinernen Kuppel schließen."

Bähr ist von dieser Eröffnung so überrascht, dass ihm der Schweiß ausbricht, und er sich mit seinem blauweißen Schnupftuch die Transpiration von der Stirn wischen muss.

„Er wird den Bau von dem bereits fertigen Gurtgesimse an nach dem von ihm hierzu gezeichneten und unterschriebenen Risse aufführen", fährt der Bürgermeister fort. „Alle hierzu nötigen Baumaterialien und Baugerüste auf eigene Kosten liefern, und für die tüchtige Ausführung nach Vorschriften des Risses haften."

Eine Pause entsteht, die Bähr nutzt, einen Schritt auf den Bürgermeister zuzugehen, um seine Zustimmung zum Ausdruck zu bringen. „Ich danke für das Vertrauen", erklärt er mit belegter Stimme. „Ich verpflichte mich, falls nicht die Arbeit durch ungünstige Witterung aufgehalten wird, den Bau bis Michaelis des nächsten Jahres fertig zu stellen."

Die anwesenden Ratsherren klopfen Beifall, und der Bürgermeister kann zum Eigentlichen schreiten. „Für alle notwendigen Arbeiten", führt nun der Bürgermeister im amtlichen Tone weiter aus, „wie für den Einkauf von Materialien erhält der Ratszimmermeister 19.000 Taler."

Bährs Gesicht erstrahlt – endlich geht es wieder voran – wird aber gleich wieder dunkel durch die Einschränkung, die der Bürgermeister folgen lässt: „Fürs Erste wird eine Auftragssumme von 6000 Taler gezahlt. Das übrige Geld wird ausgezahlt, je nach Fortgang des Baues bis auf eine Rate. Sie wird erst nach Vollendung und Prüfung des Werkes in Höhe von 2000 Taler gezahlt."

Bährs Gesichtsmuskeln zucken. Er überlegt, was diese Teilung der Gelder für seine Arbeit bedeutet. Aber Widerspruch kommt ihm nicht in den Sinn. Der Bürgermeister schaut ihn gönnerhaft an, als habe er ihm ein königliches Geschenk vermacht.

Bähr strafft sich. Mit fester Stimme erklärt er: „Noch in diesem Jahr werde ich ein gutes Stück der Kuppel bauen!“

1734

Erster Gottesdienst in der Frauenkirche

Am 28. Februar 1734 beherrscht die Residenzstadt Dresden nur ein Thema: In der halb fertigen neuen Frauenkirche soll der erste Gottesdienst stattfinden. Superintendent Löscher will ein Zeichen setzen, denn an diesem Sonntag, vor sieben Jahren, hatte er die letzte Predigt in der alten Frauenkirche gehalten.

George Bähr will die liturgische Nutzung des Rohbaus durch Löscher verhindern – es sei noch zu früh dafür, glaubt Bähr. Doch konnte sich der Ratszimmermeister weder gegen Löscher durchsetzen, noch auf Unterstützung durch den Rat hoffen. Und so stehen sich denn im unfertigen Gehäuse der Frauenkirche zwei Posaunenchöre, hoch oben im Gerüst, gegenüber, die den Eröffnungschoral blasen.

In der Mitte der Kirche, da wo einmal die Kirchenbänke stehen werden, ist trotz der Kälte kein Platz mehr zu finden. Dicht an dicht drängen sich die Menschen, um einen Blick auf Superintendent Löscher zu erhaschen. Der steht erhöht, schaut wohlgefällig auf die Gemeinde, breitet seine Arme aus und beginnt zu beten: „Wir bitten dich, himmlischer Vater, hilf ausführen, was angefangen worden, damit das Werk zu vollkommenen Stand gebracht wird. Ja, wir wollen dieses Haus ihm zu seinem Dienst unablässlich widmen, mit dem einmütig zu Gott gerichteten Gebet des Herrn, welches besser als ein Weih-Opfer und viele Solennitäten sein wird, mit dem Ersten von der Gemeinde allhier gesprochenen Vater unser, und mit dem Lied: Es wolle uns Gott gnädig sein!"

Die Gemeinde faltet die Hände, betet das Vaterunser, und alle fühlen die Magie, die in diesen Worten steckt: „Denn dein ist das Reich und die Kraft und die Herrlichkeit in Ewigkeit. Amen."

Noch fehlt die Orgel, die jetzt einsetzen müsste. Statt dessen beginnt Superintendent Löscher das Luther-Lied zu intonieren, in das bald alle einstimmen.

„Es wolle Gott uns gnädig sein und seinen Segen geben;
sein Antlitz uns mit hellem Schein erleucht zum ewigen Leben,
dass wir erkennen seine Werk, was ihm geliebt auf Erden,
und Jesu Christi Heil und Stärk bekannt den Heiden werden
und sie zu Gott bekehren.

So danken, Gott, und loben dich die Heiden überalle;
Und alle Welt die freue sich und sing mit großem Schalle,
dass du auf Erden Richter bist und lässt die Sünd nicht walten;
dein Wort die Hut und Weide ist, die alles Volk erhalten,
in rechter Bahn zu wallen.

Es danke, Gott, und lobe dich das Volk in guten Thaten;
Das Land bringt Frucht und bessert sich,
dein Wort ist wohlgeraten.
Uns segne Vater und der Sohn, uns segne Gott, der heilge Geist,
dem alle Welt die Ehre thu, vor ihm sich fürchte allermeist.
Nun sprecht von Herzen Amen!

Bähr hat kräftig mitgesungen, wie auch seine Frau Johanna, Vetter Schmidt, Ratsmaurermeister Fehre, Steinmetz Ebhardt und Bildhauer Feige, der Glockengießer Weinhold, alle Ratsherren. Es ist ein großer Augenblick, sie wissen, der Bau der Frauenkirche ist ein Gemeinschaftswerk

Löscher sucht die Augen von George Bähr, denn die nächsten Worte sind für den Ratszimmermeister bestimmt: „Es ist noch viel zu bauen, ach, treuer Gott“, hallt die kräftige Stimme des Superintendenten über die Köpfe der Gemeinde hinweg, „lass uns bedenken, dass wir auch an uns selbst noch viel zu bauen haben.“

Der Posaunenchor setzt wieder ein. Der erste Gottesdienst in der Frauenkirche geht ohne großes Zeremoniell zu Ende.

Superintendent Löscher gibt seinen Schafen mit auf den Weg, was auch künftig ihr christliches Handeln bestimmen soll. Das leise Gemurmel verhallt, als er zu sprechen anfängt: „Wenn einmal diese Kirche zu Gottes Ehren fertig gestellt sein wird, was, wie wir alle hoffen, bald geschehen möge, so soll sie in all ihrem Glanz kein Theater sein, wohin man geht, um eitel zu repräsentieren und große Prozessionen zu sehen, sondern sie soll uns ein Auditorium sein, in das man kommt, um Gottes Wort zu hören und um die heiligen Sakramente zu gebrauchen. Unsere Frauenkirche wird wie alle unsere Kirchen ein Lehr- und Hörhaus sein. Nicht mehr und nicht weniger.“

Löscher hebt die Hand, und er spricht in warnendem Ton: „Denn wenn die Frauenkirche gedeihen soll, müssen wir Protestanten uns selbst helfen. Die Frauenkirchgemeinde erwartet viele Käufer für die Betstühle und ich kann, im Namen Gottes, nur noch einmal alle ermahnen, den Bau der Frauenkirche zu unterstützen. Von dieser Mahnung kann ich König und Adel nicht ausschließen."

Löscher breitet die Arme zum Segen aus. „Der Herr segne euch. Er lasse sein Antlitz leuchten über euch und gebe euch Frieden. Amen!"

Weil die Frauenkirche noch nicht über eigene Glocken verfügt, lässt Superintendent Löscher den Gottesdienst von den Glocken der Kreuzkirche begleiten. Am Ausgang erwartet er seine Gemeinde, gibt jedem die Hand und ein gutes Wort mit auf den Weg. Auch Graf Wackerbarth kommt an ihm vorbei. Immer in der Offensive, ergreift er Löschers Hand und dröhnt: „Sein Insistieren gegen den Adel, das lass ich mir nicht gefallen. Ohne mich hätte heute hier noch lange kein Gottesdienst stattfinden können. Ein bisschen hat der verehrte Ratszimmermeister wohl auch von meinem architektonischen Wissen profitiert. Und wenn Er es auch nicht glauben wird, Herr Superintendent, meine Hand hat Bähr all die Jahre geschützt, auch vor des Königs Launen, Gott habe ihn selig."

Wackerbarth geht es nicht gut. Seine Leibesfülle raubt ihm den Atem. Er schnauft, ist rot im Gesicht und schwitzt, trotz der Kälte, die durch die geöffnete Kirchentür herein dringt.

Superintendent Löscher weiß um Wackerbarths Verdienste und dankt ihm auf seine Weise, indem er ihn wissen lässt: „Ich habe Sie immer in meine Gebete eingeschlossen, Reichsgraf. Ratszimmermeister Bähr und ich wissen sehr wohl um Ihr wohltätiges Wirken für die Frauenkirche. Gottes Segen wird mit Ihnen sein!"

Löschers Worte tun Wackerbarth sichtlich gut. Er wischt sich mit einem Seidentuch den Schweiß von der Stirn, kramt in seinem Mantel nach ein paar Talern und gibt sie in die Kollekte. Vor der Frauenkirche fährt seine Kutsche vor. Valentin Löscher sieht ihm besorgt nach – eine Kerze, von der er weiß, dass sie bald erlöschen wird.

Eine Hand rüttelt den Ratszimmermeister George Bähr, der über seinen Rissen eingeschlafen ist und mit dem Kopf auf den Zeichnungen liegt. Neben ihm: eine leere Karaffe und ein halbvolles Glas Wein. Bähr öffnet die Augen. Vor ihm steht Vetter

Schmidt. Ironisch kommentiert er das Bild mit den Worten: „Dreimal übern Tisch getrunken, ist das Allergesundeste!“

Bähr kommt langsam zu sich, fragt unwirsch: „Was willst du?“

Schmidt, immer noch voll Ironie: „Ich will nichts. Aber Silbermann will was. Er ist in der Stadt, um Vorbereitungen für sein Orgelwerk zu schaffen.“

Bei dem Wort Silbermann wird Bähr plötzlich hellwach. Er trinkt das halbvolle Glas Wein aus und fragt verwirrt: „Jetzt schon?“

Schmidt nickt. „Silbermann erzählt stolz in der Stadt herum, dass seine Windladen, die Claviere, die Bälge und hölzernen Pfeifen fertig sind.“

Bähr steht auf und geht unruhig wie ein gefangenes Tier im Zimmer hin und her. „Weder das Balgenhaus noch das Orgel-Gehäuse sind fertig“, fährt es aus ihm heraus.

Schmidt sieht den Ratszimmermeister ungläubig an, woraufhin Bähr sarkastisch wird: „Die Wahrheit tötet die Hoffnung, nicht die Lüge!“

Schmidt reagiert erregt: „Weißt du, was das heißt, George?“

Bähr nickt und erwidert kalt: „Silbermann muss mit seinen Gesellen, Werkzeug und Orgelbauten wieder zurück nach Freiberg!“

Vetter Schmidt ist von dieser Nachricht so getroffen, dass er sich auf den Schemel setzen muss, den Bähr gerade verlassen hat. Schwindel erfasst ihn, wenn er sich den Skandal vorstellt.

Jetzt ist es an dem Ratszimmermeister, in die Offensive zu gehen. „Die Kuppel“, ruft er, „mit ihr geht's nicht voran! Ich steh allein auf weiter Flur!“

Es bricht förmlich aus ihm heraus. „Wenn die Kuppel nicht gebaut wird, braucht es auch keine Orgel!“

Schmidt sieht Bähr an, als sei dieser von Sinnen, aber der Ratszimmermeister weiß genau, was er will, als er Vetter Schmidt zu dem Modell der Frauenkirche zerrt und ihn auffordert: „Schau genau hin, Johann. Ich erklär’s dir. Meine Kuppel ist die Glocke, und Silbermanns Orgel ist der Klöppel dazu. Verstehst du? Ich baue die Kuppel für die Musik der Orgel. Und dafür brauche ich Zeit und Geld und Vertrauen!“

Vetter Schmidt schüttelt nur missbilligend den Kopf: „Mir scheint George, du weißt überhaupt nicht, was du mit den ständigen Versprechungen, die du nie hältst, aufs Spiel setzt!“

Bähr ringt erregt nach Luft, wehrt die Vorhaltungen seines Vetters mit einer heftigen Handbewegung ab, als wäre sie eine lästige Fliege. „Du verstehst mich nicht“, räsoniert er, „meine Kuppel wird aus allen vier Himmelsrichtungen zu sehen sein. Ich baue sie auch für Silbermanns Orgel. Für alle Zeiten!“

Im Barockgarten von Zabeltitz, nordöstlich von Dresden, blühen am 14. August 1734 die Rosen besonders üppig. Ihr Duft vermischt sich mit der warmen Sommerluft, die über der weitläufigen Gartenanlage flirrt. Die Brunnen rauschen, und ein goldener Chor aus Pirolen singt seine Lieder in einer prächtigen, hochgewachsenen Blutpflaume. Eitel spiegeln sich im Teich die Seerosen. Nach Luft schnappende Fische zerwirbeln die aufgewärmte Wasserfläche. Überall pulsiert das Leben in den grünen Hecken. Bunte Schmetterlinge tanzen Menuett, und die blauen Libellen lieben sich in der Sonne, während der glatte Leib einer blitzschnellen Ringelnatter unter den verwitterten Steinen der großen Parkmauer verschwindet.

Nur im Schloss, das Landesbaumeister Knöffel vor sechs Jahren für Reichsgraf Wackerbart schuf, herrscht eine verdächtige Ruhe. Der repräsentative Bau, ein Geschenk August des Starken an seinen Freund und Gouverneur, schaut mit toten Augen in den wolkenlosen Augusthimmel.

Die Fenster sind verhängt. Dahinter herrscht Schweigen. Kein Sonnenstrahl fällt in das Schlafzimmer des Reichsgrafen. Im Kamin brennt Feuer, wie es Wackerbarth auch an heißen Tagen verlangt. Um ihn herum stehen sein Kammerdiener, sein Leibarzt, der nicht mehr helfen kann, und ein eilig herbei gerufener Pfarrer, damit der 72 Jahre alte Gouverneur mit dessen geistlicher Hilfe die Welt, die er so liebte und genoss wie einen kühlen Becher Meißner Wein, in Frieden verlassen kann.

Aber noch ist es nicht so weit. Noch halten die Bilder der Erinnerungen Graf Wackerbarth im Diesseits. Seine Bauten werden späteren Generationen davon künden, dass er Geschmack, Funktion und Schönheit zu bündeln wusste wie einen Blumenstrauß, der in jede Vase passt.

„Ich habe versäumt“, grübelt Wackerbarth auf dem Weg zum Hades, „diesen Bähr zu fragen, ob er seine Glocke vom Petersdom in Rom abgeguckt hat. Dieses erzgebirgische Schlitzohr nicht zu unterstützen, wäre der größte Fehler meines Lebens gewesen. So kann ich guten Gewissens meinem König da drüben begegnen und ihm erzählen, dass die Frauenkirche schon jetzt die Freude im Auge eines jeden Dresdner Untertans ist. Aber diese Ratsherren", grummelt Wackerbarth in sich hinein, „diese Bande von feigen Spießbürgern, die ihr Amt missbrauchen und verhindern, statt befördern, die würde ich, wenn ich noch mal auf die Welt käme, alle zum Teufel jagen. Mir Verschleppung der Baupläne vorwerfen. Frechheit. Fast hätte es mich die Gunst des Königs gekostet!"

Ein Gedanke, der seinen schweren Körper aufbäumen lässt, so dass die Umstehenden glauben, es geht mit ihm zu Ende. Doch bevor es so weit ist, beschäftigt ihn noch etwas anderes.

„Was für ein Schwachsinn", schimpft Wackerbarth in sich hinein, „dieses Zeithainer Lager. Die vielen tausend Taler. Umsonst auf den Acker geworfen. Die schönsten Paläste hätte ich für das Geld bauen können. Der Einzige, der dem König diesen unsinnigen Prunk mit seinem Eulenspiegel vorhielt, war Hofnarr Josef Fröhlich. Klein und dick, aber klug und mutig wie Sokrates. Dieser Fröhlich, ihm gehörte des Königs Ohr viel öfter als es die Etikette erlaubte. Aber was macht es schon", denkt Wackerbarth, „jeder hat seine Zeit und seine Stunde. Egal, ob König, Narr oder Gouverneur."

So versöhnt, mit sich und der Welt, klappt Gouverneur August Christoph Reichsgraf Wackerbarth an diesem sächsisch überhitzten Sommertag seinen Lebenskoffer zu, schließt die Augen, und der Tod, der ruhig wartend mit im Zimmer steht, ergreift nun endlich Wackerbarths mit Ringen aus Edelsteinen geschmückte Hand.

Durch das Gewirr der Balken, Verstrebungen und Gerüste tanzt das Licht einer Fackel. Bähr hält sie weit von sich, während er im Inneren der Frauenkirche nach oben steigt. Gespenstisch wirft die Mauer seinen Schatten zurück.

Bähr hält die Fackel gegen ein Fenster. Warum spiegelt sich sein Bild nicht darin? Wieso grinst ihm der Tod entgegen – eine Trommel vor dem Bauch, hält er Bähr die Schlegel hin, als solle er ihm helfen, die Trommel zu rühren. Aber das Trommeln, das Bähr aus seinem entsetzlichen Albtraum heraus reißt, kommt vom Regen, der gegen die Scheiben schlägt. Der alte Mann schüttelt sich, um die grauenvollen Bilder abzustreifen, geht in die von einer Kerze schwach beleuchtete Küche und gießt sich kaltes Wasser aus einem verbeulten Eimer über den Kopf. Jetzt hat er wieder alle seine Sinne beisammen. Er zündet eine Kerze an, setzt sich erneut an den Schreibsekretär und formuliert vorsichtig, jedes Wort vor sich hin sprechend, den Brief, den zu schreiben er vor einer Stunde keine Kraft fand.

„Sehr geehrter Rat der Stadt Dresden, Sie haben mich kürzlich wegen des Kuppel-Baues der neuen Frauenkirche wiederum streng befragt – darauf antworte ich

1. Die blinde Balustrade über die Gurtgesimse ist höher, als im Risse steht, weil dort die großen Anker eingelegt sind, und die Erhöhung der Mauer mehr Befestigung gibt.

2. Die Erhöhung der Fenster ist darum gemacht worden, um ein schöneres und vollkommeneres Licht hinunter in die Kirche zu bringen. Aber auch deshalb, um eine große Erleichterung wegen der Last wieder zu gewinnen, was zuvor bei der Perpendicular Linie erhöht wurde.

3. Die einmalige Einrichtung des Hauptcirculs von außen an der Kuppel bleibt nach dem Risse unveränderlich – Dresden…"

Bähr will das Datum setzen, als Johanna ins Zimmer tritt. Sie trägt die 14 Tage alte Concordia auf dem Arm. Der Ratszimmermeister dreht sich herum, sieht das madonnengleiche Bild und brüllt Mutter und Kind an: „Siehst du nicht, dass ich noch zu tun habe? Kannst du mich nicht mal eine Sekunde allein lassen?"

Von dem lauten Bass erwacht, fängt seine Tochter an zu schreien, was Bähr noch mehr in Rage bringt. „Weißt du nicht, dass sie mich alle hetzen und jagen? Willst du mich auch noch ständig bewachen?"

Johanna muss sich unter der Gewalt seiner Stimme hinsetzen. Demonstrativ öffnet sie ihr Nachthemd und gibt dem schreienden Kind die Brust. Das Schreien verebbt in einem seligen Schmatzen. Aber auf Bähr macht das keinen Eindruck. Er steht auf, geht wütend vor seiner Frau auf und ab, um sie weiter zu beschimpfen. „Ich weiß kaum noch, wo mir der Kopf steht. Aber dir ist das egal. Jedes Jahr legst du mir ein neues Balg vor die Füße !"

Das trifft. Johanna, die bisher seinen Ausbruch schweigend ertragen hat, laufen jetzt die Tränen über die Wangen. Ein Anblick, den Bähr flieht. Er geht zum Fenster, lehnt seine breite

Stirn an die kühle Scheibe und ändert seinen Ton. Leise, als flehe er um Abbitte, sagt er mehr zu seinem Spiegelbild als zu seiner Frau: „Ich habe Angst, dass ich bald ins Grab steige und mein Werk unvollendet bleibt."

Er dreht sich zu Johanna abrupt um, und seine Stimme wird wieder drohend: „Und wenn es unvollendet bleibt, trägst du mit Schuld daran!"

Da klopft es energisch gegen die Tür. Bähr geht öffnen. Fehre steht vor ihm, völlig durchnässt, ruft er verzweifelt: „George, es ist furchtbar – der Kuppelhals!"

Durch die Fugen des Kuppelhalses dringt Regenwasser. Um die Frauenkirche herum zucken rotglühende Blitze, begleitet von einem ununterbrochenen Donner, als solle die Welt untergehen.

Ratszimmermeister George Bähr und Ratsmaurermeister Fehre steigen im inneren Gerüst hinauf zum Kuppelhals, wo ihnen das Wasser kalt entgegen schießt. Hilflos versucht Bähr, die Fugen mit Steinen abzudichten. Ein sinnloses Unterfangen.

Die beiden Männer stehen vor der Gewalt der Natur und fühlen sich kleiner als der winzigste Sandstein. Da taucht ein schwankendes Licht auf. Es gehört Steinmetzmeister Ebhardt.

Sein Gesicht zeigt blankes Entsetzen, als er den Schaden gewahr wird, den das Unwetter anrichtet.

Als Bähr ihn erblickt, stürzt er sich auf ihn, packt ihn und brüllt gegen den Donner seine ganze Wut heraus, die er seit Jahren gegen Ebhardt hegt.

„Du kommst zu spät, du Lumpenhund", rast Bähr. „Sieh dir das an. Wasser, überall Wasser durch deine Schluderei!"

Er schüttelt Ebhardt, der sich zu wehren versucht und dabei seine Laterne verliert. Laut krachend stürzt das Licht mit splitterndem Glas in die Tiefe, wo die Kerze verlischt.

Bähr lässt von Ebhardt ab. Fehre legt dem Ratszimmermeister beruhigend die Hand auf die Schulter, während Ebhardt nun seinerseits in die Offensive geht. „Es ist nicht meine Schuld", ruft er, auf Distanz zu Bähr gehend, „wenn die Steinmetze die Steine unsauber schlagen. Du zahlst schlecht!"

Ebhardt zeigt anklagend auf den Wasser speienden Kuppelhals. „Jetzt hast du die Quittung!"

Fehre stellt sich vor Bähr, der drauf und dran ist, sich erneut auf Ebhardt zu stürzen. „Wenn du das Maul aufmachst, kommen Lügen heraus, Ebhardt", sagt Fehre im ruhigen Ton. „Ich hab dich früh genug gewarnt. Der Stein, auf den jeder spuckt, wird zuletzt nass."

Ebhardt bleibt stur: „Bähr hat bei mir Schulden. Darüber sollten wir mal reden."

Bähr schiebt Fehre beiseite, hält seine Lampe vor das verzerrte Gesicht von Ebhardt und sagt ihm, wo sein Platz ist auf dem Bau. „Der Stein muss sich nach der Schnur, die Schnur nicht nach dem Stein richten, vergiss das nie, Ebhardt!" klärt Bähr seinen Steinmetzmeister im autoritären Ton auf. „Wir sprechen uns noch, verlass dich drauf!"

Bähr wendet sich zum Gehen. Fehre folgt ihm. Wütend über die Maßregelung schreit Ebhardt hinterher: „Ob es dir passt oder nicht, Ratszimmermeister, die ganze Stadt wird erfahren, dass du bei mir Schulden hast, und zwar so hoch wie deine Frauenkirche!"

Da kehrt Fehre noch einmal um und drückt Ebhardt seine Lampe in die Hand, damit er allein zurückgehen kann: „Schulden rechtfertigen noch lange keinen Pfusch", sagt Fehre. „Ich hab immer gedacht, du bist ein Handwerker mit Ehre im Leib!"

Ebhardt winkt verächtlich ab. „Darauf pfeif ich. Mir soll es nicht gehen wie Bähr. Verehrt wie ein Gott und verflucht als ein Teufel!"

Das Gewitter hat sich inzwischen verzogen. Fehre steigt Bähr nach. Zurück bleibt Ebhardt vor dem nassen Kuppelhals. Er zuckt mit den Schultern wie einer, dem ein Unglück widerfahren ist, das er ja doch nicht mehr rückgängig machen kann. Dann steigt auch er abwärts.

Am Fenster des Schlafzimmers vom Ratszimmermeister George Bähr steht seine Frau Johanna. Mit einem wollenen Tuch hat sie ihre Schultern bedeckt, die sie mit ihren Händen umfasst, als wolle sie sich schützen vor der Nacht, die das Haus bedrängt.

Die Tür öffnet sich, und Vetter Schmidt tritt ein. Er stellt sich hinter Johanna und ergreift ihre Hände. Johanna dreht sich zu ihm herum. Er sieht ihre Tränen.

Johann Georg Schmidt ergreift die Leidenschaft. Vorsichtig, als berühren seine Lippen Porzellan, beginnt er Johanna Träne für Träne von den Wangen zu küssen. Unter seinen Berührungen fängt sie an zu zittern und flüstert: „Zärtlichkeit braucht Zeit, Johann, Zärtlichkeit braucht Zeit …“

Statt einer Antwort hebt Schmidt Johanna mit seinen starken Armen vom Boden auf, so dass sie das Gefühl überkommt, wie eine Feder zu schweben. Er trägt sie zum Bett.

Sie verlieren sich in hemmungsloser Liebe, vergessen Zeit und Raum. Hören und sehen nichts, nur die Landschaft ihrer Leiber durchwandern sie in paradiesischer Seligkeit.

George Bähr steht schon eine Weile an der Tür und kämpft gegen den Schwindel, der ihn ergreift, weil er meint, was er da sieht, passiere nicht in seinem Schlafzimmer, sondern in der Hölle.

Als Johanna die Augen aufschlägt und ihren Mann erblickt, erstarrt sie vor Schreck. Bähr sieht ihre nackten Brüste, den schweißglänzenden Rücken von Vetter Schmidt. Und nun gibt es für ihn kein Halten mehr.

Der Ratszimmermeister packt seinen Vetter, zieht ihn, nackt und bloß wie er ist, aus dem Bett und zerrt ihn mit eisernem Würgegriff zu einem Tisch, auf dem Zeichnungen vom Bau der Frauenkirche liegen. Bähr steht oft nachts auf, um eine Idee auf dem Papier festzuhalten, bevor sie ihm mit dem Morgen davon fliegt. Doch jetzt hat er anderes vor.

Johanna schreit und wimmert vor Angst. Schmidt versucht, sich zu wehren, aber die brutale Zwinge um seinen Hals nimmt ihm den Atem. Willenlos lässt er sich von Bähr vor dem Zeichentisch auf einen Stuhl drücken. Mit einer Hand umklammert Bähr seinen Vetter, mit der anderen taucht er einen gläsernen Federkiel in ein großes Fass mit Tusche. Jetzt lässt er den nackten Liebhaber seiner Frau los, drückt ihm den Federkiel in die Hand und befiehlt mit von Erregung rauer Stimme: „Schreib! Ich, Johann Georg Schmidt, verpflichte mich, nach dem Ableben von Ratszimmermeister George Bähr, nach angemessener Trauerzeit seine Frau Johanna zu heiraten und deren Kinder bis zu meinem Ende zu ernähren und zu beschützen.

Dresden, den… Unterschrift!“

Schmidt hat wie in Trance das Diktat Wort für Wort aufgeschrieben und ohne Aufbäumen sein Signum darunter gesetzt. Wie gelähmt starrt er auf das Papier, das Bähr ihm jetzt wegnimmt, in seine Rocktasche steckt, um wortlos den Raum zu verlassen.

In der selben Nacht, als in Dresden der Ratszimmermeister George Bähr mit großer Weisheit versucht, aus dem Treuebruch seines Vetters eine Lebensversicherung für seine Frau zu schmieden, sitzt Generallieutenant de Bodt über Bauplänen für die Frauenkirche und stellt mit Schrecken fest, dass in dem vom Rat genehmigten Entwurf keine Angaben über eine Verankerung für die Kuppel vorgesehen sind, diese aber sehr wohl durch Bähr vorgenommen wurde, weshalb über dem Gurtgesimse ein stärkerer und höherer Sockel ausgeführt werden musste. Dies war eine klare Abweichung von seinem Gutachten und Bährs Plänen.

Der Generallieutenant de Bodt ist sich im Klaren, dass er den Rat darüber informieren muss.

Deshalb schreibt er in der Nacht vom 26. zum 27. August 1734 dem Syndikus Dr. Schröter folgende Mitteilung: *„Er wollte dahero als ein wahrer und aufrichtiger Freund von E. E. Magistrat und hiesiger Stadt wohlmeinende erinnern, sie möchten ein wenig Reflexion machen: Ob sie nicht solchergestalt in Gefahr laufen könnten."*

Der Syndikus ist alarmiert über die Botschaft des Kommandanten der Neustadt. Das Misstrauen gegen Bähr wird wieder wach.

Wie immer, wenn sich der Rat von Bähr abwendet, um sich dem Ratsmaurermeister Fehre zuzuwenden, gerät der Ratszimmermeister in eine seelische Krise, die an seiner Lebenskraft und seinen Nerven zehrt.

Fehre leidet ebenfalls unter diesen Zerreißproben. Er kann sich dem Befehl des Rates nicht widersetzen, den Bau genau auszumessen, *„ob solcher dem Original Riss gemäß geschehen"*. Fehre ist sich jedoch der demütigenden Aufgabe sehr wohl bewusst. Ein Kleid auszumessen, das man selber geschneidert hat, was für ein Schwachsinn, denkt Fehre und tut, was von ihm verlangt wird, um das Ergebnis seinem Vorgesetzen, dem Ratszimmermeister Bähr, mitzuteilen. Dieser wiederum kann mit Fehres Expertise die Gemüter der Ratsherren beruhigen, *„dass es mit dem Bau, wie er ihn anietzo führe, gar keine Gefahr habe."*

Doch die bereits belastete Freundschaft der beiden verantwortlichen Männer für die Frauenkirche, Bähr und Fehre, gerät weiter in irritierende Untiefen.

Wieder einmal steht Bähr, der Kalender zeigt den 6. Oktober 1734, vor dem Rat der Stadt Dresden. Eine Begegnung, die von Mal zu Mal mehr einem Tribunal ähnelt. Auch Ratsmaurermeister Fehre ist anwesend. Er sitzt weit weg von Bähr, als scheue er seine Nähe, beobachtet aber aufmerksam das Geschehen.

Bürgermeister Schwarzbach ergreift das Wort. Sein Ton gegenüber Bähr klingt moderat: „Er hat Glück, Ratszimmermeister. Die Messdaten von Ratsmaurermeister Fehre sind mit seinen Rissen identisch."

Der Bürgermeister schaut anerkennend nach Fehre. Doch der senkt den Kopf, als könne er so viel Lob nicht ertragen.

„Trotzdem haben wir das Gefühl", wendet sich der Bürgermeister wieder an Bähr, „dass Er das Vertrauen des Rates missbraucht und den Bau der Frauenkirche gefährdet."

Bähr braust auf: „Das ist eine Unterstellung. Dagegen protestiere ich, zumal es mit dem Bau der Frauenkirche, wie ich ihn aufführe, gar keine Gefahr hat!"

Bähr schaut in die bedenklichen Gesichter der Räte und versucht, ihre Zweifel zu zerstreuen. „Da, wo ich die großen Anker gelegt habe, erhält die Mauer mehr Befestigung. Im Übrigen bleibt die Wölbung der Kuppel, mit der ich in der mittleren Höhe der unteren Fenster begonnen habe, unverändert."

Bähr sucht Bestätigung bei Fehre, die ihm dieser mit einem leichten Kopfnicken gewährt, was der Bürgermeister, der die beiden Erbauer der Frauenkirche wie ein Luchs beobachtet, veranlasst, nun Fehre ins Verhör zu ziehen.

„Und wie hält es der Ratsmaurermeister", wendet sich Schwarzbach an Fehre, „mit der durch die Erhöhung der senkrechten Mauer hervorgerufenen größeren Belastung?"

Fehre steht auf, nimmt aus seiner Lederrolle die Risse und breitet sie vor dem Bürgermeister aus. „Die Belastung wird durch Höherstellung der Fenster wieder aufgehoben", erklärt Fehre ruhig. „Dadurch erhält das Innere der Kirche zugleich eine bessere Beleuchtung."

Der Bürgermeister, bei weitem kein Fachmann in Fragen der Architektur, muss Treu und Glauben walten lassen. Bähr nutzt die positive Situation und geht seinerseits in die Offensive: „In den Raum über der Innenkuppel baue ich einen schönen Arkadengang, der durch einen offenen, mit Balustradengitter versehenen Umgang abgeschlossen wird."

Die Ratsmitglieder opponieren: „Hört, hört! Schon wieder was Neues!“

Bähr ist nicht mehr zu bremsen. Er geht zu jedem einzelnen Ratsmitglied und schenkt jedem ein Bild seiner Vision: „Unsere Frauenkirche wird alle Blicke auf sich ziehen!“ verkündet Bähr. „Sie wird ungemein lebendig wirken. Schlank und zierlich. Und trotzdem wird sie ihre harmonische und monumentale Wirkung nicht verfehlen.“

„Alles gut und schön“, unterbricht Bürgermeister Schwarzbach den euphorischen Bähr. „Aber wie steht es mit dem Bau der Silbermannorgel?“

Bähr antwortet zögerlich. „Wir arbeiten am Gehäuse…“

Der Bürgermeister lehnt sich zurück und meint süffisant: „Meister Silbermann sieht das anders.“

Daraufhin läutet Rat Schröder die Glocke. Der Saaldiener öffnet die Tür. Herein tritt Silbermann. Von seinem unerwarteten Auftritt ist der Ratszimmermeister so erschrocken, dass er sich hinsetzen muss. Der Schweiß bricht ihm aus. Mit einem großen Tuch trocknet er sich das Gesicht ab, nur, um den vorwurfsvollen Blick von Silbermann nicht ertragen zu müssen, der sogleich das Wort ergreift: „Hoher Rat, ich hoffte, Ratszimmermeister Bähr in der Frauenkirche zu finden. Aber Bildhauer Feige ließ mich wissen, dass er im Rathaus ist. Ich bin nach Dresden gekommen, weil ich Vorbereitungen für das Aufsetzen des Orgelwerkes treffen wollte, denn die Windladen, die Claviere, die Bälge und hölzernen Pfeifen sind fertig.“

Silbermann klagt Bähr jetzt direkt an: „Aber leider muss ich unverrichteter Dinge wieder abfahren, weil weder das Balgenhaus, noch das Orgelgehäuse, das Ratszimmermeister Bähr zu fertigen versprochen hat, zur Verfügung stehen.“

Bähr schweigt zu den Vorwürfen, so dass im Saal eine spannungsgeladene Stille entsteht.

Silbermann fährt fort: „Ich kann deshalb nicht weiter arbeiten. Denn die fertigen Orgelpfeifen – ich habe dafür zwanzig Zentner englisches Zinn verbraucht – müssen sofort an Ort und Stelle eingesetzt werden, weil sonst das Material verdirbt. Meine Leute sind unterwegs nach Dresden. Ich muss sie leider nach Freiberg zurück schicken. Ich bedauere, hoher Rat, dass sich der Einbau meiner Orgel in die Frauenkirche verzögert. Aber die Schuld liegt nicht bei mir.“

Bürgermeister Schwarzbach will von Bähr Antwort auf die Vorwürfe. „Ratszimmermeister, wie sieht Er die Dinge?"

Bähr steht mühsam, wie unter einer Last gebeugt, von seinem Stuhl auf und versucht, sich zu verteidigen: „Der Bau von Balgenhaus und Orgelgehäuse hat sich deshalb verzögert, weil der Innenraum für einen Gottesdienst hergerichtet werden musste. Superintendent Löscher hat dem Hochaltar von Bildhauer Feige Vorrang gegeben, so dass dieser das Orgelgehäuse nicht ausführen konnte."

Ungeduldig fragt der Bürgermeister: „Wann können wir mit dem Orgeleinbau rechnen?"

Bähr überlegt, sagt dann bedächtig: „Bis Pfingsten nächsten Jahres wird das Balgenhaus und Orgelgehäuse einschließlich Staffierung fertig gestellt."

Bähr geht auf Silbermann zu, reicht ihm die Hand: „Mein Ehrenwort!"

Silbermann zögert eine Sekunde, dann ergreift er Bährs Hand.

AUSERLESENER KERN DREßDNISCHERE MERCKWÜRDIGKEITEN 1734

„Von der Frauen-Kirchen ist annoch zu erwehnen, dass nunmehro das Gemählde in der Kuppel oben fertig worden, und der Kirchen eine ungemeine Zierde giebet, es praesentiret solches Gemählde die 4 Evangelisten, nebst 4 Tugenden, in 8 besonderen Abtheilungen, solchergestalt, daß man zwischen jeden Evangelisten ein Tugend-Gemählde erblicket der Verfertiger dieses Kunst-Gemähldes ist Msr. Joh. Baptista Grone, ein Italiäner, Königl. Hof-Mahler."

1735

Die Wahrheit ist der Zeit Tochter

Die Residenzstadt Dresden schläft. Nur die Sterne funkeln am nächtlichen Himmel wie Silber. Morgen ist Karfreitag. Da heißt es beten und singen für Jesus Christus, vor allem in der Kreuzkirche, die ihren Namen mit seinem Leid verbindet.

Hinter dem Fenster der Amtsstube von Superintendent Löscher flackert noch Licht. Er muss morgen eine Predigt halten, die die Herzen der Gemeinde erreicht, wie damals, am 24. Mai 1722, als er in der Kreuzkirche einen flammenden Appell an Dresdens Protestanten richtete, um sie zu ermuntern, sich für den Bau der neuen Frauenkirche mit ganzer Seele einzusetzen.

„Gott helfe nach seinem heiligen Rat", erinnert sich Valentin Löscher seines Predigttextes, „den notwendigen Bau der hiesigen Frauenkirche ausführen, damit der Bauruhm unserer Stadt hierdurch ihm geheiligt werde."

Das Jahr 1722 war für Valentin Löscher ein gutes Jahr. Da hatte er noch das Gefühl, jung und voller Kraft zu sein. Das fünfzigste Wiegenfest schien zwölf Monate weit weg, und was hinter ihm lag, betrachtete er als Prüfung für den ganz großen Gottesauftrag.

Das Licht der Kerzen huscht über das Regal, in dem die Bücher stehen, die aus seiner Feder stammen. „Jüterbog ist ein elendes Nest", denkt Löscher, als sein Blick auf die Jahrgänge seiner theologischen Zeitschrift „Altes und Neues aus dem Schatz theologischer Wissenschaften" fällt. Damals, 1701, war er Superintendent in Jüterbog. „Aber es hatte auch sein Gutes", sinniert er weiter, „die Stadt schenkte mir in ihrer Behäbigkeit viel Zeit. Vielleicht wäre ich sonst nie Professor der Theologie in Wittenberg geworden, und der Ruf 1707 nach Dresden hätte mich nie ereilt."

Löscher liebt die Stunden der Nacht. Da stört ihn niemand. Die Nacht hat mehr Frieden als der Tag. Sie ist die Mutter der Gedanken. Die Nacht kann viel erzählen. Sie schärft den Verstand und wäscht ab, was der Tag eingeseift hat. „Denn das Leben ist ein einziger Kampf", denkt Löscher, „ob gegen den Pietismus oder gegen den Katholizismus. Der Protestantismus ist die reine Lehre. Ihn muss ich verteidigen wie Luther seinen Glauben!"

Bei diesen Gedanken fällt ihm wieder der Text ein, den er 1722 für ein Kirchenlied in Jüterbog niedergeschrieben hatte, übrigens in einer ebenso sternklaren Nacht wie der, die heute über Dresden glitzert. Er weiß noch ganz genau, was ihn dazu inspirierte. Es war die erste Epistel des Heiligen Paulus an die Römer, wo es im 16. und 17. Vers heißt:

„Denn ich schäme mich des Evangelii von Christo nicht; denn es ist eine Kraft Gottes, die da selig macht Alle, die daran glauben, die Juden vornehmlich, und auch die Griechen.

Sintemal darinnen geoffenbaret wird die Gerechtigkeit, die vor Gott gilt, welche kommt aus Glauben in Glauben; wie denn geschrieben stehet: ‚Der Gerechte wird seines Glaubens leben.'"

Löscher hatte damals den Text wie eine Pfingsterleuchtung gelesen. Er begriff, dass Jesus jeden, wer auch immer ihn hätte retten wollen, abgewiesen hätte, weil er seinen dornenreichen Weg bis zu Ende gehen musste.

Von dieser Erkenntnis war Löscher so tief erschüttert, dass er bis zum Morgen niederschrieb, was er im Tiefsten seines Herzens spürte:

„Ich grüße dich am Kreuzesstamm,
Hier hängst du zwar in lauter Not
du hochgelobtes Gotteslamm
und bist gehorsam bis zum Tod,
mit andachtsvollem Herzen,
vergehst in tausend Schmerzen;
doch sieht mein Glaube wohl an dir,
dass Gottes Majestät und Zier
in diesem Leibe wohne,
und dass du hier so würdig seist,
dass man dich Herr und König heißt,
als auf dem Ehrenthrone.

Ich folge dir durch Tod und Leid,
Du gehst den engen Weg voran;
O Herzog meiner Seligkeit,
dein Kreuzestod macht offne Bahn,
nichts soll mich von dir trennen,
den Seelen, die dich kennen.
Ach Jesu, deine höchste Treu
macht, dass mir nichts unmöglich sei,
da du für mich gestorben;

ich scheue nicht den bittern Tod
und bin gewiss in aller Not.
Wer glaubt, ist unverdorben!"

Am nächsten Morgen, Karfreitag 1735, sang die Gemeinde in der Kreuzkirche mit Inbrunst Löschers Verse nach der Melodie „O Mensch, bewein dein Sünde groß", um nach dem Gottesdienst hinüber zu pilgern zum Bauplatz der Frauenkirche und zu bewundern, was seit dem Aufbruch 1722 dem Himmel Gottes an steinernem Lob zugewachsen war.

Der Bauplatz der Frauenkirche verändert fast täglich sein Gesicht. Heute hat sich der Ratszimmermeister George Bähr eine Verkaufsmesse für die Betstübchen einfallen lassen. Die Betstübchen sind im Modell aufgestellt, unterschiedlich in Größe und Ausstattung, so dass sich die Betrachter und potentiellen Käufer eine rechte Vorstellung darüber machen können, wie ihr Platz im Kirchenraum einmal aussehen wird.

Bähr hat eine große, gut lesbare Tafel aufstellen lassen, vor der interessierte Bürger stehen.

Einer liest laut vor: „Specificato derer für Manns- und Weibspersonen angelegten Stuhlsitze in hiesiger Frauenkirche, als da sind 1317 Männersitze auf drei Emporen, 865 Weibersitze Parterre, 86 Bänke für Bürgerweiber, 164 Bänke für Bauernweiber, 97 Betstübchen!"

In den ausgestellten Betstübchen sitzen schon mal probeweise die Käufer, wie zum Beispiel Landesbaumeister Knöffel. Bähr tritt zu ihm, weil er wissen will, wie ihm der Betstuhl gefällt, aber Knöffel kommt ihm mit seiner Frage zuvor: „Was soll er kosten?"

„Wir erhoffen uns vom Gesamterlös große Einnahmen", weicht Bähr seiner Frage aus, worauf Knöffel aus dem Betstuhl steigt und mürrisch wiederholt: „Ich will wissen, was mich dieser kostet?"

Ratsmaurermeister Fehre antwortet statt Bähr: „Dieser ist in der zweiten und dritten Empore mit sechzig Taler veranschlagt." Knöffel geht kritischen Auges um den Betstuhl herum, seine Inspektion kommentiert Bähr mit den Worten: „Für siebenundneunzig Betstühle haben wir die vorzüglichsten Hör- und Sehplätze ausgewählt. Auf jeder Empore wird die Hälfte der Sitze für Minister, Räte und andere vornehme Personen zur Verfügung gestellt."

Knöffel lacht: „Ja, wenn das so ist, brauche ich mich mit dem Kauf ja nicht zu beeilen."

„Das sollten Sie aber tun, Landesbaumeister", widerspricht Bähr, „wir brauchen das Lösegeld für die Betstuben dringend für den Weiterbau."

Knöffels Miene zeigt Verständnis. Er sucht das Gespräch. „Wie weit seid Ihr mit dem Kirchengestühl, Ratszimmermeister?"

„Die Tetschener Bretter werden noch gelagert", gibt Bähr ihm Auskunft.

Knöffel fragt fachmännisch: „Um eine natürliche Trocknung zu erreichen?"

Bähr nickt. „Ich habe streng darauf geachtet, dass das Tannenholz aus Böhmen bei Neumond geschlagen wurde. Wenn es ausgetrocknet ist, wird es per Hand gehobelt. Bevor sich die Gemeinde in die neuen Kirchenbänke setzten kann, liegt noch ein gewaltiges Stück Arbeit vor uns!"

Knöffel reicht Bähr spontan die Hand. „An der Frauenkirche lernen wir: Man soll arbeiten als wollt man ewig leben, und fromm sein als wollt man alle Stund sterben! Ich wünsche gutes Gelingen, Ratszimmermeister."

Als dem Ratszimmermeister George Bähr vom Saaldiener die Tür zum Ratssaal geöffnet wird, bietet sich ihm ein komisches Bild. Überall stehen Modelle von Betstübchen, wie sie einmal die Frauenkirche zieren sollen. In den Betstübchen sitzen die Ratsherren, oder sie stehen davor, warten auf eine Sitzprobe wie ungeduldige Kinder vor dem Karussell. Das Schließen der Türen wird ausprobiert, und ein Blick durch die verglasten Fenster gewagt. Als die Ratsherren George Bähr erblicken, klettern sie aus den Betstübchen und bilden einen Kreis um ihn, denn der Ratszimmermeister soll ihnen erklären, wie er sich den Einbau der Betstübchen in die Frauenkirche vorstellt, aber vor allem, was das kosten soll.

„Meine Herren vom Rat", zieht Bähr ihre Aufmerksamkeit auf sich. „In der alten Frauenkirche waren acht Betstübchen und zwei Emporkirchen eingebaut. In unserer neuen Kirche sollen in drei Emporen im Ganzen 36 Betstübchen von acht Ellen in der Front zu je 24 Sitzen gebaut werden."

„Sind sie für die Wintermonate gerüstet?“ will der Bürgermeister wissen. Bähr nickt. „Wir können die Betstübchen in kleinere, zu drei, vier oder fünf Sitzen einteilen und mit Öfen versehen.“

„Was ist ihr Preis?“ drängt Ratsherr Dornblüth.

Bähr weiß auch darauf Antwort. „Der Preis dafür sollte in der ersten und zweiten Empore sechzig Taler, in der dritten Empore fünfzig Taler betragen. Ich denke, die Gesamtsumme des erhofften Erlöses beträgt rund einundvierzigtausend Taler!“

Eine solche Zahl belebt die Ratsherren. Bähr lässt noch einen Joker springen. „Auch schlage ich vor“, treibt er die Phantasie seiner Zuhörer weiter voran, „unter der ersten Empore noch schmalere Betstübchen einzurichten, das wären noch einmal siebzig Sitze, für welche fünfundzwanzig Taler angemessen sind.“

Aber statt Lob erntet der Ratszimmermeister Kritik durch den Bürgermeister, der protestiert: „Diese Betstübchen verdecken ein Stück der Kuppelpfeiler. Ihre aufstrebende elegante Kraft kommt dadurch nicht zur Geltung. Ist das gewollt, Meister Bähr?“

Bevor Bähr antworten kann, fährt der Bürgermeister fort: „Ein weiterer wichtiger Punkt, dem der Rat zustimmen muss: Auf jeder Empore soll die Hälfte Minister, Räte und anderen vornehmen Personen reserviert bleiben. Auch die Mitglieder des Ratskollegiums sind zu bedenken.“

Der Bürgermeister sieht in die zustimmende Runde. Er will diesen Punkt der Tagesordnung beenden. „Noch Fragen an den Ratszimmermeister?“

Als sich niemand meldet, bedankt sich der Bürgermeister mit einem freundlichen Kopfnicken bei Bähr, der seinerseits gegenüber den Ratsherren eine leichte Verbeugung andeutet und nun den Saal verlässt.

Neue Gedanken ziehen ins Schloss zu Dresden. Im Audienzsaal des Königs von Sachsen und Polen, Friedrich August III., steht im Licht der durch die großen Fenster hereinbrechenden Sonnenstrahlen ein überdimensionaler Prospekt mit dem Entwurf der Katholischen Hofkirche. Landesbaumeister Knöffel und Minister Graf Brühl halten dem König einen Vortrag, den Knöffel mit den Worten beendet. „Majestät – im Bau der Katholischen Hofkirche kommt die Segensfülle durch das Wirken der

Heiligen zur Anschauung. Aus dem Grund, auf dem sich der Bau erhebt, erwächst die commmunio sanctorum!"

Dem König gefällt das Bild, das ihm sein Landesbaumeister malt, er weiß aber, dass er Vorsicht walten lassen muss bei diesem Vorhaben. Deshalb fragt er Graf Brühl, dem er schon lange nachsieht, dass er über bessere Informationen verfügt als der König selbst: „Wer kennt unsere Absichten?"

Brühl lächelt maliziös: „Majestät können beruhigt sein. Unsere Protestanten sind vollauf mit ihrer Frauenkirche beschäftigt. Aber sie werden sich die Augen reiben, wenn inmitten ihres protestantischen Landes, an den Ufern der Elbe, plötzlich ein römischer Kirchenbau entsteht!"

Der König schenkt seinem Minister für diese Vision ein huldvolles Lächeln und fragt ihn ungeduldig: „Wann kann ich dem italienischen Architekten der Katholischen Hofkirche, Gaetano Chiaveri, Audienz geben?"

Graf Brühl antwortet im bedrückten Ton: „Das wird nicht leicht möglich sein."

Friedrich August III. glaubt, sich verhört zu haben. Auch Knöffel schaut verwundert auf den Minister, der beschwörend die Hände hebt und das Unvorstellbare nun bekannt gibt: „Der Italiener hat ein Ultimatum gestellt!"

Der König kann nur noch staunen und fragt hilflos: „Ein Ultimatum? An mich, den König von Sachsen und Polen?"

Graf Brühl gönnt sich genüsslich eine Pause, bevor er die Spannung aufhebt: „Weniger an Ihre Majestät, eher an den Ratszimmermeister George Bähr."

Jetzt verstehen der König und sein Oberlandesbaumeister Knöffel gar nichts mehr.

Graf Brühl klärt sie auf: „Architekt Chiaveri wünscht, dass vor Baubeginn seiner Katholischen Hofkirche der Bau der Kuppel der Frauenkirche verhindert wird. Sie sei ein protestantischer Kloß, neben dem er seine filigrane Hofkirche nicht setzen wolle."

Zur Bestätigung seiner Ausführungen reicht Graf Brühl dem König das Schreiben aus Rom. Knöffel ist entsetzt. Er legt die Hand auf sein schnell schlagendes Herz, um es zu beruhigen und sagt mit erregter Stimme: „Majestät, wenn dieses Ultimatum in Dresden bekannt wird, droht uns ein Religionskrieg. Chiaveri hetzt mit seinem eitlen Ansinnen ohne zwingenden Grund Protestanten und Katholiken aufeinander."

Der König sieht es genauso. Bei aller Sympathie für den Römer Chiaveri, den schon sein Vater, August der Starke, favorisierte, hier muss Einhalt geboten werden.

Deshalb befiehlt Friedrich August III. Minister Graf Brühl und seinem Landesbaumeister Knöffel mit autoritärer Stimme: „Von Chiaveris Ansinnen darf niemand, es sei wiederholt: niemand, etwas erfahren! Die Audienz ist beendet."

Unter tiefen Bücklingen verlassen die Vertrauten des Königs den prächtigen Saal.

Ruder tauchen in das Wasser der Elbe. Im Kahn sinniert George Bähr. Er hat sich einen Mantel umgeworfen und sitzt seinem Ratsmaurermeister Fehre gegenüber, der gleichmäßig die Ruder durch das grau-grüne Wasser zieht.

Fehre und Bähr kommen von der Steinmetzhütte Ebhardts, die am Neustädter Ufer liegt. Bei allem Ärger, den beide mit Ebhardt haben: Es gibt in Dresden keinen besseren Steinmetzmeister. Also heißt es, sich arrangieren. Außerdem kann Bähr zwischenmenschliche Konflikte gut verdrängen. Was ihm unangenehm ist, schiebt er von sich. In Fragen des Bauens ist er allerdings präzise wie ein Uhrwerk.

Bähr holt unter seinem Mantel eine kleine Lederbüchse hervor, aus der er eine Zeichnung entrollt, auf der die Frauenkirche mit der steinernen Kuppel sichtbar wird. Er vertieft sich in das Bild und schaut ab und zu auf das gegenüberliegende Ufer, wo die eingerüstete Frauenkirche wie eine Glucke, die ihren Hals reckt, über den Dächern hängt, während Fehre den Kahn auf die Fassade des Dresdner Schlosses zusteuert. Bähr hält die Zeichnung über den Rand des Bootes und meint selbstkritisch zu Fehre: „Wir hätten die Frauenkirche dichter am Wasser bauen müssen, Gottfried. Vor das Georgentor vom Schloss. Das gäbe eine Perspektive, als wenn die Frauenkirche direkt aus dem Fluss gegen den Himmel aufsteigen würde."

Fehre wirft einen flüchtigen Blick auf das Bild, das Bähr entwirft, schüttelt missbilligend den Kopf und bringt mit wenigen Worten das Phantasiegebäude des Ratszimmermeisters zum Platzen. „Ich habe mich immer gefragt", grummelt Fehre, „ob es richtig war, dass ich mich mit dir eingelassen habe."

Bähr lässt die Zeichnung sinken und schaut ihn mit treuem Kinderblick unschuldig an.

„Konnte ich ahnen", fährt Fehre ungerührt fort, „dass der Bau aus dir einen anderen Menschen macht?"

Und als Bähr nicht antwortet, kommt Fehre zum Kern seines Unbehagens. „Was mich all die Jahre krank gemacht hat", bricht es aus ihm heraus, „dass du auf das Maßwerk unserer Kirche dein Auge scharf wie ein Adler gerichtet hast, für die finanziellen Realitäten aber blind wie eine Eule in der Sonne warst."

Bähr weicht Fehres anklagenden Blick aus und sucht die Ruhe des Flusses, der geduldig das Boot von der Neustadt zur Altstadt hinüber trägt. Bähr hält seine Hand in das Wasser der Elbe und lässt es durch seine Finger rinnen. Er genießt die Kälte des Elements. Mit der nassen Hand streicht er sich über seine zerfurchte Stirn, und sagt dann versonnen: „Silbermann beginnt nächste Woche mit dem Einbau seiner Orgel."

Fehre zieht die Ruder ein, worauf die Strömung des Flusses nur gewartet hat. Eifrig treibt sie das Boot in die Richtung, die ihr gefällt. „Was nützt Silbermanns Orgel", barmt Fehre, „wenn wir kein Geld für die Handlanger haben, um die Kuppel weiter zu bauen!?"

Bähr will dieses Problem nicht diskutieren, schwärmt statt dessen: „Musik, ist sie nicht die einzige Sprache mit Gott?"

Fehre ergreift wieder die Ruder. Seine Gedanken sind auf ein ganz anderes Ziel gerichtet. „Man müsste...", sinniert Fehre vor sich hin und stemmt sich in die Riemen, als wolle er die Idee, die ihn ergriffen hat, unterstützen. „Man müsste...ja, eine Eselsbahn, ja!"

Er schaut Bähr triumphierend an. „Da sparen wir eine Menge Geld, George, mit so einer Konstruktion!"

Bähr schaut sorgenvoll auf seinen heftig rudernden Ratsmaurermeister, als ob dieser nicht ganz bei Trost sei, denn er versteht gar nichts.

Vor der Frauenkirche hat sich eine große Anzahl Schaulustige eingefunden. Sie blicken gegen den Himmel, weil sie dort etwas sehen, was sie in Dresden noch nie gesehen haben. Um die Außenmauern der Frauenkirche, es ist ein unfassbarer Anblick, windet sich, von Balkenpfeilern abgestützt, eine breite Holzbahn nach oben zur Kuppel-Rüstung.

Und wie bei einer Fata Morgana tauchen plötzlich auf der Holzbahn Esel auf, die vorsichtig kleine, mit Sandsteinen beladene Wagen ziehen, ermutigt von den antreibenden Rufen der Handlanger. Wenn die Wagen entladen sind, fahren die Eselsgespanne sie behutsam, Huf vor Huf setzend, wieder nach unten. Am Fuße der Frauenkirche werden die Wagen neuerlich mit Sandsteinen beladen.

Bähr und Fehre inspizieren das Geschehen, so dass sie gar nicht bemerken, dass die Kutsche mit Landesbaumeister Knöffel gerade ankommt und jetzt hinter ihnen hält.

Aus der Kutsche ruft Knöffel im empörten Ton: „Es wird ja immer verrückter auf Seiner Baustelle, Ratszimmermeister! Wer hat die Genehmigung zu diesem Zirkus erteilt? Ich nicht!"

Bähr lässt sich von Knöffel nicht beeindrucken. Souverän ruft er zurück: „Wenn der Rat morgen das Geld für die Handlanger bezahlt, die ich für die Kuppel benötige, stehen übermorgen die Esel wieder im Stall!"

Vetter Schmidt kommt gerannt. Knöffel nicht achtend, bleibt er vor Bähr stehen. „Johanna ruft nach dir", sagt Schmidt atemringend. „Sie liegt in den Wehen."

Knöffel, der alles mitgehört hat, sieht den erschrockenen Bähr, der versteinert auf den Boten Schmidt blickt. „Steig Er ein", drängt Knöffel den Ratszimmermeister.

Bähr nickt dankbar und besteigt die Kutsche. Knöffel sieht seine unruhigen Augen. Er versucht ihn zu beruhigen: „Keine Geburt ohne Wehen! Es wird schon alles gut gehen!"

Der Kutscher treibt die Pferde mit der Peitsche zur Eile an.

Johanna liegt im Bett und wimmert unter den Wehen. Auf dem Herd dampft das Wasser in einem großen Kessel, und die Hebamme, die vermutet, dass die Geburt in jeder Sekunde beginnt, empfängt aufgelöst George Bähr mit den Worten: „Gott sei Dank, da sind Sie ja. Schnell, Wasser!"

Bähr hilft die Schüssel füllen, geht zum Bett, wo sich Johanna windet. Als er nach ihrer Hand fasst, wird sie ruhiger. Bähr sieht ihre Tränen. Er versucht, sie abzulenken, sagt lächelnd: „Du hast es gleich hinter dir, und dann, Johanna, du weißt: Auf die Schmerzen gibt Gott das Scherzen!"

Johanna wendet den Kopf zur Seite, sie kann den hoffnungsfrohen Blick ihres Mannes nicht ertragen. „Ich habe so viel um die Ohren, Johanna, ich habe dich ja noch nicht mal gefragt, wie unser Kind heißen soll?" entschuldigt sich Bähr.

Jetzt sucht Johanna doch seine Augen, und während die Hebamme frisches Wasser in den Kessel rauschen lässt, flüstert die werdende Mutter mit zerbrechender Stimme: „Es ist nicht dein Kind."

Bähr sieht sie an, hört was sie sagt, aber er versteht nicht.

Johanna drückt sich in die Kissen, beißt sich die Lippen blutig. Ganz langsam steigt in Bähr ein fürchterlicher Verdacht auf. Ein Gedanke, den er nicht wahrhaben will, denn er weiß, ein geringer Verdacht kann ein ganzes Haus erschüttern. Ist er erst einmal im Zimmer, hat die Liebe keinen Platz mehr darin, und die Ruhe nimmt Abschied. Bähr deutet langsam mit seinem Daumen rückwärts in Richtung des Ateliers und fragt mit trockenem Mund: „Schmidt?"

Johanna nickt, murmelt gequält: „Aber er weiß es nicht."

Bähr lässt ihre Hand los. Sein Herz fängt an zu rasen.

„Die Wahrheit ist der Zeit Tochter", klopft sein Gehirn, „warum aber hat sie neun Monate bis zu ihrer Geburt vonnöten?" Ein Zittern erfasst seinen ganzen Körper. Johanna sieht es mit erschrockenen Augen, greift nach seinem in einer abgewetzten Lederhose versteckten Knie, aber er entzieht sich ihr und sagt mit Ironie in der Stimme: „Als Pythagoras seinen berühmten Lehrsatz gefunden hatte, war er darüber so erfreut, dass er den Göttern ein Opfer von hundert Ochsen gelobte. Man darf sich daher nicht wundern, dass alle Ochsen bei Entdeckung einer neuen Wahrheit zittern!"

Die Hebamme steht ratlos mit glatten Leinentüchern im Zimmer, schaut irritiert nach dem flüsternden Paar auf dem Bett. Bähr wischt mit einer rigorosen Geste die nach Rache rufenden Geister in seinem Inneren beiseite. Sein Herz findet zum normalen Rhythmus zurück. Er legt seine Hand auf Johannas hohen Leib und sagt mit abgeklärter Stimme: „Auf Schuld folgt Strafe. Ich habe sie verdient."

Johanna versteht nicht, warum ihr Mann so plötzlich das Blatt wendet. Sie fühlt nur eine ungeheure Spannung. Das Kind in ihrem Bauch strampelt, es will ans Licht, und die Mutter, ihr fünftes Kind erwartend, fragt sich verzweifelt: „Warum habe ich mich ihm offenbart? Wie oft hat er mich belehrt, wenn er für den Rat falsche Rechnungen ausfüllte, warum er es tun muss, weil er fest davon überzeugt sei: Nicht die Lüge, die Wahrheit tötet die Hoffnung."

Bähr bewegen ganz andere Gefühle. Gefühle, über die er nie sprechen wollte, über die er aber jetzt sprechen muss.

„Was meinst du damit, George", fragt ihn seine Frau leise, „du hast Schuld?"

Der Ratszimmermeister hält ihr seine von hunderten Altersflecken bedeckten Hände hin. „Sieh sie dir an, Johanna", fordert Bähr seine Frau auf, „sieh sie dir an! Alten Händen hilft kein Nagelschminken. Um das Glück zu greifen, muss man selbst eine glückliche Hand haben. Ich habe kein Glück mehr. Der Bau der Frauenkirche dauert – so lange reicht kein Leben. Er nimmt mir meine ganze Kraft. Ich liege bei den Steinen, statt bei dir im Bett. Du bist jung und schön. Ich habe dich, wohl ahnend, dass meine Zeit Dir nicht genügt, zur treuen Hand meinem Vetter Schmidt anvertraut. Einem Treuhänder zu trauen – ich hätte es besser wissen müssen. Jeder macht seine Dummheit auf eigene Rechnung."

Johanna fürchtet nach seinen betont ruhigen Worten einen Wutausbruch. Doch die Eruption bleibt aus. Statt dessen beugt sich Bähr über ihre Stirn und küsst sie mit den Worten: „So lange du unter meinem Dach lebst, bleibt es unser Kind!"

Johanna wagt ein zaghaftes Lächeln, das ihr Mann aufnimmt, um sie schelmisch zu fragen: „Was soll es denn werden? Ein Mädchen?"

Johanna schüttelt den Kopf und erwidert selbstbewusst: „Es wird ein Junge."

Bähr nickt zufrieden. „Welchen Namen wollen wir ihm geben?"

Johanna nimmt seine Hand, führt sie zu ihren heißen, aufgesprungenen Lippen und antwortet: „Er soll Leberecht heißen!"

Am 26. November 1735 wurde Bernhard Leberecht in der Kreuzkirche von Superintendent Valentin Löscher getauft. In seiner Predigt gab Löscher seiner Hoffnung Ausdruck, dass aus dem Jungen einmal so ein tüchtiger Zimmermann werden möchte, wie sein Vater.

Ein Wunsch, den George Bähr und Vetter Schmidt mit einem Handschlag über dem Taufbecken bekräftigten.

1736

Ein Loblied
für den Orgelbauer

Es ist ein eiskalter Monat, mit dem das Jahr 1736 beginnt. George Bähr klingelt am Hause vom Oberlandesbaumeister in der Schlossgasse. Eine Tochter öffnet ihm. Der Ratszimmermeister schüttelt sich den Schnee von der Mütze und lässt sich aus dem wintersteifen Mantel helfen. Die Tochter führt ihn zum Krankenbett ihres Vaters.

Matthäus Daniel Pöppelmann schläft. George Bähr schaut zum Fenster, das zum Hof hinaus geht, aber jetzt keinen Blick gewährt, weil die Scheibe von oben bis unten zugefroren ist. Im Zimmer sitzen noch zwei weitere Töchter und eine Enkeltochter. Sie stellen Bähr einen Schemel an das Bett des Todkranken.

Bähr setzt sich, faltet die Hände und betet: „O Herr Jesu Christe, du mein treuer Heiland, Erlöser und Seligmacher, nimm deinem Knecht Matthäus noch nicht das Leben…"

Bei diesen Worten schlägt Pöppelmann die Augen auf. Er sieht den im Gebet gebeugten Bähr. Pöppelmann legt seine Hand auf Bährs Arm. Der Ratszimmermeister sieht die Augen des Oberlandesbaumeisters und weiß, dass es mit Pöppelmann zu Ende geht.

„Schön, dass du gekommen bist, George", sagt Pöppelmann mit gebrochener Stimme. „Ich muss gehen. Der Mensch stirbt nicht an seinen Krankheiten. Er stirbt, wenn seine Zeit vorbei ist. Deine Worte."

Bähr widerspricht, obwohl er es besser weiß. „Deine Zeit ist noch lange nicht vorbei, Daniel. Du musst wieder bauen. Der neue Kurfürst braucht dich."

Pöppelmann sieht Bähr dankbar an. Doch dann schüttelt er den Kopf. „Nein, George – mein Gott ruft mich. In der Friedrichstadt, in der Matthäuskirche habe ich mir ein schönes Grab machen lassen. Dort will ich Ruhe finden."

Bähr fasst nach Pöppelmanns Hand. „Du hast recht getan, nach Dresden zu kommen. Die Stadt hat dir Glück gebracht. Du hast ihr deine Kunst geschenkt. Dresden wird dir ewig dankbar sein."

Pöppelmann wiegt zweifelnd seinen schmal gewordenen Kopf: „Wenn das Schicksal es will, vielleicht wird einiges überdauern, was ich für den König gebaut habe. Wenn nicht, ist es auch nicht schlimm. Alles ist vergänglich. Sogar Sandstein." Er versucht zu lächeln. „Ich wünsche dir Fortune für deine Frauenkirche, George. Nur du kannst sie bauen, kein anderer. Das weiß ich."

Bähr ist gerührt. Die beiden alten Männer halten sich aneinander fest wie Kinder.

Dann geht Bähr, weil Pfarrer Mehnert kommt.

„Zwischen halb und drei Viertel auf 2 Uhr", geben die drei Töchter und die Enkeltochter später zu Protokoll, „ist unser Vater, Oberlandesbaumeister Matthäus Daniel Pöppelmann zu Friedrichstadt selig verschieden."

Für den Ratszimmermeister George Bähr sah der Schöpfer noch zwei Jahre Lebenszeit vor.

Inmitten seiner Freiberger Werkstatt, beim Licht eines silbernen Lüsters und eines guten Glases Rotwein, sitzt der Orgelbauer Gottfried Silbermann, um seinem besten Freund, dem Thomaskantor zu Leipzig, einen Brief zu schreiben.

„Mein lieber Johann Sebastian", berichtet er munter mit fein gespitzter Gänsefeder, „ich bin im Begriff nach Dresden zu reisen, um meine Orgel einzubauen. Die Greizer Orgel ist auch fertig. Ich lasse mir die fälligen Zahlungen in mein Quartier auf der Breiten Straße nach Dresden senden. Weißt du, manchmal beneide ich dich um deinen Kindersegen, Johann Sebastian. Wenn ich mal gerade keine Orgel baue, was, wie du weißt, selten der Fall ist, so wie im Augenblick, wird es doch beängstigend still um mich. Aber dann greife ich zur Bibel, tröste mich und sage mir: Gott hat es so gewollt, dass ich statt Kindern meine Orgel-Werke in die Welt setze. Er hat mir geschickte Hände geschenkt, unser Schöpfer, und ich fühle nicht nur, nein, ich höre ja auch seinen göttlichen Segen. Das wird ein großer Tag, lieber Johann Sebastian, wenn meine Orgel in der Frauenkirche unter deinen Händen zum ersten Mal ertönt.

In Treue – Dein Silbermann!"

In seiner Amtsstube im Rathaus zu Dresden gönnt sich Bürgermeister Schwarzbach ein Glas Meißner Wein. Während er ihn genüsslich auf der Zunge vergehen lässt, wartet sein mit den Jahren krumm gewordener Schreiber geduldig, die Feder in der Hand, dass es mit dem Diktat weiter gehen möge. Der Bürgermeister sieht den vorwurfsvollen Blick, setzt ein Lächeln dagegen und doziert: „Die Stunden der Freude, Fritzsche, wir müssen sie feiern, wie sie uns Gott schenkt. Ist es nicht wunderbar, dass wir heute, am 31. Mai 1736, unserem König berichten können, dass für den Bau der Frauenkirche weitere Mittel zugeführt werden können, weil unsere braven Protestanten die Kollekten füllen!"

Fritzsche, der alte Bürokrat, weiß, wenn heute die Sonne scheint, fällt morgen wieder Regen. Er verändert um keinen Deut seine schreibbereite Haltung, die den Bürgermeister zwingt, im amtlichen Text fortzufahren.

„Der Kirchenbau ist soweit fortgeschritten", nimmt Bürgermeister Schwarzbach nun den Faden wieder auf, *„dass nicht allein der inwendige Ausbau samt Orgel und Altar in kurzem ihre völlige Perfektion erlangen werden, sondern es ist auch die äußere Kuppel in soweit avancieret, dass zu der noch rückständigen Laterne oder Turm zu verschreiten man nunmehro vorhabends ist."*

Den Bürgermeister zieht es magisch zum Meißner Wein, und während er sich das Glas noch einmal füllt, fällt sein Blick auf das hölzerne Modell der Frauenkirche, das sein Amtszimmer schmückt. „Diesem Zimmermeister ist etwas geglückt", philosophiert Dresdens Oberhaupt, „was keinem vor ihm gelungen ist. Bähr hat einen protestantischen Kirchenbau ausgeführt, der alle seine Vorgänger und Zeitgenossen in den Schatten stellt."

Der Bürgermeister hebt den Zeigefinger gegen seinen Schreiber und betont: „Aus eigener Kraft und durchaus selbständig bei einem kühnen Konstruktionsprinzip. Ein einfacher Zimmermann hat das geschafft. Durch seinen Kirchenbau wird die Welt auf Dresden und Sachsen schauen."

Der Bürgermeister sieht seinen Schreiber jetzt verschwörerisch an. „Das sind Gedanken, mein lieber Fritzsche, die bleiben aber unter uns. Kommen sie dem Bähr zu Ohren, könnte der hochmütig werden. Davor müssen wir ihn schützen. Das weiß man ja aus mancher Ratssitzung. Hochmut geht voran, Spott und Schande folgen ihm nach!"

Schreiber Fritzsche nickt beifällig: „Hochmut ist Dummheit, Demut ist Weisheit."

Der Bürgermeister sieht mit Respekt auf seinen Domestiken. „Wo hat er denn diese Erkenntnis gefunden?" will der Bürgermeister wissen.

„Wenn ich nicht schreibe, lese ich", antwortet bescheiden Schreiber Fritzsche.

„Wie finden Herr Bürgermeister diese Geschichte?" Ohne Schwarzbach dabei anzublicken, fängt Fritzsche an zu erzählen. „Es war einmal ein Land, da saß der Hochmut auf dem Thron. Der Wankelmut war sein Ratgeber. Der Übermut sein Minister. Wehmut war Hofschranze. Der Bürger Freimut war wegen kühner Rede für Volkes Recht aus dem Lande verbannt. Sanftmut und Edelmut mussten ihm ins Exil folgen. Mit Anmut wusste der Adel ungeheure Summen vom Lande zu erpressen und zu verprassen, wodurch es in Armut geriet. Endlich war die Langmut des Volkes erschöpft und hoher Unmut erfüllte es. Es schüttelte die trübe Schwermut und den unmännlichen Gleichmut von sich und eroberte sich, von dem zurückgekehrten Freimut angeführt, sein Recht und seine Freiheit. Kleinmut erfüllte die sonst so Hochmütigen. Aufgelöst in Wehmut, baten sie um ihr Leben, das Volk übte Großmut!"

Die Geschichte rührt den Bürgermeister. Er sieht plötzlich in seinem Schreiber Fritzsche, der seit Jahrzehnten unbeachtet, vertrocknend an seinem Katheder hockt, den Menschen. Und er sagt es ihm auf seine Weise, indem er seines Schreibers letzte Worte nachdenklich aufnimmt: „Das Volk übte Großmut und bat bald darauf einen Zimmermeister aus dem Erzgebirge, ihm eine Kirche zu bauen, um sich für alle Zeiten Gottes Hilfe zu versichern!"

In der Nacht vom 24. auf den 25. November 1736 macht in der sächsischen Residenzstadt Dresden ein Mann kein Auge zu. Es ist der vierundfünfzig Jahre alte Kreuzkantor Theodorus Christlieb Reinholdt, dem die Unruhe den Schlaf raubt.

Es hat schon ein bisschen geschneit. Kalt funkeln die Sterne am Himmel. Aber Kreuzkantor Reinholdt ist es warm. Das liegt nicht an seinem Kamin, in dem die Buchenhölzer glühende Funken sprühen. Es sind seine Gedanken, die ihn erhitzen und die nur um ein Thema kreisen: Morgen wird in der Frauenkirche die Silbermann-Orgel eingeweiht, und dazu hat der Kreuzkantor eine Kantate komponiert. Neben der neuen liegt die alte, die er vor zehn Jahren, anlässlich der Grundsteinlegung der Frauenkirche aufführte, und auf deren Anfangsworte er heute noch stolz ist, denn die Vision, die ihn damals beim Schreiben erfüllte, sie wurde Wirklichkeit. Seine Bitte „ O Herr hilf! O Herr, lass alles gut gelingen!" wurde von Gott erhört.

Morgen wird die neue Silbermannorgel erklingen. Was für ein Tag erwartet Dresdens Protestanten!

Der Kreuzkantor ist seit langem ein großer Bewunderer des Freiberger Orgelbauers. Mit Sorge hat er den Streit zwischen dem Ratszimmermeister Bähr und Silbermann verfolgt. Immer in Angst, der auf den Ton genaue Silbermann könnte aus Verärgerung über Bährs Terminverzögerungen dem Rat der Stadt seine Orgelpfeifen vor die Füße werfen. Dass sich nun doch noch alles zum Guten gewendet hat, will Reinholdt würdigen. Seit langem schwebte ihm ein Lobgedicht auf Silbermann vor. Ein Lobgedicht, nicht nur auf die Kunst des genialen Orgelbauers, nein, es soll auch ein Lobgedicht auf die Musik werden. Dresdens Protestanten müssen begreifen, so denkt Reinhold in den Morgenstunden, wenn er nicht mehr einschlafen kann, dass die Orgel von Silbermann mehr wert ist als des Königs Schloss. Denn die Musik ist der Schlüssel zum Himmelstor. Ohne sie verhungert die Seele des Menschen. Deshalb ist Silbermann ein Gottesgeschenk. Und in meinem Lobgedicht, das setzte sich Reinholdt als Ziel, muss der Sieg der Musik durch alle Zeiten hinweg über Macht und Gewalt Ausdruck gegeben werden.

Seit der Entscheidung des Rates der Stadt Dresden vom November 1732, den Kontrakt mit Silbermann für den Bau einer Orgel in der Frauenkirche zu unterschreiben, seit diesem Tag schreibt Kreuzkantor Reinholdt an einem Lobgedicht auf Silbermann. Er studierte, was die Bibel zur Musik zu sagen weiß, las noch einmal Homer im Original, beschäftigte sich mit den griechischen Göttersagen, spielte französische und italienische Musik, diskutierte die Kirchenmusik mit seinem Freund, dem Komponisten und Kapellmeister Carl Heinrich Graun, setzte Vers für Vers aufeinander wie Steine, die zur Pyramide werden. Manches wurde wieder verworfen, neu erdacht und noch einmal geschrieben. Auch saß Kreuzkantor Reinholdt in freien Stunden gern am Ufer der Elbe, um darüber nachzudenken, was ein Lobgedicht bedeutet, für Silbermann wie für ihn. In seiner Ehrung durfte kein Satz auftauchen, der die Zuhörer auf Eigenlob schließen ließ, denn er hatte noch sehr genau die Worte seiner Mutter im Ohr: „Eignes Lob und faule Früchte schmecken übel." Kreuzkantor Reinholdt hatte sich deshalb für sein Leben vorgenommen und sich auch stets daran gehalten, mit Lob und Tadel vorsichtig umzugehen, denn er wusste aus seinem Musikerdasein, dass gar vieles gelobt wird, was gar kein Lob verdient.

An dem Lobgedicht auf Silbermann aber durfte nichts zu tadeln oder zu verbessern sein. Eine Absicht, die er vier Jahre mit Fleiß verfolgte und deren Ergebnis nun vor ihm liegt.

Reinholdt schaut auf die Flammen des Kaminfeuers und erklärt ihnen: „All die Jahre habe ich euch gefüttert mit dem Pergament meiner verworfenen Gedanken. Das ist vorbei!"

Er kniet nieder und legt neues Holz in den Kamin, auf das sich die Feuerzungen gierig stürzen. Reinholdt sieht es, hebt den Finger und sagt zu ihnen belehrend: „Ja, ja, macht nur guten Rauch. Trotzdem habt ihr eueren Meister im himmlischen Feuer. Es ist von noch härterem Holze und kommt schwer in Brand, aber es gibt hernach desto stärkere Hitze. Und das hoffe ich doch, dass mein Lobgedicht auf Silbermann morgen Sachsens Protestanten erhitzt!"

Kreuzkantor Reinholdt steht ächzend auf, vom vielen Sitzen an der Orgel ist ihm der Rücken ein bisschen schief geworden, holt vom Sekretär sein Lobgedicht, setzt sich in den Sessel aus Fichtenholz, den ihm Ratszimmermeister Bähr einmal zum Geburtstag verehrte, und trägt seinem Flammenpublikum jetzt vor, was morgen die Ohren der Gemeinde der Frauenkirche zu hören bekommen sollen.

„Wer Dir ein würdig Lied, Geehrter Silbermann,
Dem selbst der bleiche Neid den Krantz nicht rauben kann,
zu bringen sich erkühnt, dem muss, das Werck zu zieren,
Die mehr als schlechte Kunst selbst beyde Hände führen.
Die Muse hat Dir längst den Lorbeer auffgesetzt,
und Dich der Meisterschafft vor andern werth geschätzt:
Ihr Arm becrönet Dich mit ungemeinen Ruhme,
Der Künstlern sonst gebührt, und wirfft Dir manche Bluhme
Mit allen Freuden zu. Ist die Music beliebt,
Was Wunder, wenn man Dir ein Theil der Ehre giebt?

Nun ist ja die Music ein Werck, das Gott entflammet,
Das als ein schwaches Bild von seinem Schöpfer stammet.
Bey welchem Harmonie und lauter Einigkeit
Im Wesen, Willen, Thun und in Vollkommenheit

Zuförderst sich erweist. Hat das nun einen Tadel,
Was seinen Ursprung, Quell und den beliebten Adel
Aus jener Höhe hat ? immassen man die Spur
Von dieser Lieblichkeit hiernechst in die Natur
Geleget finden kann, das alles herrlich stimmet,
Wo sich ein Cörper regt, wo nur ein Funken glimmet;
So, dass Pythagoras, der bey der alten Welt
So großes Ansehn hat, sich ehemals vorgestellt,
Dass, was den Himmel dreht, die hoch erhabnen Sphären
Durch einen Klang belebt und große Lauten wären.

Wenn uns die ältste Schrifft den ersten Meister nennt,
Der Cain, Adams Sohn, als seinen Anherrn kennt,
Wird die Erfindung doch deswegen nicht vergifftet,
Auch Jubal hat ein Werck, das löblich ist, gestiftet.
Zwar war das Alterthum bereits von Anbeginn,
Wenn man den Zeiten nach biß zu der Sündfluth hin
Zurücke gehen will, bey den entfernten Heyden
Für einen Stiffter ehrt, ist schwerlich zu entscheiden;
Weil der Bericht davon den schnöden Fabeln gleicht,
Und offtermahls den Schein der Wahrheit kaum erreicht;
Wie dort Apollo erst das edle Werck erdichtet,
Wie Pallas oder Pan die Flöthen eingerichtet,
Wie Aesculapius, der manche Noth geteilt,
Den Krancken neue Krafft durch Säyten mitgetheilt;

Wie Orpheus Baum und Stein zu sich heran gezogen,
Die Thiere zahm gemacht, den Pluto selbst bewogen,
Eurydicen erlöst; Wie Thamyrus gespielt,
Und nach der Musen Gunst, jedoch umsonst, gezielt,
Die Leyer und zugleich das Augen Licht verlohren;
Wie Phöbus auff den Streit dem Midas Esels-Ohren
Zur Straffe zugedacht; wie Linus zwar die Kunst
Den Hercules gelehrt, doch schlechten Danck und Gunst
Dafür erhalten hat; wie dort Amphions Laute
So Holtz als Felsen zog, und Thebens Schloß erbaute;
Wie ein Arion sich durch künstliches Bemühn
Von Feinden losgewürckt, so, dass ihn ein Delphin
Zu erst in Sicherheit, denn über Meer geführet;
Wie Marsyas sich mehr, als seiner Hand gebühret,

Als ein Verstand gewährt, im Leyern zugetraut,
Apollen angereitzt, und drüber seine Haut
Erbärmlich eingebüßt; Das wird nun bald gepriesen,
Bald bitterlich beklagt, doch bleibt es unbewiesen.

Die Schrifft giebt heller Licht, sie preist das Instrument,
Das Gott dem Volcke dort, so seinen Nahmen kennt,
Zu brauchen vorgelegt, wenn Krieg, Gefahr und Streiten
Die Helden forderten; Und wenn bey Friedens-Zeiten
Das anberaumte Fest die Andacht sammeln hieß,
Wo Herold und Levit in die Trommete stieß,
Das stürtzte Jericho, der Klang der Hall-Posaunen
Bewegte Stadt und Wall, dass alles zum Erstaunen
In einen Hauffen fiel, so jagte Gideon
Den ungeheuren Schwarm von Midian davon.
Doch Davids Harffe hat noch ungleich größre Stärcke,
Sie jagt den Trauer-Geist, der durch betrübte Wercke
Durch Kummer und Verdruss den Saul in Unruh setzt,
Mit größten Nachdruck fort: was Ohr und Hertz ergötzt,
Kann durch ein heilig Lied die Seelen-Wunden lindern
Die Tücke Belials und seine Wuth verhindern.

Und eben David führt die Säyten mancher Art,
Da er von obenher mit Krafft gerühret ward,
Beym Dienste Gottes ein: Dem lässet sich zu Ehren
Ein Chor mit Säyten-Spiel, ein Chor mit Harffen hören.
Hier stimmet Githit ein, hier andre Neginoth:
Sacharja, Jesiel verehren das Geboth;
Chenaja heißt das Chor geweyhte Lieder singen,
Und Assaph lässt dabei die hellen Cymbeln klingen.
Der Mann, den Gottes Geist in großem Maße trieb,
Wenn sein gerührter Sinn die schönen Psalmen schrieb,
Heißt seines Gottes Volck die Paucken und die Pfeiffen
Und süsses Säyten-Spiel nach Hertzens-Lust ergreifen.
Er winckt den Gläubigen, dass sie mit Lobgesang,
Mit Psalter, Harffen-Spiel und mit Posaunen-Klang
Den Herrn im Heiligthum, in seiner Festung oben,
In seiner großen Herrlichkeit und großen Thaten loben,
Und dessen Ruhm erhöhn. Der große Salomon,
Der David nachgefolgt, trug größern Ruhm davon,

Als er an Größe noch, dem Vater zum Vergnügen,
(So hat er selbst gewünscht) den Vater überstiegen.
Wie Welt und Orient ihm Edelstein und Gold,
Wie Ophir seiner Hand so manchen Schatz gezollt,
Wie Recht und Billigkeit sein Herrschen abgemeßen,
Wie aller Weisheit Glantz nebst ihm den Thron besessen,
Dass vor und hinter ihm nicht seines gleichen war,
Die gütige Natur dergleichen nichts gebahr;
So hat er auch der Kunst, die Ohr und Säyten reget,
Noch einen größern Schmuck als vormahls angeleget.
Da war kein Säyten-Spiel, so viel ihm nur bewusst,
Das er nicht ordnete: Hier fehlte keine Lust,
Kein Labsahl vor das Hertz, noch Weyde für die Sinnen;
Er schaffte Sänger an, er hörte Sängerinnen,
Nach diesem gieng das Werck noch immer weiter fort,
Und blieb in Israel, so, dass Elias dort
Durch angenehmen Klang den hohen Greis erweckte,
Der ihm das Künfftige, der Fürsten Sieg, entdeckte.

Was nach der Zeit das Volck, so außer Gottes Schar
Auff düstern Wegen ging und sonst verblendet war,
Hier gleichwohl gutes fand; Was Griechenland geschrieben,
Und die beliebte Kunst von Jugend an getrieben;
Wie Rom hier nachgefolgt; Was Martian entwarff,
Was sich Boethius und Beda rühmen darff,
Das geh ich hier vorbey: Nur Arethins Erfinden,
Das Ut, Re, Mi, muss ihm den Krantz von Eppich winden.

Doch da man die Music zum löblichen Gebrauch
Der Andacht wiedmete, so hat die Thorheit auch
Der wohlgemeinten Kunst (o kühnes Unterfangen!)
Den Schandfleck zum Verdruss und Jammer angehangen,
Der sie verhasst gemacht. Man both den schönsten Theil
Zu der Beförderung des Aberglaubens feil;
Man ließ Trompet und Horn den Götzen zu gefallen,
Und ein geschändet Lied, bey schnöden Opffern schallen.
Wenn Babels König dort den schrecklichen Coloß
Im freyen Felde setzt, dass Volck und Reichs-genoß
Ihn kniend ehren soll; wenn Aberwitz und Rasen
Ja Höllen-Zauberey die Eltern angeblasen,

Dass der verruchte Sinn sein eigen Fleich und Blut
Die Kinder, die sie liebt, in die verfluchte Glut,
In Molochs Arme legt; Und wenn die Corybanten,
Ein ungeheurer Schwarm als Schib und Garamanten,
Ihr schädlich Fest begehn, so muss der starcke Thon
Den schnöden Götter-Dienst, nein, unsers Gottes Hohn,
Die Schande der Natur (ach Schimpff und Spott!) begleiten,
Als sollt Uranie der Höll ein Lob bereiten.

Ihr Feinde der Music, werfft ihr dis immer vor,
Gott und Vernunfft verleibt ihr doch ein gnädig Ohr:
Sie bleibt an sich ein Werck, das keine Mackel träget,
Der Schand und Boßheit nie ein Brandmahl eingepräget.
Bedenckt, dass nur die Schuld der schlimmen Künstler sey,
Wenn Antigenides den Herrn in Raserey,
Wenn andre Brust und Hertz in Brand und Geilheit stürtzen,
Und ihrer Lieder Krafft mit mehr als Maslac würtzen.
Wein bleibt ein edler Tranck, wenn Circe gleich durch Sauffen
Viel so zu Thieren macht, dass sie zur Hölle lauffen:
So bleibt der Druckerey ihr ungeschränkter Preiß,
Wenn gleich die Eitelkeit, der ungesaltzne Fleiß,
Mit Traum und Phantasie, mit ausgeheckten Grillen,
Mit Zoten und Pasquill Pappier und Welt erfüllen.
So bleibet die Music des Himmels liebstes Kind,
Wenn ihre Söhne gleich nicht alle heilig sind.

Sie weiß den matten Sinn durch angenehme Weisen,
Wenn sie beweglich sind, mit holder Krafft zu speisen;
Sie schenckt den Necktar-Trank, der biß in tieffen Grund
Des zarten Geistes dringt; Sie macht dem Hertzen kund,
Was sich vor Süßigkeit in denen Tonen findet,
Wenn die geschickte Faust die Kunst mit Kunst verbindet.
Und sollte wohl der Neid, so unverschämt, so kühn,
So unvernünfftig stoltz und frech in Zweifel ziehn,
Daß, wer das Werck versteht, nicht minder herrlich bauet,
Als was man von der Hand des Bibiena schauet,
Den Wien bewundern muss? Sie steigt ohn Unterlaß
Die Composition erreicht auff dem Parnaß,
Um einen hohen Grad. Wie hoch die Übung strebet,
Da Hand und Athem, Holz, Metall und Darm belebet,

Das weiß die gantze Welt. Wie das beliebte Singen
Und Nachtigallen Arth sich in die Höhe schwingen,
Zeigt Farinelli an, den Welschlands Paradies
Neapolis gezeugt, den London und Paris
Verehret und beschenckt. Und Strade steht zum Zeugen,
Von der die Musen selbst aus Ehrerbietung schweigen.
Faustinens Stimm erwacht, dass Lufft und Zimmer schwirrt,
Wenn der beliebte Schall durch tausend Arten irrt;
So zeigt Augustens Hoff mehr aufgeweckte Geister.

Kein Volck, Italien, singt so geschickt wie du,
Hier schwinget sich dein Ruhm den hohen Sterne zu:
Doch wirstu auch den Ruhm den muntern Frantzen gönnen,
Dass sie das Instrument als Meister rühmen können,
Dass sonderlich Hautbois, und was Traverse heißt,
Von hochgetriebner Kunst die schönsten Proben weist,
Lass auch den Teutschen zu, dass sie sich beygesellen,
Und mit bemühter Krafft an deine Seite stellen.
Man muss es nur gestehn, was die Erfahrung glaubt,
Dass ihnen weder Neid noch die Zeit die Gabe raubt,
Mit ungezwungner Arth fast ohne Schwierigkeiten
Den andern, wo nicht vor, doch völlig gleich zu schreiten.
Carl Graun, ein Sachse, legt die Proben an den Tag,
Was ein geschwinder Halß, was Müh und Kunst vermag,
Wenn der geschickte Trieb nach den Gesetzen rollet,
Und tausendArtigkeit den lüstern Ohren zollet,
Die noch so zärtlich sind. Wer kennt nicht Hendels Faust,
Wie lieblich hier die Kunst im Clavicymbel saust,
Wie das, was er gesetzt, mit gleichem Feuer blitzet,
Dass Engelland mit Recht das Pfund, das er besitzet,
An einem Teutschen rühmt. Die Wahrheit fällt mir bey,
Dass Hass bisher recht starck geworden sey,
Was sich in Telemann für Geist und Anmuth reget,
Das hat er selbst der Welt so offters vorgeleget,
Dass ihm die Redlichkeit nach Sturm und Ungemach
Ein besser Schicksal wünscht. Der hochbeliebte Bach
Regt Fuß und Finger so, dass beydes Ohr und Augen
Lust und Verwunderung aus der Bewegung saugen.
Führt nicht Pantaleon in dem, was sein Verstand
Von selbst erfunden hat, die ungebundne Hand,

Dass es Vergnügen giebt? Der Stich auf Violinen
Lässt für Pisendeln Lob und Palmen-Zweige grünen,
Und giebt dem mittlern Graun den wohlverdienten Preiß.
Wer höret Richtern zu, der nicht zu rühmen weiß
Was wohl sein Ton vermag? Wer muss nicht Quantzen lieben
Wenn er Traverse spielt, wenn sich die Läuffer üben?
Die Anzahl macht mich arm; Drum denck ich andrer nicht,
Für welche Kunst und Fleiß gerechte Kräntze flicht,
Die Deutschland vorgebracht, die in dem holden Sachsen
Bey dieser Wißenschaft gantz rühmlich aufgewachsen.
O dass nur (dieser Wunsch ist noch hinzu zu thun)
O dass Augustens Geist auf mehrern Printzen ruhn,
Und Heinrichs Mildigkeit noch viele reitzen möchte,
Dass Gotha, Eisenach viel gleiche Folger brächte!

So würde der Parnaß an Früchten, Brodt und Wein
Nicht, wie bißher geschehn, so kahl und trocken seyn;
Die Musen würden nicht bey all ihrer Mühe
So bleich und mager gehen, wie dort die sieben Kühe
Im Träume Pharaons. Man würde deren Kunst,
Die ihre Zeit verschlingt, mit etwas mehrer Gunst
Und mit Erkänntlichkeit der Liebe würdig schätzen,
Und sie nicht größten Theils nur hintern Ofen setzen.
So hört man das Concert, man lobet es zur Noth,
Man sagt: Es ist das Werck von gutem Korn und Schroot,
Allein mehr folget nicht; Das ist die gantze Gabe,
Dem Künstler möchte sonst bey allzugroßer Habe
Der Schwindel nahe seyn: Man wehrt mit aller Macht
Der trägen Festigkeit. So giebet der Bedacht
Den Vögeln nicht zu viel, nicht allzu offt zu fressen,
Sie möchten etwa sonst das Singen bald vergessen.
Fällt nun Polymnien ein so geringes Looß,
So geben andre sich mit der Verachtung bloß;
Sie sehn nur überzwerch und mit gekrümmtem Maule
Als leeren Fäßern zu: Sie legen wohl dem Gaule,
Der tröstlich wiehern kann, im Ernste sonder Scheu
Wie jener Scythe that, den großen Vorzug bey,
Zumahl, wenn das, was hier die schlechte Müntze präget;
Den Schatten, Farb und Schein nur von der Schule träget.
Doch, Pierinnen tragt den Geitz und Stoltz der Welt

Und eilt der Orgel zu, allwo das größte Feld
Zu eurer Übung ist: Ihr aber werdet zeigen,
Wie hoch ihr Bau und Zier im Alterthume steigen.
Ob Archimedes Geist hierauff sein Augenmerck
Schon ehemals gesetzt, wer sonst das neue Werck
Durch einen Waßer-Trieb zu allererst begonnen,
Ob wohl Ctesibius den klugen Bau ersonnen?
Ihr rühmt, was man erzehlt, doch sagt ihr auch mit Recht,
Dass aller Anfang schwer, und freylich etwas schlecht
Allhier gewesen sey: Biß endlich durch Bemühen
Das angetretne Werck in bessern Stand gediehen,
Da gleich Theophilus dort an dem Ruder saß,
Und das verneute Rom des alten fast vergaß.
Wiewohl auch mit der Zeit das Wißen zugenommen,
Biß endlich mit der Zeit die Orgel mehr vollkommen
Und schön verfertigt ward. Wobey auch nach der Hand
Die Eitelkeit fast mehr als nöthig angewandt,
Und bald die gantze Lust aus Elfenbein vollführet,
Bald aber mit Crystall und Buxbaum ausgezieret,
Bald Alabaster-Pracht und Silber auffegsteckt,
Und nicht nur das Gehör, auch das Gesicht erweckt.

Man gab die Laden an, die man sowohl vom Schleiffen
Als Springen zubenahmt, man ließ Ventil und Pfeiffen
Bequem in Ordnung stehn; Da trat bald Principal
Und bald Octava her, da sonderte die Wahl
Das beste von Mixtur; Das Schnarrwerck ward erfunden,
Und der verstärckte Klang mit Flötenwerck verbunden;
Man machte das Gedackt, man formte das Nasat,
Es ward zum Cymbel-Stern und zu Posaunen-Rath,
Der Tremulante ließ den matten Ton erzittern,
Er konnte Brust und Werck so Kirch als Chor erschüttern;
Hier regte sich Pedal und Rücken-Positiv,
So, dass die Harmonie geschickt zusammen lieff,
So, wie die Himmels-Burg in Ungemeßner Ferne
Viel Fackeln aufgesteckt, da groß und kleine Sterne,
Planeten, Sonne, Mond, die Lichter insgesammt
Von fremder Glut entzündt, von eigner angeflammt
In ihrer Ordnung gehen: Ein so gemischtes Wesen
Lässt uns ein Orgel-Werck, doch unverwirret, lesen.

Und wer erkennt nicht, wie nützlich, wie bequem,
Wie unentbehrlich nun, wie schön, wie angenehm
Die Kirchen-Orgeln seyn? Was kann wohl feiner schallen,
Was kann den Ohren mehr und lieblicher gefallen,
Als wenn des Meisters Hand, bald dies Register zieht,
Bald jenes wechseln lässt? Ein Kunstgeformtes Lied,
Wo Pfeiff und Saytenspiel das Hertz zur Andacht treiben,
Wird sonder Orgel-Klang ein todtes Wesen bleiben.
Der Wohlstand würde selbst nicht auf den Psalmen ruhn;
Man würde sonsten nicht dem Eilen Einhalt thun;
Man braucht ja einen Zaum bey angespornten Pferden,
Sonst würde Melodie und Tackt zu nichte werden:
Wobey die volle Schaar nur Achtung geben muss,
Sonst macht die Aenderung dem Sänger nur Verdruss,
Es darff die große Kunst die Lieder nicht zerwühlen,
Choral lässt sich nur schlecht und recht am besten spielen:
Das Vorspiel mag die Zier in dem Verändern weisen,
Und die Geschicklichkeit geübte Künstler preisen;
So, wie der Bau zuvor den braven Mister preist,
Der schöne Wercke macht; dergleichen Lübeck weist;
Wie Hamburg, Magdeburg und Breßlau wohl gedungen,
Wie sonsten hier und da ein guter Bau gelungen.

Doch kommen offtermahls noch gleichwohl Wercke vor,
Wo Stoltz und Prahlerey mit Worten zwar das Ohr,
Jedoch nicht mit der That, das, was man hofft, erfüllet,
Und wo der leere Schein das schöne Nichts verhüllet;
Wo mancher großen Wind mit Rühmen erst gemacht,
Jedoch den Wind hernach nicht in das Werck gebracht,
Bey aller Arbeit Kunst im Ordnen Fleiß gespahret,
Und weder das Ventil noch Züge wohl bewahret;
Die Laden nicht besorgt, die Pfeiffen nach Gebühr
Nicht wohl verfertiget, Register und Clavir
Nicht richtig zugestutzt, nicht billig eingetheilet,
So, dass hernach der Wolff bey allen Zügen heulet.

Nun, unserem Silbermann ist beßrer Ruhm gegönnt,
Den Sachsen seinen Sohn und seine Zierde nennt,
Als der von Gott ein Pfund, ein schönes Pfund empfangen,
Damit Er nicht sowohl nach Welt-Gebrauch zu prangen,

Als Nutz zu schaffen pflegt. Seitdem ihn Straßburg zog,
Und Er die edle Kunst selbst von den Musen sog,
Wie Ihn des Bruders Treu und Hand-Griff angeleitet,
Hat Er, o Sachsen; dir viel Orgeln zubereitet,
Davon die Anzahl nun auff Neun und Dreyßig steigt,
Darunter keine nicht von seiner Ehre schweigt.
Es sind nun sechzehn Jahr, da Silbermanns Bemühen
Das schöne Gottes-Hauß, den Tempel zu Sophien,
Mit einer Orgel ziert, die tausend Anmuth hat.
Es schien als hätte nun kein neuer Zusatz statt:
Und gleichwohl lässt das Hauß, das sich zur Lieben Frauen,
Doch Gott zu Ehren, nennt, noch größere Künste schauen.
Und recht so. Denn der Bau, der sich dem Höchsten weiht,
Hat mehr als andere von Zier und Kostbarkeit,
Daran der Meister Beer Verstand und Rath gewendet,
Und das, was prächtig heist, die Künste fast verschwendet;
Beers Ruhm wird sich erhöhn, sinnt Klugheit und Bedacht
Nur hier ein Mittel aus, dadurch er möglich macht,
Dass alle, Jung und Alt, auf den erhabnen Chören
Den schönen Gottesdienst und holde Predigt hören.
Die Hütte dieses Stiffts, der selbst des Königs Hand
Erwünschten Beyfall giebt, die als ein theures Pfand
Auff eine Nach-Welt denckt, sol nebst den andern Gaben
Ein Werck von Silbermann, ein neues Kunst-Stück, haben.

Bewundert insgesammt, die ihr das Werck begreifft,
Dass alles, was ihr hört, in drey Clavire läufft,
Dass die Register sich auff vier und vierzig schwingen,
Die, alle wunderschön und Regelmäßig klingen.
Spannt beyde Clöppeln an, es wird doch nicht allein
Mit Vortheil, ohne Druck und leicht zu spielen seyn.
Auch sind die Pfeiffen gleich gelehret anzusprechen,
Und in geschwinder Eil durch Lufft und Ohr zu brechen.
Doch das hat Silbermann auch anderweit geschafft:
Hier aber ist das Werck von gantz besondrer Krafft,
Dass Deutsch-Land zweiffelsfrey ihm hier die Palmen reichen,
Den Vorzug lassen muss, als welches seines gleichen
Nicht aufzuweisen hat: nicht, weil das Manual
Schon sechzehnfüßig ist, der Baß auch ein Pedal
Auff zwey und dreyßig fällt: Nein, was den Vorzug giebet,

Macht, dass des Meisters Hand den Cammer-Ton beliebet.
Wer die Register prüft, hört durch und durch den Klang,
Der holden Nachdruck zeigt, der leiblich ohne Zwang,
Gesetzt und edel ist. Es scheint (nein was wir sehen,)
Was deine Faust vermag, was, Werther, hier geschehen,
Dass lehret, dass dein Fleiß sich biß zum Gipffel dringt,
Und das der Aemsigkeit auch der Versuch gelingt;
Dass Du zwar alsobald von Anfang zugenommen,
Und dem, was Ruhm erwirbt, was herrlich und vollkommen,
Nun ziemlich nahe trittst. Auff! Siehe nur auff das,
Was acht und dreyßig mahl Dir zwar der Neider Haß
Doch wahres Lob gebracht; Das wünscht zu diesen Stücke,
Dem Neun und dreyßigsten, das allerschönste Glücke.

Jedoch, wo nimmet wohl der Liebe nach Begehr,
Und wie es dein Verdienst erfordert, Worte her?
Vielleicht ist etwa Noth den Lobbrief anzuzetteln,
Dem Bau und Mävio die Zeilen abzubetteln?
Die unlängst einen Pan, der doch im Thale wohnt,
Gar auf den Helicon verwegen eingethront.
Offt wird ein Mittel-Werck nur allzuhoch erhoben,
Deins aber wird sich selbst, nicht arme Dichter, loben.
Der Kunst des Meisters folgt sonst Nutz, Gewinn und Geld,
Wie der die Früchte bricht, der einen Baum bestellt;
Du, aber, Werthester, hast nicht viel volle Tonnen
Ducaten zugespinnt: Das, was Du sonst gewonnen,
Das, was Dir Gott und Glück durch deinen Schweiß beschehrt,
Hastu, nachdem Du nun Sachsen umgekehrt,
Gelassen zugesetzt: Was man Dir aufgetragen,
Das ist Dein Augen-Merck. Viel Reichtum zu erjagen,
Ist gantz Dein Absehn nicht. Du hast genug Profit,
Wenn Dein Gedächtnüß nur in Sachsen blüht,
Dem Du zu Dienste lebst. Du hast das Wort erkohren,
Man sey fürs Vaterland, nicht nur für sich gebohren.
Dir fiel zwar ehedem wohl der Gedancke bey,
Du woltest künfftighin der klugen Arbeit frey
An deine Ruhe gehen, die Jahre zu versüssen,
Und dein Vermögen nicht noch völlig zuzubüßen.
Doch lass die Hand nicht ab, ein wahrer Tugend-Sohn
Erhält noch hier und da den längst verdienten Lohn,

Und öffters unverhofft. Wer weiß, wo Glück und Zeiten
Dir einen Mäcenat und Theodos bereiten.
Und wie dein Freyberg Dir dergleichen Gönner schenckt,
Als deren Redlichkeit an deine Treue denckt,
Dass das gevierdte Werck, so jene Stadt erfreuet,
In Ansehn Ihrer Huld den Meister nicht gereuet;
So siehst Du hier die Lufft, damit dein Nachen schifft,
Du kennst die Väter schon, die unsers König Stifft
Als Wächter treu verehrt, die sich vorlängst erklären,
Dass Sie dein Ungemach und Schaden nicht begehren.

Bleibt dieser schöne Bau der späten Affter-Welt
Biß an der Zeiten Ziel zum Wunder aufgestellt,
Wird Gottes reines Wort hier auf der Cantzel bleiben,
So wie wir diesen Wunsch von Hertzen unterschreiben;
Wird mancher Freuden-Psalm, der auf die Andacht zielt,
Auch durch Metall und Holtz aufs künstlichste gespielt,
So wird man auch dabey zu Deinem Ruhme lesen,
Der Sachßen Dädalus sey Silbermann gewesen.

Das Feuer im Kamin glimmt nur noch, als Kreuzkantor Reinholdt die letzten Verse deutlich vor sich hin spricht. Mein Gefühl täuscht mich nicht, denkt er laut, das Loblied ist gelungen. Silbermann wird es freuen, wenn ich ihn zum Dädalus, zum Schutzpatron der Kirche mache. Und Bähr erhält die Ehre, die ihm gebührt.

Dresdner Merkwürdigkeiten 1736

„Den 25. Nov.... Ward diese neue Orgel bey dem Gottesdienst zum erstenmahl gespielet, vor und nach der Predigt wurde auf 3 Chören von dem Directore Musices, Hrn. Reinholdten, eine vortreffliche Vocal- und Instrumental-Music aufgeführet,... und sonderlich in der Music nach der Predigt bey der Communion, da ein wohlcomponirtes Echo aus der obersten Kuppel der Kirchen nicht ohne besondere Gemüths-Ergötzung erschallete."

Im Leipziger Haus des Thomaskantors Johann Sebastian Bach herrscht Aufregung. Seit Tagen geht Bach wie ein Tiger im Käfig, zwischen Fenster und Cembalo hin und her, darauf wartend, dass es an die Tür klopft, ein Bote des Königs von Sachsen und Polen davor steht, um ihm die feierliche Ernennung als Compositeur der Königlichen Hofkapelle zu Dresden mitzuteilen.

Seine Bitte um den Titel hatte er am 27. September eingereicht. Von seinem Sohn, Wilhelm Friedemann Bach, der seit drei Jahren als Organist an der Silbermann-Orgel der Dresdner Sophienkirche musikalische Verantwortung trug, wusste Bach, dass die Bearbeitung seines Antrages bei Hofe ein positives Echo gefunden hatte.

Bachs Unruhe war an diesem 19. November 1736 mehr als berechtigt, denn an diesem Tag wurde in Dresden das von ihm sehnlichst erwartete Dekret verfasst, das *„Johann Sebastian Bachen, auf dessen beschehenes allerunterthänigstes Ansuchen, und umb seiner guten Geschicklichkeit willen, das Praedicat als Compositeur bey Dero HofCapelle, allergnädigst ertheilet."*

Der König setzte unter das Diplom sein Signum. Von Minister Heinrich von Brühl wurde es beglaubigt. Endlich kam die mit Spannung erwartete Post aus Dresden in Leipzig an, in der Bach gebeten wurde, das Dekret seiner Ernennung durch Graf von Keyserlingk persönlich in Empfang zu nehmen. Bach packte seine Koffer, und es vergingen keine zwei Wochen, da umarmte Sohn Friedemann seinen Vater Johann Sebastian in Dresden, nicht ohne die Frage: „Wie willst du dem König dafür danken?"

Bach, in dessen Herz die innere Ruhe wieder zurück gekehrt war, erklärt seinem Sohn: „Weißt du, Friedemann, wie mich mein Freund Silbermann gedrängt hat, in der neuen Frauenkirche seine Orgel einzuweihen? Aber ich musste ihm absagen. Wie hätte denn das ausgesehen? Bach will Hof-Compositeur werden, und um das zu beweisen, lässt ihn sein Freund Silbermann die Orgel der neuen Frauenkirche spielen. Solche Verdrehungen hätten in Dresden die Runde gemacht. Nach dem Motto: Bach will den König unter Druck setzen. Nein, mein Sohn. Dein Vater kann warten, bis seine Zeit gekommen ist."

Friedemann Bach lächelt: „Ja, ja – wie sagst du immer? In der Ruhe liegt die Kraft!"

Bach nickt zufrieden darüber, dass ihn sein Sohn versteht. „Wie war die Weihe der Silbermann-Orgel?" will er wissen.

Friedemann breitet die Arme aus und ruft: „Grandios! Du hättest eine Stecknadel zu Boden fallen hören. Dem Ratszimmermeister liefen die Tränen die Backen herunter. Er hat während des Orgelkonzerts die ganze Zeit die Hand seiner Frau Johanna gehalten. Ein heiliges Bild, Vater, wirklich."

Die Schilderung beeindruckt Johann Sebastian Bach. Ihm kommt ein Gedanke. „Was hältst du davon, Friedemann", fragt Bach seinen Sohn, „wenn ich mich mit einem Konzert auf der Silbermann-Orgel für meine Ernennung zum Königlich Polnischen und Kurfürstlichen Hof-Compositeur bedanke?"

Friedemann Bach strahlt. „Eine gute Idee, Vater. Dem König wird es freuen, und Dresdens Protestanten werden dich für alle Zeiten im Gedächtnis behalten."

Bach lacht. „Nicht so hoch hinaus, Friedemann. Silbermanns Orgel, die bleibt im Gedächtnis, wenn meine Musik schon lange vergessen ist!"

DRESDEN, 1. Dezember 1736

Am Samstag vor dem ersten Advent, hat der berühmte Hoch-Fürstl. Sachsen-Weißenfelß. Capell-Meister und Director Musices zu Leipzig, Herr Johann Sebastian Bach, Nachmittags von 2. biß 4. Uhr sich in der Frauen-Kirchen auf der Neuen Orgel in Gegenwarth Sr. Exzell. des Rußisch-Kayserl. Gesandten, Herrn Baron von Kayserlings, und vieler Procerum auch starcker Frequentz anderer Personen und Künstler, auf der neuen Orgel mit besonderer Admiration hören lassen, weswegen auch Ihro Königl. Majest. denselben wegen seiner großen Annehmlichkeit aufm Clavier, und besonderer Geschicklichkeit in Componieren, zu dero Componisten allergnädigst ernennet."

Das Jahr neigt sich.

Superintendent Valentin Löscher zieht sich sein Lieblingsmöbel, einen englischen Stuhl des berühmten Dresdner Hof-Stuhlmachers Paul Schotte, heran und nimmt am barocken Schreibtisch vor dem großen Fenster seiner Amtsstube Platz. Im Kamin prasselt ein gemütliches Feuer, während draußen dichte Schneeflocken den Dresdner Dächern weiße Mützen aufsetzen.

Löscher fühlt Schreiblust. Behutsam schnitzt er sich eine Feder zurecht, schraubt den Messingverschluss vom Tintenfass auf, holt aus dem Mahagonifach frisches Pergament, legt es auf die Schreibplatte und streicht es liebevoll glatt. Er überlegt einen Moment, dann fängt er an zu schreiben: „Dresden, im Advent 1736!“ Das Wort Advent unterstreicht er.

„Mein lieber George Bähr, nach so vielen Jahren gemeinsamen Mühens um den Bau unserer neuen Frauenkirche, ist es mir ein Bedürfnis, einmal meine Freude darüber zum Ausdruck zu bringen, was uns alles schon gelungen ist. Wie froh schlägt mein Herz, wenn mich Seine aus dem Hauptbau herauswachsende Kuppel jeden Morgen grüßt. Sie wirkt ungemein lebendig. In ihr scheinen sich alle Kräfte des Baues zu vereinigen. Die Kuppel und ihre feinen Linien werden erhöht durch die Kontrastwirkung zu den schlank und zierlich aufsteigenden vier Treppentürmen. Aus der Ferne wie aus der Nähe. Der Zauber des Anblicks ist unvergleichlich. Voller Erwartung schaue ich dem weiteren inneren Ausbau entgegen. Die Klarheit Ihres Planes, Ratszimmermeister, erzeugt eine harmonische Raumwirkung.

Wir wissen Euere Kunst auf dem Gebiet des Orgelgehäusebaues wohl zu schätzen, so wie die Bürger von Florenz, für die Ihr seit dem Bau eines Orgelgehäuses im Jahre 1711 ein gerühmter Meister seid. Nun habt Ihr uns in Dresden eine Probe Eurer Kunst geschenkt. Nicht zuletzt durch die guten Verhältnisse des reinen Kuppelbaues bekommt Silbermanns Orgel eine musikalische Wirkung, dass ich fromm würde, wenn ich es nicht schon wäre. Was für ein Anblick, wenn das Licht durch den Ring der Kuppel strömt und jeder die Kraft des göttlichen Auges in seinem Herzen spürt. Auch sind die eingebauten Emporen ganz dem evangelischen Gottesdienst angemessen. Die menschliche Stimme des Predigers, die das Wort Gottes verkündet, ist im ganzen Raum überall gut zu hören, wenn die Gemeinde um Altar und Kanzel sich vereinigt. Auch für eine andere Entscheidung sei Ihm mein Dank gewiss: Mit dem Bildhauer Johann Christian Feige wurde für die Dresdner Frauenkirche und ihren Hauptaltar ein Künstler gewonnen, auf den Rom mit Neid blickt. Woran ich auch denke: Alles hat bewegte Formen. Die ganze Kirche ist ein Gebet auf Glaube, Liebe, Hoffnung und doch bleibt aller Schmuck, unserem protestantischen Sinn entsprechend einfach und gediegen. Mein lieber Bähr, Gott erhalte Dir Deine Gesundheit und Schöpferkraft. Ohne Dich wäre unser Dresden ärmer. Dein Valentin Löscher!"

1737

Im Hause Bähr wird das Brot knapp

Es herrscht Stille am Tisch. Nur das Klappern der Löffel in den großen und kleinen Suppenschüsseln erfüllt die Küche, wo an einer langen Tafel George Bähr, seine Frau Johanna, inmitten ihrer Kinder und dem Ratszimmermeister gegenüber Vetter Schmidt sitzen.

Schmidt legt seinen Löffel beiseite, wischt sich den Mund mit einer Serviette aus leinenem Tuche und sagt in die Runde hinein: „Seit dem Ableben von Baumeister Matthias Pöppelmann, versucht der neue Oberlandesbaumeister Knöffel seine Macht immer weiter auszubauen."

Bähr hebt nicht den Kopf, bemerkt nur: „Ein williges Instrument findet er in der Baukommission, die nach Autorität lechzt. Knöffel, dieser Fuchs, gedenkt, sie für seine Pläne einzuspannen."

Jetzt schaltet sich Johanna in das Tischgespräch ein: „Und was sind das für Pläne?"

Schmidt macht ein Gesicht, als hätte er ein Glas Essig getrunken. „Na, was für welche? Knöffel will deinem Mann die Bauleitung der Frauenkirche aus der Hand winden!"

Johanna schaut erschrocken auf Bähr. Jetzt legt auch dieser seinen Löffel beiseite, weil ihm das Thema den Appetit verdirbt.

„Der neue Oberlandesbaumeister", rumort Bähr, „ist klug genug, seine geheimen Wünsche nicht zu offenbaren, sondern ihnen näher zu kommen über heimlich eingefädelte Intrigen."

Schmidt wendet sich an Johanna: „Die Mittel, die er gebraucht, sind ganz einfach. Er redet dem Rat Bedenken hinsichtlich der Haltbarkeit der Kuppel ein."

Bähr schlägt mit der Faust auf den Tisch, dass die Schüsseln anfangen zu tanzen und seine Kinder vor Schreck von ihren Stühlen springen. „Jetzt will der Rat schon wieder ein Gutachten", schimpft Bähr, „und was das Schönste ist, ich soll direkte Verhandlungen mit Knöffel aufnehmen. Und warum? Weil diese Amtshengste im Rathaus glauben, sie könnten sich damit beim Minister Brühl lieb Kind machen, wenn sie vor Knöffel ihre Katzbuckel krümmen."

Johannas Blicke rennen zwischen den beiden Männern hin und her. Es fällt ihr nicht leicht, alles zu verstehen. Schmidt sieht es und versucht, ihr die Hintergründe zu erklären. „Graf Brühl begünstigt Knöffel in aller Öffentlichkeit", erklärt Schmidt den

Sumpf am Dresdner Hof. „Knöffel prahlt, dass ihm sein Minister Schulden in Höhe von 18.000 Taler erlassen hat. Die Botschaft des Rates an Graf Brühl ist leicht zu durchschauen: Er hofiert den Oberlandesbaumeister, meint aber den Minister!“

Schmidts schonungslose Analyse von Bährs Machtlosigkeit, treibt den Ratszimmermeister mit den Worten vom Tisch: „Knöffel ist kalt wie der Fichtelberg im Winter. Er weiß, die Zeit arbeitet für ihn. Ich muss mich wehren!“

Also gibt er am 20. April 1737 dem Syndicus Weinlig zu Protokoll: *„… dass er sich bey dem Herrn Oberlandbaumeister Knöffel mit seinen Rissen von der Frauen Kirche eingefunden, es habe ihn aber dieser gar verächtlich tractiret, indem er seine Risse gänzlich verworffen, und begehret, dass solche ins Grosse gebracht, und darinnen alle Kleinigkeiten aufs genaueste angemercket werden müssten. Weil aber dieses in keinem halben Jahre zu bewerckstelligen wäre, so würde ihm diesfalls Nachsicht gegeben werden müssen, zumahl er anietzo stets kranck sey. Führet hierbey an, dass die Hauptbögen und Pfeiler der Kirche Risse bekommen haben sollten, welches ihm aber fälschlich beygemessen worden, weil nur allein die Gewölber nach denen Fenstern zu, vor denen Hauptbögen, so an dieselben angestossen und nicht mit eingebunden wären, abtrenneten. Die Pfeiler aber wegen der ungleichen Steine und eingetriebenen Pläner, hin v. wieder blosse Fugen Risse hätten.“*

George Bähr legt den Federkiel beiseite, nachdem er seinen Namen unter das Dokument gesetzt hat, liest sich den Text noch einmal durch und weiß doch im selben Moment, auch wenn er Knöffels Forderungen nachkommen wollte, seine körperliche Verfassung würde ihm den Dienst verweigern. Knöffel ist der Jüngere. Seine 51 Jahre stehen gegen die 71 des Ratszimmermeisters.

„Das Suchen der Weisheit im Alter ist wie Zeichnen im Sand“, murmelt Bähr. „Ich alter Mann friere hinter dem Ofen, aber dieser Knöffel schwitzt auf dem Eis vor Schadenfreude, weil er weiß, dass er schneller ist als ich. Alle Gutachten von mir wurden ohne Einreichung groß ausgeführter Pläne bestätigt. Was Knöffel verlangt, ist die reine Schikane. Er will den Bau verzögern und meine Arbeit in ein schlechtes Licht rücken.“

Bei diesem Gedanken überfällt ihn ein heftiger Hustenanfall. Alles in ihm rebelliert. Er spuckt helles Blut. Johanna, die wie ein Schutzengel seiner achtet, tritt ins Zimmer. Mit ihrer Schürze aus Pulsnitzer Blaudrucktuch wischt sie ihm den Mund ab.

Vorsichtig führt sie den schweren Mann zum Bett, wo er sich kraftlos in die Kissen fallen lässt. Aber es sollte noch schlimmer kommen.

George Bähr sitzt im Bett und ringt, ständig hustend, nach Luft. Seine Frau Johanna will ihm heiße Brustwickel auflegen, aber Bähr reißt sie sich wieder ab und schleudert sie zu Boden. Seine Augen sind unterlaufen wie bei einem wilden Stier. „Gib Rotwein!" herrscht er seine Frau an. Doch diese schüttelt energisch den Kopf. „Du brauchst einen Arzt und keinen Wein!" widerspricht sie besorgt.

Da springt Bähr wütend aus dem Bett und holt sich die Flasche, die auf seinem Schreibtisch steht. Er setzt an und trinkt sie hemmungslos aus bis auf den Grund. Dann reicht er seiner Frau die leere Flasche, taumelt zu einem Zuber mit kaltem Wasser, in den er heftig sein graues Gesicht taucht. „Mantel und Schuhe!" brüllt Bähr.

Johanna versucht, ihm den Weg zu versperren. „Bist du wahnsinnig, in deinem Zustand aus dem Haus gehen!?"

Bähr beachtet sie nicht. Er geht zum Schreibtisch und entnimmt ihm einen Brief. Seine Frau, die ihn festhalten will, fegt er beiseite und verlässt das Zimmer.

Der Ratsdiener Junge horcht an der Tür zum Ratssaal, ob endlich die heftigen Rededuelle verebben, damit er in einer Pause den Brief an Bürgermeister Schwarzbach übergeben kann, den ihm Bähr soeben in die Hand gedrückt hat.

Jetzt wird es leiser im Ratssaal. Beherzt betritt Junge den Raum, eilt auf den Tisch des Bürgermeisters zu, legt ihm den Brief vor und sagt laut, so dass es alle hören können: „Post vom Ratszimmermeister!"

Der Junge verneigt sich und verlässt den Raum erhobenen Hauptes, wie es sich für eine wichtige Amtsperson geziemt.

Bährs Name wirkt Wunder. Aller Augen richten sich auf den Bürgermeister. In der plötzlichen Stille werden die Geräusche des Briefes, der von seinem Adressaten aufgerissen wird, fast bedrohlich. Der Bürgermeister liest, räuspert sich und erklärt nun den stumm gewordenen Ratsherren, was er vor sich hat.

„Der Ratszimmermeister“, sagt der Bürgermeister mit belegter Stimme, „bittet in diesem Schreiben um Hilfe für sein Weib, seine Kinder und für sich. Das Geld für Brot ginge bei ihm bald zur Neige.“

„Sind wir denn noch etwas schuldig?“ ruft ein Ratsherr.

Der Bürgermeister nickt. „Es liegen von ihm verschiedene Modelle und Risse vor, die wir noch nicht vergütet haben.“

Die Ratsherren heucheln Erstaunen. Der Bürgermeister übersieht es und ergreift die Initiative: „Ich schlage vor, nachdem Zimmermeister Bähr allezeit verschiedene Modelle und Risse für uns verfertigt hat, die für ihn mit einem hohen Aufwand verbunden waren, legen wir fest: Aus unserer Kämmerei sind ihm 50 Taler zu bezahlen…“

„Das ist doch viel zu viel!“ protestieren die Ratsherren.

Aber der Bürgermeister lässt sich nicht beirren: „…zumal er des Geldes bei seiner langwierigen, an das Lager gebundenen Krankheit, vornehmlich bedürftig ist.“

Der Bürgermeister setzt den Blick auf, von dem er weiß, dass er ihm in manchen schwierigen Situationen geholfen hat, und befiehlt streng: „Wer damit einverstanden ist, hebe die Hand!“

Sein Vorschlag wird einstimmig angenommen.

1738

Die Gondeln des Todes

Am 7. Februar 1738 wurde der Rat zu Dresden durch Gouverneur Graf von Friesen beklagt ob der noch immer ausstehenden großen Risse. Eine Forderung, die Knöffel ausgelöst hatte, die er aber selber nicht vortragen wollte und deshalb Graf von Friesen in die Feder diktierte: „…*da es das Ansehen gewinnet, als ob der Kirchen-Bau mit Fleiß ins Weite gezogen werden solle, dessen zu geschweigen, was Frembde und Einheimische von dieser so gar langer Verzögerung des Ausbauens vor ein judicium hätten, ja Ihre Königl. Majt. Selbst davon zu gedencken Anlass nehmen können.*"

Das Schreiben verriet Knöffel als Meister der Intrige. Er wusste sehr genau, dass Bähr den überhöhten Forderungen auf Grund seines Gesundheitszustandes kaum nachkommen würde. Aber Knöffel nahm eine Blockierung des Baugeschehens bewusst in Kauf, auf dass ihm früher oder später die Bauleitung wie ein reifer Apfel in den Schoß fallen musste.

Der Rat, aufgeschreckt durch die Androhung einer Denunziation beim König, jammert in seinem Antwortschreiben, dass er schon mehrmals beim Ratszimmermeister vorstellig geworden sei, wann er gedenke, endlich die verlangten Pläne „ins große zu liefern".

Weiter heißt es: „*Wir haben aber wegen seiner die ganze Zeit über, und noch bis ietzo anhaltenden bettlägerigen Krankheit, weiter zu nichts, als beigehenden 5. Rissen, nämlich*

1. der Grund-Anlage mit denen Grüften, 2. dem geometrischen Haupt-Grunde, 3. dem Prospect von der ganzen Länge der Kirche, 4. dem Diagonal-Prospect und 5. dem Diagonal-Durchschnitt, gelangen können, mit der von ihm beigefügten Beteuerung, dass daraus das völlige Werk mit allen Haupt-Ankern in seinem ganzen Zusammenhange deutlich zu ersehen, dagegen aber solches alles ins große zu transportieren, noch viele Zeit, ansonderheit seine Gesundheit erfordere."

Bähr, der jeden Tag fiebrig liegt, mehrere Laken durchschwitzt, dankt seinem Gott, dass er ihm damals den weisen Rat gab, seinen Vetter Johann Georg Schmidt nicht aus dem Haus zu werfen, als er dessen Leidenschaft für Johanna entdeckte. Denn ohne seine Hilfe, ohne die von ihm in Kupfer gestochenen Blätter, wäre sein Ansehen, darüber ist sich der Ratszimmermeister völlig im Klaren, schon lange die Weißeritz hinunter gegangen.

Der nächste Schlag gegen ihn wird schon vorbereitet. Eine Besichtigung seines Werkes durch die Oberbaukommission, unter Leitung von Knöffel, steht bevor. Der Streit geht nicht nur um die Kuppel und ihre Festigkeit. Er entzündet sich neuerlich an Bährs Projektion, seine Kuppel mit einer Laterne aus Stein zu krönen. Da der Rat kein Vertrauen mehr in Bährs Risse hat, beschließt er, die Ausführung der Laterne in Knöffels Hände zu legen.

Gegen den alten, kranken Ratszimmermeister wird jede Rücksicht fallen gelassen. Doch Bähr lässt sich trotz seiner Gebrechen das Zepter nicht aus der Hand nehmen. Er weiß, wenn er rückwärts geht, trägt er dem Teufel, seinem Widersacher Knöffel, das Wasser in die Küche. Bährs Hand zittert, aber er denkt noch immer mit klarem Verstand. Schon lange war er nicht mehr auf der Baustelle. Niemand ließ sich blicken. Kein Fehre und kein Feige, kein Ebhardt und kein Löscher.

„Sie werden übel von mir reden", vermutet Bähr, „aber so ist das Leben, Missgunst und Neid sind seine Begleiter. Warum soll es mir besser gehen als Pöppelmann und Permoser? Pöppelmann sah weiter. Er wusste, was bleibt: Wenn der Meister geht, ist seine Kunst nicht verloren."

Doch Bährs Unruhe steigt. Mit eigenen Augen will er sehen, wie es um seine Frauenkirche steht. Und danach wird er ein Protokoll verfassen, das alle Bedenken des Rates, die der Oberbaukommission, wie die von Knöffel, hinwegfegen wird wie Laub im Sturm. Mühsam erhebt sich Bähr von seinem Bett. Draußen schneit es.

Er nimmt den Weg zur Frauenkirche. Es ist das letzte Stück seines Lebenswegs, der von Stunde zu Stunde kürzer wird.

Gegen den üblen Wind von der Rampischen Gasse her bahnt sich ein Mann seinen Weg. Er hält Hut und Mantel, damit sie ihm nicht fortgerissen werden. Sein Kopf ist kaum zu erkennen, weil er den Mantel schützend vor sein Gesicht hält.

Er überquert den menschenleeren Platz. Da taucht aus dem grauen Schneegestöber die monumentale Frauenkirche auf. Dunkel und verschwommen.

Mühsam stapft an diesem 16. März 1738 der Ratsmaurermeister Gottfried Fehre durch den Schlickerschnee. Seit Stunden sucht er den Ratszimmermeister George Bähr. Keiner hat ihn gesehen. Auch seine Frau Johanna nicht. Da sieht er am Fuße der Frauenkirche ein befremdliches Bündel. Ein Stück schwarzer Tuchmantel liegt dunkel in einer Schneewehe, über die der Wind hinwegfegt. Eine Hand wird sichtbar.

Fehre tritt näher. Unter der Schneewehe liegt ein Mann. Hastig packt Fehre den Bewegungslosen an der Schulter und dreht ihn herum. Vor ihm liegt der Ratszimmermeister George Bähr. Still und stumm. Seine Augen starren Fehre ausdruckslos an. Eine rotgefrorene Blutspur fließt ihm aus der Nase. Fehre schüttelt ihn, klopft ihm die Wangen, wischt ihm das Blut ab, und redet ununterbrochen mit ihm: „George, was ist passiert? Hörst du mich? Ich bin es."

Aber Bähr rührt sich nicht.

Fehre, voll Verzweiflung. „Du darfst nicht sterben! Hörst du? Du darfst nicht!"

Fehre reißt sich seinen Mantel herunter und bettet Bährs Kopf darauf.

Doch Bähr hört Fehres Rufen nicht, denn er liegt auf einem silbernen Kahn auf der Elbe. Phantastische Gondeln schwimmen auf ihn zu. Hinter goldenen Masken tauchen lachende Gesichter auf. Graf Wackerbarth zählt August dem Starken Taler in die Hand, die dieser unter dem Jauchzen von Hofnarr Fröhlich in die Elbe wirft. Aus einer anderen Gondel winken Permoser und Pöppelmann heftig gestikulierend, Bähr möge doch zu ihnen hinüber kommen. Weinhold schlägt wie wild eine bronzene Glocke. Johann Georg Schmidt rudert mit Johanna und ihren Kindern stumm an Bähr vorbei. Er will ihnen zurufen, sie sollen auf ihn warten, aber aus seinem Mund dringt kein Ton. Denn aus dem Dunkel der Nacht, verziert mit Blumen und Vasen, mit denen Bildhauer Feige die Frauenkirche geschmückt hat, fährt eine Gondel auf Bähr zu, die sich, näher kommend, in einen Sarg verwandelt. Auf ihm steht der Tod, der ruhig und gelassen das Ruder in das Wasser der Elbe taucht, um einen einzigen Fahrgast an Bord zu nehmen.

Die leblosen Augen von George Bähr schauen in die Höhe, hinauf zur Kuppel seiner Frauenkirche, die von dichten Schneeflocken umtanzt wird. Vorbei an seinem Freund Fehre, der stammelt: „Verzeih mir, dass ich gezweifelt habe, George. Ja, ich hatte Angst, die Steine der Kuppel könnten uns auf den Kopf fallen. Ich war ein kleingläubiger Thomas. Du bist über das

Wasser gegangen, George und nun können alle es sehen, die Frauenkirche, dein Werk, es steht!“

Doch Bähr hat längst die sächsische Erde verlassen. Als Fehre begreift, schießen ihm die Tränen in die Augen.

Er hält George Bähr wie ein Kind in seinen Armen und weint hemmungslos. Fehre hat seinen besten Freund verloren. Aber er weiß auch: Ihr geniales Werk, die Frauenkirche zu Dresden, wird durch alle Zeiten, durch Feuer und Asche immer wieder auferstehen, um zu verkünden: Ehre sei Gott in der Höhe und Frieden auf Erden!

Epilog

George Bähr hat die Fertigstellung der Frauenkirche nicht mehr erlebt. Die Errichtung der steinernen Laterne wurde Ratsmaurermeister Fehre und Steinmetzmeister Holtzmann übertragen, die der Haube dem Zimmermeister Georg Friedrich Winckler. Am 27. Mai 1743 wurde der vergoldete kupferne Kopf um das eiserne Kreuz aufgesetzt. Nun war der Kuppelbau endgültig fertig gestellt und bekrönt, so wie er heute wieder zu bewundern ist.

Anhang

Die Personen

George Bähr, *Ratszimmermeister*
* 1666 † 1738

Geboren am 15. März 1666 als Sohn des Zimmermeisters Andreas Bähr in Fürstenwalde bei Lauenstein. In einer Zeit extremer Winter, inmitten von tiefen Wäldern, wo noch die Wölfe heulten, wurde sein Mut frühzeitig auf die Probe gestellt. George war ein unruhiges Kind.

Schon früh interessierte sich George Bähr für das Material Holz. Er konnte die geschnittenen Hölzer „riechen" nach den Wäldern, wo sie herkamen. Die Hammerschläge der Zimmerleute waren ihm Musik. Beim Pfarrer faszinierten ihn die Kupferstiche von Salomons Tempel, und der Pfarrer glaubte, in seinen Augen eine heilige Besessenheit leuchten zu sehen.

George Bährs Charakter war eine Mischung aus leichter Wehmut, verbunden mit ungeduldiger Erwartung. Auch neigte er zu Trotz, Ungeduld und Übermut – aber bei all seinem unruhigen Wesen hatte er ein dankbares Herz und vor allem – er verfolgte seine Ziele hartnäckig.

Im Holz erkannte er seine Welt. Er liebte es, das harte, das spröde, das weiche, das federnde, das helle und dunkle, das trockene und harzspendende Holz. George Bähr war ungewöhnlich neugierig und besaß einen ausgeprägten Sinn fürs Tüfteln. Er hatte flinke Hände und einen sicheren Blick.

Je älter er wurde, umso energischer vertrat er seine fachlichen Interessen. Er wurde zum perfekten Zimmermann. Sein handwerkliches Können zeigte sich zum ersten Mal deutlich bei seiner Mitwirkung am Bau der Kirche von Carlsfeld, wo im Inneren Altar, Kanzel und Orgel in einem Gehäuse untergebracht werden mussten, um die Einheitlichkeit des Predigtgottesdienstes zu gewährleisten

Diese Arbeit legte den Grundstein für seine späteren Fähigkeiten als Ratszimmermeister von Dresden, wo er ab 1689 ansässig war. Unter den Architekten, die den Stil der Barockstadt Dresden zur Zeit Augusts des Starken bestimmten, war George Bähr der „letzte", ein Zimmermann, der mit überholten Zierraten des 17. Jahrhunderts auf sich aufmerksam machte.

Dass George Bähr 1705 im Alter von 39 Jahren den Posten des Ratszimmermeisters durch den Rat der Stadt Dresden zugesprochen bekam, verdankte er seinen gelungenen Kirchen- und Bürgerbauten in Dresden und Umgebung. Man schätzte Bährs Respekt vor dem Alten und das Bürgerschaftliche in seiner Architektur.

1722 beauftragte ihn der Rat der Stadt Dresden mit dem Neubau der Frauenkirche. Der neue Ratszimmermeister galt als sorgfältiger Arbeiter. Aufgrund seiner außergewöhnlichen Fähigkeiten übersah man seine Schwächen, denn er war im Umgang etwas ungeschliffen, von der Grobheit eines Mannes, der weiß, wie man eine Axt schwingt, um seine Meinung durchzusetzen.

Aber das Durchsetzen seiner Ideen verstand George Bähr stets im lutherischen Sinne: „Das Wort Gottes steht in der Mitte!" Dieses Bekenntnis wollte Bähr im Bau der Frauenkirche in Stein verewigen. Mit der Idee einer steinernen Glocke kam George Bähr den Vorstellungen August des Starken von einer glanzvollen Residenz nahe.

August der Starke förderte die Errichtung des stadtbeherrschenden Monuments der lutherischen Bürgerschaft und sorgte persönlich in fünf Audienzen Bährs für die künstlerische Steigerung zum vollendetsten Kirchenbau der protestantischen Welt.

George Bähr betätigte sich gern im Freien. Eindrücke nimmt er auf wie ein scharf beobachtender Maler. Er hat ein ausgeprägtes Selbstbewusstsein. In der Arbeit am Bauplatz ist er kraftvoll und ideenreich, hingegen bedächtig und ohne Hast am Zeichentisch.

George Bähr verfügt über einen ausgeprägten Gerechtigkeitssinn. Er ist schlicht und aufrichtig und sucht Zeit seines Lebens Verlässlichkeit. Wird dieses Prinzip verletzt, kann er zornig sein und brüllen wie ein Stier.

Für den ersten Grundriss der Frauenkirche veranschlagt Bähr Kosten in Höhe von 103.000 Talern. Schon dabei gerät er in Konflikt mit Superintendent Valentin Löscher, der die „Aufwendigkeit" von Bährs Entwurf bemängelt.

Die Musik in ihrer Strenge ist George Bähr Vorbild für seine Architektur. Musik ist für ihn die einzige Sprache mit Gott. Deshalb war ihm die Begegnung mit dem Orgelbauer Gottfried Silbermann und dessen Bereitschaft, eine Orgel für die Frauenkirche zu bauen, unendlich wichtig.

George Bähr war noch zu Beginn des Baus der Frauenkirche ein lebensfroher Mensch gewesen, der die Einsamkeit hasste und die Zweisamkeit brauchte. Seine erste Ehe schloss er 1689 mit Anna Sabine. Ihre Tochter Johanna Maria wurde mit vier Jahren begraben. Seine zweite Ehe mit Maria Magdalena Jentzsch, Tochter eines Schiffhandelsmannes, dauerte von 1699 bis 1729 – dieser Ehe entspross der Sohn Christian Adolf, der nur ein Jahr alt wurde.

Johanna Juliane Wedel, heiratete George Bähr, als er 64 Jahre alt war, nach kurzer Trauerzeit im Todesjahr seiner Frau Maria Magdalene. Johanna schenkte George Bähr in neunjähriger Ehe fünf Kinder.

Freunde hat George Bähr wohl wenige gehabt. Der Baumeister Pöppelmann ist ihm zugetan. Schwierig ist Bährs Verhältnis zu Ratsmaurermeister Fehre. Er ist der Einzige, auf den sich Bähr in allen fachlichen Fragen verlassen kann. Als es aber um die Statik der Kuppel geht, fällt Fehre vor dem Rat von ihm ab. Trotzdem bleibt Fehre für Bähr der einzig wahre Freund – bis zu Bährs Tod.

Die Querelen um den Bau der Frauenkirche, die Intrigen und Konflikte vor dem Rat der Stadt über die Haltbarkeit der steinernen Kuppel, lassen Bährs Kräfte schwinden. Er wird beim Verfolgen seiner Vision immer verbohrter, verbissener und egozentrischer. Sein Handeln wird rücksichtsloser. Bähr wird ein Gehetzter. Innerlich zerrissen – die Zeit rennt ihm davon, alle scheinen gegen ihn zu sein – gerät er in einen Strudel, dem Bähr nicht mehr gewachsen ist und der ihn bis in seine Träume verfolgt.

Der Rat der Stadt, entscheidungsschwach, versteckt sich hinter dem intelligenten, aber intriganten Landesbaumeister Knöffel. Doch sein Ziel, den Bau der Frauenkirche, gibt Bähr nicht auf.

Das Leben von George Bähr, es war von der Begierde dominiert, die Pyramide seines Daseins so hoch wie möglich in den Himmel zu Gott zu bauen. Und da er die Musik als „Sprache Gottes“ fühlte und verstand, wird die These, dass Bähr seine Kuppel für Silbermanns Orgel gebaut hat, von besonderer Aussagekraft. Am 16. März 1738 stirbt Ratszimmermeister George Bähr an „Stickfluss und Verzehrung“, noch vor Vollendung seiner Frauenkirche, im Alter von 72 Jahren in Dresden.

Johanna Juliane Bähr, *geborene Wedel*
* 1697 † 1776

Johanna Juliane ist eine schöne Frau. Was hat Johanna Juliane, sie war 32 Jahre alt, also 30 Jahre jünger, an George Bähr gereizt? Seine stattliche Männlichkeit, seine Position als Ratszimmermeister der Stadt Dresden? Wir wissen es nicht.

Aber eines wird deutlich in dieser dritten und letzten Ehe von George Bähr: Johanna Juliane hat George Bähr für eine kurze Zeit glücklich gemacht. Vielleicht war sie für Bähr so etwas wie Christiane Vulpius für Goethe, ein „Bettschatz". Johanna Juliane gibt Bähr die Wärme einer sinnlichen, jungen Frau. Bei ihr kann er sich fallen lassen. Ihr kann er alles erzählen. Sie ist seine Vertraute, sein Beichtstuhl. Ihre Jugendlichkeit gibt ihm Kraft, lässt ihn sein Alter vergessen.

Bähr hat es in den ersten Jahren am Tisch und im Bett gut mit ihr.

Im Kirchenregister wird vermerkt: Am 17. Dezember 1730 wurde Sohn Christian Heinrich geboren. Am 3. Februar 1732 kam George Wilhelm ins Leben. Am 17. März 1733 wurde Brigitta Juliane getauft. Christiana Concordia bekam den Taufsegen am 25. August 1734. Bernhard Leberecht wurde am 26. November 1735 getauft.

Alle fünf Kinder wurden in der Kreuzkirche von Superintendent Löscher getauft.

Johanna Juliane muss eine starke Frau gewesen sein, physisch und psychisch. Aber je höher die Frauenkirche wächst und je älter Bähr wird, umso weniger weiß er sein Familienglück zu schätzen. Er beginnt seine Freu zu vernachlässigen. Sie wendet sich seinem Vetter Schmidt zu.

Die Konflikte im Zusammenleben von Johanna Juliane und George Bähr führen in Bährs Ehe zu Sprachlosigkeit und Misstrauen.

Johanna Juliane ist eine energische Frau. Sie wehrt sich gegen das Finanzgebaren ihres Mannes, weil sie zuerst ihre Familie und deren Glück sieht, während George Bähr sein Glück im Aufbau der Steinernen Glocke sucht. Der Riss zwischen Johanna und George wird immer größer.

Seine junge Frau Johanna hat einen Mann, aber sie hat bald keinen Mann mehr für Liebe und Zärtlichkeit. Ihre Sehnsucht wird so groß, dass sie sich Johann Georg Schmidt hingibt, dem Vetter von George Bähr. Als George Bähr diese Beziehung entdeckt, kommt er sich vor wie ein Tier im Käfig. Wo soll er hin? Frau und Kinder verlassen? Soll er Sachsen und seiner Frauenkirche den Rücken kehren? Bähr wäre nicht Bähr, wenn er nicht auch diesen Schicksalsschlag auf ungewöhnliche Art meistern würde.

Er sieht ein, dass er seiner Frau in seinem hohen Alter nicht mehr das bieten kann, was sie sexuell braucht. Sein Interesse gilt nach dem letzten Kind schon lange nicht mehr ihrem Körper. Alle seine Kraft fließt in den Bau der Frauenkirche, in das Ziel, die Steinerne Glocke aufzurichten.

Deshalb schließt er mit Johanna und seinem Vetter Schmidt einen Pakt. George Bähr verpflichtet Johann Georg Schmidt zu seinem Nachfolger, das heißt, Schmidt wird Johanna nach seinem Ableben heiraten, sie und die Kinder materiell beschützen – und die Beteiligten halten sich daran. Am 1. April 1740 – nach Einhaltung der zweijährigen Trauerzeit – heiratet Johann Georg Schmidt, Kirchenbau- und Hofzimmermeister und später Festungsbaumeister in Dresden, George Bährs Witwe.

Was wurde aus den Kindern? Christian Heinrich avancierte zum Fürstlich Sächsisch-Eisenachischen Landesbaumeister. George Wilhelm wurde Steinmetzmeister in Dresden. Brigitta Juliana heiratete den Pfarrer Christoph Benjamin Otto in Börnersdorf bei Liebstadt. Christiana Concordia heiratete den Kanzlisten Rößler, verantwortlich für das Markgrafentum Oberlausitz. Bernhard Lebrecht wurde Zimmermeister in Dresden.

Johanna Juliane starb am 8. April 1776 im Alter von 88 Jahren und wurde auf dem Dresdner Johannisfriedhof begraben.

Johann Georg Schmidt

* 1707 † 1774

Johann Georg Schmidt ist ein Vetter von Bähr, sein Schüler und Nachfolger. Er ist sein engster Mitarbeiter und zusammen mit Ratsmaurermeister Fehre Vollender der Frauenkirche. Schmidt ist ein begabter Zeichner. Seine zahlreichen Risse fertigt er im Auftrag von Bähr, für Knöffel und den Rat der Stadt.

Schmidt ist ein dynamischer, ehrgeiziger, jedoch auch hilfsbereiter Mann. Seine Solidarität mit Bährs Frauenkirche ist groß. Er hilft Bähr, wo er kann. Schmidt gehört zur Familie und hat das absolute Vertrauen von Bähr.

1764 wird Johann Georg Schmidt auf Grund seiner Verdienste um Kirchen- und Bürgerbauten, die er in Dresden errichtet, zum Ratsbaumeister ernannt.

Gottfried Silbermann

* 1683 † 1753

Gottfried Silbermann baute an der Orgel für die Frauenkirche von 1732 bis 1736 – dass dies so lange dauerte, lag an George Bähr. Wie immer reichte das Geld nicht, aber bei Silbermann kam noch dazu, dass ihm Bähr nicht rechtzeitig das Balgenhaus und Orgelgehäuse fertigstellte. Dadurch verzögerte sich der Einbau der Orgel.

Am 22. November 1736 wurde die Orgel von Johann Georg Pisendel, Theodor Christlieb Reinhold, Johann Heinrich Gräbner und Christian Heinrich Gräbner, im Beisein von Superintendent Löscher abgenommen und damit an den Rat der Stadt übergeben. Der Kontrakt hatte auf 4200 Taler gelautet, aber Silbermann forderte, weil nicht voraussehbare Schwierigkeiten aufgetreten waren, noch 800 Taler vom Rat, wovon er nur 500 Taler ausgezahlt bekam.

Silbermann wollte natürlich, dass seine Orgel eine Weihe durch die richtigen Hände bekam. Er dachte an seinen Freund Johann Sebastian Bach, mit dem er über die Neukonstruktion eines Fortepianos seit 1732 in Kontakt stand. Silbermann und Bach arbeiteten gemeinsam an der Weiterentwicklung eines Tasteninstruments mit Hammermechanik.

Bach hatte sich am 27. September 1736 mit einem Gesuch an den König gewandt, um den Titel eines Compositeurs an der königlichen Hofkapelle zu erlangen. Am 19. November 1736 wurde das Dekret verfasst mit Bachs Prädikat als „Compositeur by Dero Hof Capelle“, das der König persönlich mit seinen Initialen zierte. Keine zwei Wochen nach Unterzeichnung des Dekrets reiste Bach nach Dresden, um auf der neuen Silbermann-

Orgel der Frauenkirche ein Konzert zu geben, mit dem er seine Dankbarkeit für den Hoftitel Ausdruck verleihen wollte. In der überfüllten Kirche spielte Bach in Gegenwart der Erbauer der Frauenkirche und anderer wichtiger Personen und Künstler.

Johann Gottfried Fehre, *Ratsmaurermeister*
* 1685 † 1753

Johann Gottfried Fehre war seit 1715 Ratsmaurermeister zu Dresden. Er wohnte während des Baues der Frauenkirche in Dresden-Loschwitz. Fehre war ein solider und gründlicher Handwerksmann. Sein Humor war eher trocken. Aber an seinem Fachwissen kam keiner vorbei, und Fehre stand Bähr stets mit wertvollen, ideenreichen Ratschlägen zur Verfügung. Fehres Gerechtigkeitssinn ließ ihn zwischen die Fronten geraten. Fehre vertrat seine Polierer und Maurer gegen die Ansprüche der Steinmetzen unter Daniel Ebhardt, die sich als Handwerker etwas Besseres dünken als die Maurer und Handlanger um Fehre.

George Bähr stellt sich nicht immer auf die Seite von Fehre, seine Sympathien liegen eindeutig bei der künstlerischen Zunft der Steinmetze. Das verletzt Fehre, und er zieht sich mehr und mehr in sich zurück. Er wird vergrämt und misstrauisch, nachtragend und eigensinnig.

Landesbaumeister Knöffel schätzt Fehre und versucht, den begabten Ratsmaurermeister auf seine Seite zu ziehen. Fehre schwankt. Einerseits will er sich Bähr gegenüber loyal verhalten, andererseits kann er nicht übersehen, dass Bähr, der mit der Frauenkirche den größten Bauauftrag seines Lebens übernommen hat, vor Illoyalitäten nicht zurück schreckt, um an sein Ziel zu gelangen.

Fehre ist ein vorsichtiger Handwerker, weniger geschäftstüchtig als Steinmetzmeister Daniel Ebhardt. Mit ihm gerät Fehre in einen schweren Konflikt, denn Ebhardt bestätigt dem Rat pauschal, eine steinerne Kuppel zu bauen „ohne einziges Bedenken“ – Fehre wirft dem Steinmetzmeister vor, dahinter stehe nur ein Gedanke: „Du willst einen Großauftrag, ein sicheres, gutes Geschäft über einen längeren Zeitraum. Aber die Verantwortung hast du nicht zu tragen. Die liegt bei Bähr und mir!“

Fehre befindet sich in einer schwierigen Lage. Er will nicht direkt gegen Bährs Konzeption sprechen und die Steinkuppel nicht völlig ausschließen, kann aber aus Pflichtgefühl und aus seinen Erfahrungen heraus als Steinfachmann die Risiken im Bährschen Projekt nicht übersehen. Fehres Haltung vor dem Rat wertet Bähr als Verrat am gemeinsamen Ziel, und es kommt nach dieser Ratssitzung zu einem langwierigen Konflikt zwischen George Bähr und Fehre.

George Bähr, schon altersstur, hört nicht auf Fehre und begeht einen weiteren strategischen Fehler. Bähr entwirft ein positives Gutachten, das er zu einem Plädoyer für seine steinerne Kuppel umfunktioniert. Er hält vor dem Rat eine glänzende Rede, die diesen beeindruckt. Dazu reicht er eine Kalkulation ein, die nachweisen soll, dass die Kuppel aus Stein billiger kommt. Wider besseres Wissen formuliert George Bähr: „Die obere Kuppel, ohne die Laterne und Pyramide, bis zum Grunde der Laterne, gedenke ich inklusive aller Materialien und Kosten, die dazu nötig sind, einschließlich der vorrätigen Steine, für 19.000 Taler zu fertigen." Fehre sieht in Bähr ab jetzt einen gefährlichen Hasardeur. Einen Lügner, der versucht, mit falschen Kalkulationen den Rat einzunehmen. Aber trotz des Vertrauensbruches, Fehre bleibt seinem Gewissen treu. Seine Kalkulation ist realistisch und nicht auf Manipulation des Rates aus. Fehre errechnet für die Kuppel, mit den Gerüsten dazu 27.662 Taler – das sind die tatsächlichen Kosten.

Um zu einer Entscheidung zu kommen, zieht der Rat Direktor de Bodt heran. Dieser meint, die Ausführungen Bährs zur „Struktur und Beschaffenheit" des Bauwerkes erschienen ihm vernünftig und begründet. Am 27. August 1733 wird im Ratskollegium beschlossen, die obere Kuppel nach Bährs Vorstellungen fertigen zu lassen. Fehre beugt sich zähneknirschend diesen Entschluss. Mit Sorge muss er zusehen, wie Bähr in die Falle tappt, die ihm Ebhardt aufstellt. Denn George Bähr wird von Ebhardt abhängig. Der Steinmetzmeister bestimmt den zeitlichen Verlauf des Kuppelbaues. Bähr hat zu niedrig kalkuliert. Wenn Bähr nicht zahlt, lässt Ebhardt die Arbeit an der Kuppel ruhen. Bereits am 17. September 1733 muss Bähr vor dem Rat Rechenschaft darüber ablegen, warum sich der Baubeginn der Kuppel verzögert. Bähr gerät immer mehr unter Druck. Ebhardt verklagt ihn vor dem Rat, wegen ausstehender Geldzahlungen.

Bähr hat kein Geld, er muss in die Offensive gehen und wirft Ebhardt vor, zuviel berechnet zu haben. Der Ratszimmermeister George Bähr bezichtigt den Steinmetzmeister Daniel Ebhardt beim Rat der „listigen Bevorteilung". Der schweigsam gewordene Fehre sieht voraus, dass Bähr in ein unvorstellbares materielles Unglück schlittert. Deshalb hilft er ihm, trotz des Bruches ihrer Freundschaft, Kosten einzusparen, indem er Bähr den Vorschlag unterbreitet, statt Handlanger den Materialtransport mit Hilfe von Eseln durchzuführen. Es würde die Hälfte an Kosten sparen. Fehre lässt dafür die Gerüste umbauen, und die Bevölkerung sieht staunend, wie auf die Frauenkirche die Steine für den hohen Turmbau mit Eselkarren bis oben hinauf unter die Kuppel transportiert werden. An der Kuppel arbeiten unter Leitung von Ratsmaurermeister Fehre in den Höchstzeiten des Baugeschehens 75 Leute – die Kuppel steigt in die Höhe, aber Bährs Gesundheit schwindet.

Es ist Ratsmaurermeister Fehre, der den sterbenden Bähr am Fuße der Frauenkirche findet, und im letzten Atemzug Bährs die Freundschaft zu ihm wieder aufrichtet.

Daniel Ebhardt, *Steinmetzmeister*
* 1697 † 1737

Für Daniel Ebhardt galt: Jeder Steinmetz muss ein Künstler sein. Die Steine für die Frauenkirche wurden aus insgesamt 40 Steinbrüchen nach Dresden transportiert. Das Einsetzen der Steine in der Hintermauerung – jeder für sich 45 Kilogramm schwer – verlangte größte Perfektion, und die Steinmetzen mussten in der Lage sein, auch ohne Zeichnung, nach den abgesteckten Maßen die Mauer zu bauen.

Daniel Ebhardt war ehrgeizig, geschäftstüchtig und beim Durchsetzen seiner und der Interessen der ihm Untergebenen war ihm jedes Mittel recht. Begeistert von Bährs kühner Vision der Frauenkirche, sah Ebhardt aber vor allem den Profit, der ihm durch seine Mitwirkung am Kirchenbau winkte. Durch Bährs unsolides Geschäftsgebaren entwickelte sich sehr schnell aus dem Miteinander ein Gegeneinander. In Bähr sah Ebhardt sehr wohl einen genialen Zimmermeister, der sich mit Stein beschäftigt und in dieser Kunst visionär arbeitete. Andererseits genoss Bähr zu seinen Lebzeiten noch keine so hohe Wertschätzung, wie sie ihm erst später durch die Kunstgeschichte zuteil wurde. Der Kuppelbau war für ihn Neuland. Der Rat hatte Sicherheit für diesen großen Bau zu garantieren. Er konnte Bähr, der damals kein berühmter Architekt war, bei einem so kostspieligen Bauvorhaben nicht blind vertrauen. Und nach dem Motto: „Vier Augen sehen mehr als zwei!“ wurde auch Ebhardt als Zuträger von Informationen über das Baugeschehen beim Rat geschätzt. Doch Ebhardt übersah dabei, dass auch er unter Kontrolle stand, und er musste sich vom Rat den Vorwurf machen lassen, dass er die Türme kleiner baue als auf dem Riss angegeben, um Steine zu sparen und dadurch „Profit zu machen“.

Zwischen Ebhardt und Bähr eskalierte der Streit um Geld und Qualität der Arbeit so sehr, dass Ebhardt 1735 aus dem mit Bähr vereinbarten Vertrag zur oberen Kuppel ausschied. Bähr und Ebhardt beschuldigten sich gegenseitig vor dem Rat des Betrugs. Die Sachlage ist schwer zu durchschauen. Das Ergebnis der Auseinandersetzung ging zu Lasten von Ratsmaurermeister Fehre, denn seine Maurer mussten die äußeren Deckplatten für die Kuppel selbst zurichten, ehe der Steinmetzmeister Johann Friedrich Lutz nach dem Ausfall von Ebhardt die Arbeiten für die Kuppel weiter fortsetzte.

Bei allen negativen Charaktereigenschaften von Daniel Ebhardt: In der leidigen Geldangelegenheit hatte er Recht. Bähr zahlte ihm zu wenig und oft zu spät. Sein Vorwurf an Ebhardt, dieser habe zu viel berechnet, war eine bewusste Lüge. Bähr war schlicht und ergreifend zahlungsunfähig, und der Rat entschied sich für Bährs Aussage gegen Ebhardt, weil er damit keine Zahlungsverpflichtung aufnehmen musste. Die Feindschaft zwischen Bähr und Ebhardt war Stadtgespräch, aber Bähr hatte inzwischen so eine dicke Haut wie seine Steinplatten, denn er hatte nicht nur mit Ebhardt Krach, sondern auch mit seinem Bildhauer Feige. Ebhardt klagte beim Rat um sein Geld noch bis zu seinem Tode, am 23. April 1737 – erst danach ließ der Rat seine Arbeiten an der Kuppel noch einmal begutachten und taxieren. Laut Baurechnungen von 1743 bis 1746 gelang es erst der Witwe Johanna Charlotta, im September 1744 über ein Gerichtsurteil den immer noch ausstehenden Lohn vom Rat zu erhalten.

Johann Christian Feige d. Ä., *Bildhauer*
* 1689 † 1751

Der Bildhauer Johann Christian Feige wirkte seit 1718 in Dresden. Sein Hauptwerk wurde der Hochaltar in der Frauenkirche, den er von 1733 bis 1739 zusammen mit Benjamin Thomae errichtete. Der Altar der Frauenkirche, mit seinen verkröpften und gebrochenen Gebälken, den schweren Konsolen und konkaven Schwingungen seiner Emporen und Balustraden, in das sich Mittelrelief und Figurenschmuck dekorativ einschmiegte, war für Dresden eine bildhauerische Sensation.

Nicht nur Bähr war in seinem Gestaltungswillen ein künstlerischer Egomane. Auch der Bildhauer Feige fühlte brennenden Ehrgeiz, unsterblich zu werden. So hat der Erfolg der Frauenkirche viele Väter. Die Kirche ist nicht das Werk eines Genies, sondern eher Zeugnis soliden handwerklichen Könnens, logischen Denkens und einer gesunden und rechtschaffenen, der Sache dienenden Gesinnung, für die die Gestalt eines Bauwerkes zum größten Teil aus ihrer Bestimmung erwächst. Form und Inhalt verschmelzen zur Einheit. Bei allen Konflikten und Eitelkeiten der Beteiligten – neben dem Baumeister George Bähr haben Steinmetzmeister Ebhardt, der den Bau führende Ratsmaurermeister Fehre, vor allem aber Feige, dank seiner künstlerischen Formensprache, einen großen Anteil. Denn Feige prägte das äußere Erscheinungsbild der Frauenkirche ebenso wie den Innenraum wesentlich mit.

Johann Christian Feige wurde am 4. Februar 1689 in Zeitz geboren. 1718 kam er nach Dresden, wo er ein Jahr später heiratete. Im Jahre 1728 erhielt er das Bürgerrecht der Stadt Dresden. Feige war, als er für die Frauenkirche tätig wurde, 39 Jahre alt, berufserfahren, geübt in handwerklichen Fähigkeiten und auf dem Höhepunkt seiner Schaffenskraft.

Zweifellos wurde Feige vom Rat für diese Arbeiten ausgewählt, weil George Bähr ihn als Mitarbeiter vorgeschlagen hatte. Bähr und Feige kannten sich von gemeinsamer Arbeit beim Umbau der Schlosskirche zu Seußlitz, sowie beim Bau des dortigen Schlosses. Über drei Jahre – von 1724 bis 1727 – hatten sie intensiven Arbeitskontakt.

Die Arbeiten für den Außenbau und den Innenraum der Frauenkirche bedeuteten für Feige den größten Auftrag und die größte berufliche Herausforderung seines Lebens. Der Bildhauer Feige arbeitete mit dem Steinmetzen Ebhardt Hand in Hand. Oftmals bearbeitete Feige die von Ebhardt vorgefertigten und zugehauenen Steine weiter. Je mehr Bähr mit Ebhardt aneinander geriet, desto schlechter wurde auch sein Verhältnis zu Feige, denn Bähr kalkulierte gegenüber dem Rat niedriger, als es mit Feige abgesprochen war. Die Bildhauerhütte von Feige war in Elbnähe, Neustadt bei Dresden, gelegen. Von dort wurden die zugearbeiteten Steine zur Kirche transportiert. Feiges Haus, wo er mit Frau und Sohn wohnte, stand in der Neuen Gasse.

Feige erarbeitete Flammen- und Rauchvasen, Laubzierrat und Sonnenblumenrosetten. Mit Bähr war sich Feige darin einig, dass der Baukörper der Frauenkirche sparsam mit Bildhauerarbeiten geziert werden sollte, um sich der Gesamtwirkung des selbst wie eine monumentale Plastik erscheinenden Bauwerks unterzuordnen. Nach den ersten erfolgreichen Plastiken für den Außenbau entschied sich der Rat, Feige auch den Auftrag für den Innenausbau zu geben.

Bährs, sprich Feiges Altarentwurf, wurde vom Rat akzeptiert. Bähr schloss nun einen Honorarvertrag für den Altar. Mit dem Rat wurde ein Pauschalkontrakt über 3800 Taler vereinbart. Bähr wusste zwar, dass Feige für die Arbeit 4650 Taler angesetzt hatte, aber um den Rat die Kalkulation angenehm zu machen, verbilligte Bähr den Kontrakt um 800 Taler. Davon wusste Feige allerdings nicht. Feige wurde nun für seine Leistungen von Bähr persönlich honoriert. Aber Bähr zahlte unregelmäßig, vertröstete Feige, das restliche Geld nach Fertigstellung zu zahlen. Dazu kam es nicht mehr, denn Bähr verstarb. Nach Bährs Tod verlangte Feige das Geld von Bährs Witwe Johanna, die dies verweigerte. So musste der Rat die Schulden ausgleichen, die Bähr gegenüber Feige noch hatte.

Christoph August Reichsgraf von Wackerbarth, *Gouverneur*
* 1662 † 1734

Christoph August von Wackerbarth wurde am 22. März 1662 im Herzogtum Lauenburg geboren. Reichsgraf Wackerbarth gehörte zu demjenigen Personenkreis um August den Starken, der dessen innen- und außenpolitische Bestrebungen und Vorstellungen in die Tat umsetzte. Im Bau- und Befestigungswesen als Architekt ebenso ausgebildet wie im Kriegsdienst bewährt, wurde er einer der einflussreichsten Männer in der Regierungszeit August des Starken. Am Heidelberger Hof aufgewachsen, kam er 1688 im Gefolge der Kurfürstin Wilhelmine Ernestine nach Dresden. Hier wurde er Page am Hofe und vervollständigte seine Ausbildung. Seine Beschäftigung mit Zivilarchitektur und Artilleriewesen fiel dem Kurfürsten auf, der ihn auf eine Studienreise nach Italien schickte. Wackerbarth studierte in Rom Architektur und vervollständigte dieses Studium durch weitere Reisen.

Sachsen brauchte Militäringenieure, und Wackerbarth war ein begabter Mann, der sich selbst als Bauherr und Architekt betätigte. Wenn er nicht baute, war er an den Feldzügen August des Starken beteiligt oder verbesserte die Befestigungen von Warschau. Er war auch diplomatisch erfolgreich. Als Dank ernannte ihn der sächsische König zum Generalintendanten für das Bauwesen. Eine Aufgabe, die Wackerbarth sachkundig im Sinne des Königs meisterte. In Johann Christian Knöffel, der seit 1708 im Oberbauamt tätig war, und dort zur jüngeren Generation gehörte, fand Wackerbarth einen Architekten, der die kühle und rationale Formensprache seines französischen Amtskollegen Zacharias Longuelune mit der gestalterischen Tradition des Oberbauamtes zu verbinden wusste.

Zum Generalfeldmarschall ernannt, leitete Wackerbarth 1730 die als „Zeithainer Lager" berühmt gewordene Truppenschau der sächsischen Armee. Als Gouverneur von Dresden behielt Wackerbarth die Bauaufsicht von Dresden. Er offenbarte in allen seinen Entscheidungen ein ausgesprochen wirtschaftliches Denken. Sein Umgang mit den Architekten war ungezwungen, er zog sie, wenn es seinen Interessen nutzte, auch an seine Tafel.

Wackerbarth setzte die Baupläne seines Königs energisch um. Er war ein fähiger Mann, der unter einer eingeübten Gleichgültigkeit alle nur denkbare Beweglichkeit verbarg. Wackerbarth war es, der die Bittschrift des Rates um finanzielle Unterstützung mit verfasste und sie dem König selbst vortrug. Nachdem der Rat sich für George Bähr als Architekt entschieden hatte, übte Superintendent Löscher Kritik an Bährs Entwurf, der ihm zu groß und prachtvoll erschien. Daraufhin ließ Wackerbarth einen Gegenentwurf von Knöffel anfertigen. Dabei ging es nie um eine Person, sondern immer um die Sache, um die Vervollkommnung eines im Stadtbild dominanten Bauwerkes. Wackerbarth hatte das Vertrauen seines Königs. Deshalb kursierte in Dresden das Sprichwort: Wer Wackerbarths Ohr hat, kann Personen lenken!

Als George Bähr im Jahre 1729 zum dritten Mal heiratet, ist Wackerbarth 67 Jahre alt. Sein Gesicht hellt sich schnell auf, wenn er umschmeichelt wird. In seiner Gegenwart müssen kritische Worte vorsichtig formuliert werden. Er ist beleibt, brummig, anmaßend und schnauft leicht, wenn er in Erregung gerät. Wackerbarth trägt ein Lorgnon, ein wichtiges Requisit für seine gestenreiche Sprache. Wackerbarth genießt seine politische Verantwortung. Aber die Ausübung der Macht schafft Probleme. Der Rat wirft ihm Verschleppung der Baupläne vor und beschwert sich darüber beim König. Das kränkt Wackerbarth und lässt ihn resignieren.

Dass der König an seiner Loyalität zweifeln könnte, macht Wackerbarth hypochondrisch, er fühlt sich immer krank. Er hat ständig Frostgefühle und verlangt auch an heißen Sommertagen, das Feuer zu beschicken. Wackerbarth ist nicht uneitel, er trägt seidene Kleider und dicke Ringe. Andererseits kann er auch sehr gönnerhaft sein. Bährs Auftrag lässt er von seinem wahren Favoriten, dem Architekten, Landesbaumeister Knöffel, unterstützen und kontrollieren. Nach dem Motto: „Teile und herrsche!“

Eine vorurteilslose Betrachtung der Planungsgeschichte zeigt, dass die Gestalt der Dresdner Frauenkirche maßgeblich von der höfischen Baubehörde mitbestimmt worden ist. Wackerbarth war das wirkungsvolle Instrument des Königs für die Durchsetzung seiner planerischen Ideen und Absichten. Wackerbarth verfügte über Geschick und Sachverstand. Ohne die Zielstellung August des Starken, und ohne das fordernde Eingreifen von Wackerbarth wäre George Bähr eine so überzeugende wie selbstverständlich erscheinende Eingliederung des Bauwerkes in die städtebauliche Struktur nicht gelungen, noch hätte die Kirche den hohen künstlerischen Rang erreicht.

Graf Wackerbarth nahm noch am 28. März 1734 am ersten Gottesdienst in der halb fertig gestellten Frauenkirche teil. Aber die Krönung der Frauenkirche, die Steinerne Kuppel, erlebte Wackerbarth nicht mehr. Er starb am 14. August 1734 in Zabeltitz.

Johann Christoph Knöffel, *Landesbaumeister*
* 1686 † 1752

Johann Christoph Knöffel war Sohn des Ratsmaurermeisters Johann Benedikt Knöffel, der 1689 in Dresden verstarb. Johann Christophs Laufbahn muss deshalb als ungewöhnlich erfolgreich eingeschätzt werden, weil er unter den Baumeistern am Hofe August des Starken der einzige sächsische Architekt war. Als Schüler von Pöppelmann stieg Knöffel 1709 zum Baukondukteur auf und wurde 1722 Landbaumeister. Knöffel verfügte über einen großen Geltungstrieb. Außer seiner Mitwirkung am Bau der Frauenkirche, die er von der ersten Idee 1722 bis zum letzten Stein 1743 mit Rat und Tat begleitet hat, verdankt Dresden und Umgebung dem Architekten Knöffel Bauwerke von außergewöhnlicher Schönheit, ohne die Dresden seinen Ruf als „Elbflorenz" nicht gewonnen hätte.

Knöffel, der Begründer des Dresdner Rokoko, schuf zusammen mit Pöppelmann den Barockgarten Großsedlitz. In eigener Architektur-Regie erbaute Knöffel das Kurländer Palais, Wackerbarths Ruh, das Palais Brühl mit der Brühlschen Terrasse, das Cosel-Palais, das Rathaus am Altmarkt, das Stallgebäude, das Blockhaus und viele andere bedeutende, Dresdens Stadtantlitz prägenden Bauten.

Johann Christoph Knöffel ist ein schlanker, gut aussehender Mann mit einem intelligenten, kalten Gesicht. Stets elegant gekleidet, tritt er geschickt und höflich auf. Gegenüber Vorgesetzten verhält er sich vorsichtig und respektvoll. Seinem König ist er loyal ergeben, denn vom Hof erhält er schließlich seine Bauaufträge. Der Ratszimmermeister George Bähr, und der nach dem Tode Pöppelmanns zum Oberlandbaumeister aufgestiegene Knöffel – sie waren charakterlich, in ihrer Bildung und ihrer sozialen Stellung ein ungleiches Paar: Der Zimmermeister und der Intellektuelle. Der selbstbewusste Bähr beherrschte die Axt, Knöffel parierte mit dem Florett. Aber sie schätzten und brauchten sich und fühlten sich, unausgesprochen, als gleichberechtigte Partner – denn beide vereinte das große Ziel, die Frauenkirche mit der steinernen Glocke zu bauen!

Valentin Ernst Löscher, *Superintendent*

* 1674 † 1749

Der Rat als Bauherr der Kirche stand vor der Aufgabe, mit möglichst geringem finanziellen Aufwand ein großes, repräsentatives Gotteshaus mit viel vermietbarem Emporenraum und geräumigen Begräbnisgewölben auszuführen, das zudem protestantischen Grundsätzen, vertreten durch den Superintendenten Valentin Ernst Löscher, entsprechen sollte. Superintendent Valentin Löscher suchte diese Aufgabe zu lösen, so gut er konnte.

Wer war dieser Valentin Ernst Löscher? Seit 1709 war Löscher Superintendent an der Dresdner Kreuzkirche und ein ernstzunehmender Gegenspieler des katholischen Hofes. Löscher war ein extrem orthodoxer Theologe, der sich mit aller Kraft gegen eine neue Zeit, gegen den Fortschritt stemmte. Dabei war er überaus intelligent. Schon mit 26 Jahren wurde er Superintendent in Jüterbog. Von Hieronymus Gottfried Behrich, Syndikus des Magistrats, wurde Löscher in die Stadt Dresden gerufen, weil durch den Übertritt August des Starken zum Katholizismus die Lutherischen einen starken Mann brauchten, der theologisches Geschick mit Herz und Mut verband.

Löscher ging nach Dresden, wurde aber mit der Stadt nie recht warm. Glanz und Prunk der Residenz stießen ihn ab, zumal er als Theologe und Seelsorger vor allem mit den Schattenseiten dieser Herrlichkeiten zu tun bekam. Die von August dem Starken inszenierten Festlichkeiten als Ausdruck des absoluten Herrschers, begriff Löscher als das Spiel des Windes mit dem Wüstensand. Löscher war ein erbitterter Gegner des Absolutismus. Er war ein engagiertes Mitglied für die Belange der Stadt im Oberkonsistorium.

Taufe, Hochzeit, Beerdigungen, Predigten und Andachten. Sein Betätigungsfeld war groß. Daneben fand er noch die Kraft, sich für die Erneuerung des Schulwesens in Dresden einzusetzen. Er gründete sechs Armenschulen in und um Dresden. Auch publizierte er über 300 theologische Schriften. Was in Dresden am Hofe August des Starken geschah, begriff er als Aspekte eines umfassenden, gesamteuropäischen Wandels. In Glaubensfragen verhielt er sich absolut intolerant. Getragen von der Überzeugung, dass allein seine lutherische Kirche im Besitz der ganzen und vollen geoffenbarten Wahrheit Gottes sei, konnte und wollte er davon keinerlei Abstriche machen. Der Bau der Frauenkirche war für Löscher ein lutherisches Fanal gegen den katholischen Hof. Vor diesem Hintergrund hielt Löscher als zuständiger Superintendent am 26. August 1726 die Predigt bei der Grundsteinlegung der Frauenkirche über Jesaja 28,16: „Siehe, ich lege in Zion einen Grundstein, einen bewährten Stein, einen köstlichen Eckstein, der wohl gegründet ist. Wer glaubt, der flieht nicht!“ Aber vor dieser Grundsteinlegung lag ein heftiger Kampf um die Auflösung des Friedhofs, auf dem die Frauenkirche erbaut werden sollte.

Für George Bähr wird Löscher zum Schutzengel. Löscher ist es, der Bährs Kinder tauft. In Zeiten seelischer Bedrängnis wird Löscher für Bähr zum Beichtvater. Wie bei George Bähr sanken unverkennbar seit den dreißiger Jahren auch Löschers Kräfte und sein Einfluss in Dresden. 1743 gelang es ihm, eine Abänderung von Bährs Entwurf für den Abschluss der Kuppel durchzusetzen. Nicht der geplante Obelisk mit der Initiale A wird die Stadt überragen, das Symbol des Sonnengottes und seiner Verkörperung im absolutistischen Herrscher, sondern das Kreuz.

Löscher hat sein ganzes Leben gegen die Überhöhung und Vergötzung der Menschen gekämpft. Er war ein Theologe, Oberkonsistorialrat und Superintendent, der allzeit die Werte und Kräfte des christlichen Glaubens verteidigte, und der in Bähr einen Mann und Architekten sah, der der Kirche Luthers mit seiner Frauenkirche ein Zeichen setzte, das von der Welt nicht übersehen werden konnte.

Matthäus Daniel Pöppelmann, *Oberlandbaumeister*
* 1662 † 1736

Als George Bähr im Jahr 1729 zum dritten Mal heiratete, verstarb im Juli desselben Jahres Pöppelmanns zweite Frau Anna

Christina. Zwei Enkel seiner Tochter Eleonore Dorothea, die früh gestorben war, verblieben in seinem Haus. Pöppelmann, geboren in Herford in Westfalen, musste sich allein um seinen Hausstand kümmern. Aber an ein Leben in ruhigeren Bahnen konnte er nicht denken. Hinter ihm lag der Bau des Taschenbergpalais und des Zwingers, den er 1728 abschloss, so wie wir in heute kennen. Ein Meisterwerk wie der Modetanz seiner Zeit, das Menuett, entstand der Zwinger in Zusammenarbeit mit dem Bildhauer Balthasar Permoser als gemessene heitere Bewegtheit koketter Grazie, ein Sommernachtstraum im Stil von Versailles. Doch neue Aufgaben warteten auf Pöppelmann – vor ihm lag der Bau des Schlosses Moritzburg, und zwischen der Altstadt und der Neustadt von Dresden musste die alte steinerne Brücke einer neuen, breiteren weichen.

Pöppelmann, der Oberlandbaumeister Augusts des Starken, ist ein vornehmer und wenn es darauf ankommt, auch unnahbarer Mann. Vier Jahre älter als Ratszimmermeister George Bähr, verbindet Pöppelmann mit Bähr ein kameradschaftliches Gefühl der gegenseitigen fachlichen Achtung. Pöppelmann wirkt auf den ersten Eindruck etwas steif, aber wenn er eine Sache für sich entschieden hat, bricht er in ein befreiendes Lachen aus. Pöppelmann weiß um Bährs menschliche und materielle Probleme beim Bau der Frauenkirche. Dass der Rat der Stadt ein schlechter Partner ist, wenn es ums Bauen geht, kennt Pöppelmann aus eigener Erfahrung. Als dem Rat bekannt wurde, dass der König beabsichtigte, eine neue Brücke zu bauen, setzte großes Gezeter ein. Pöppelmanns Kalkulation von 50.000 Talern lehnte der Rat ab. Der König streckte Geld vor.

Die neue Brücke über die Elbe – die heutige Augustusbrücke – war für den alten Pöppelmann noch einmal eine Herausforderung, an der auch Ratsmaurermeister Fehre mitwirkte. Pöppelmann vereinbarte mit Fehre, große Steine, die beim Brückenbau abfielen, dem Bau der Frauenkirche zur Verfügung zu stellen. Denn Steine waren bares Geld. So fuhren während des Baues der neuen Augustusbrücke die Fuhrwerke zwischen Frauenkirche und Elbe hin und her, und in der Bauhütte von Steinmetzmeister Ebhardt wurden sie für die Frauenkirche passgerecht zubereitet.

Wenn Bähr in Ungeduld verfiel, weil der Rat der Stadt wieder einmal zahlungsunfähig war, beruhigte Pöppelmann Bähr mit seinem Schicksal. Er, Pöppelmann, habe auch 38 Jahre darauf warten müssen, vom König zum Oberlandbaumeister ernannt zu werden, und wenn er eines in seinem Leben begriffen habe, dann dies: „In der Ruhe liegt die Kraft!" In einem sind sich Bähr und Pöppelmann einig. Ihre Bauwerke haben nur eine Chance, wenn sie sich auch für die kleinen Leute, die Maurer und Zimmerer einsetzen. Pöppelmann wie Bähr sind charakterstarke Männer.

Pöppelmann schützt Bähr, wo er kann, auch über seinen Sohn Pöppelmann jr., der bei August dem Starken als Obrist-Leutnant dient. Pöppelmann weiß, das Bährs Frauenkirche auch einmal seine Bauwerke überragen und krönen wird.

August II., August der Starke,
Kurfürst von Sachsen und König von Polen
* 1670 † 1733

König August II. war im Jahre 1731, als er dem Ratsmaurermeister George Bähr Audienz gewährte, bereits gesundheitlich angeschlagen. Seine überbordenden Essgewohnheiten verursachten bei ihm schweren Diabetes, eine Krankheit, die damals noch nicht bekannt war. Aber mit 61 Jahren hielt er souverän als König von Sachsen und Polen ein Stück europäische Macht fest in seinen Händen.

König August der Starke liebte die Frauen, das Feiern höfischer Feste und vor allem liebte er das Bauen. Auch darin genoss er sein absolutistisches Herrschertum. In seinem Oberbauamt, das Gouverneur Wackerbarth beaufsichtigte, fanden sich so unterschiedliche Architekten-Persönlichkeiten wie der Franzose Longuelune, der Westfale Pöppelmann, Eosander von Göthe und der Sachse Knöffel zusammen. Dazu Bildhauer wie Balthasar Permoser, Johann Christian Kirchner und Benjamin Thomae. Permoser verewigte sein Verhältnis zu seinem Monarchen im Jahre 1715 in einer lebensgroßen Plastik aus sächsischem Marmor, die er Apoll/August nannte. Ein Bildnis des sächsischen Königs als Sinnbild für die Beschützerfunktion des Herrschers über die Künste in seiner Funktion als Wahrer von Recht und Frieden.

König August II. beschäftigte um die Jahre 1729/30 die Idee, die Elbe mit Bauwerken zu schmücken, als eine Wasserstraße gleich dem Canale Grande in Venedig. Pöppelmann wölbt ab 1727 die Augustusbrücke mit Hilfe von Ratsmaurermeister Fehre als eine zweite Rialtobrücke über den Fluss. Ratsmaurermeister Fehre hatte somit doppelte Verantwortung, denn in Zusammenarbeit mit George Bähr sollte wie eine Schwester der Santa Maria della Salute in Venedig die Frauenkirche mit ihrer steinernen Kuppel über die Dächer des Schlosses hinüber zur Elbe grüßen.

Aber bevor es soweit war, gab es Ärger in der Stadt. Um Polens Krone zu erhalten, konvertierte König August II. zum Katholizismus. 1697 wurde er König von Polen. Diesen Abfall vom Protestantismus nahmen ihm die Dresdner Lutheraner übel, allen voran Superintendent Löscher. Deshalb unterstützte August II., um die Gemüter zu beruhigen, einen neuen Kirchenbau für die Protestanten. Aber es sollte eine Kirche werden, die seiner barocken Residenz würdig ist.

Es ist bezeichnend für das architektonische Gespür König August II., dass er sofort erkannte, dass die städtebauliche Situation Dresdens den Haupteingang an der Südseite erforderte und nicht an der Westseite. Da aber der Altarbau bereits ausgeführt war, kam eine andere Orientierung der Hauptachse der Kirche nicht mehr in Frage, so dass sich Bähr und der König einigten, dass der Haupteingang nach Süden, also in der Querachse der Kirche, angelegt werden sollte. Der König versicherte Bähr nachdrücklich, dass er den Bau weiter fördern wolle, um ihn zu einem glücklichen Ende zu führen. Bähr übergab demzufolge in den nächsten Tagen Wackerbarth ein Gesuch an den König in dem er um Gewährung des Kupfers für die Eindeckung der Kuppel aus der Saigerhütte Grünthal bat. Dieses Gesuch hat Wackerbarth persönlich dem Rat nahe gelegt. Aber August brauchte das Kupfer für Kanonen, und das Gesuch blieb Papier.

Die Einweihung der Frauenkirche hat August II. nicht mehr erlebt. Er stirbt am 1. Februar 1733 in Warschau. Sein Sohn und Nachfolger, König Friedrich August III., fühlt sich dem Willen seines Vaters verpflichtet und stellt die zum Weiterbau der Frauenkirche nötigen Mittel zur Verfügung – allerdings auf ungewöhnliche Art!

Friedrich August III.,
Kurfürst von Sachsen und König von Polen
* 1696 † 1763

Die Personalunion mit Polen brachte für die Dresdner Gesellschaft eine völlige Neuorientierung durch die Rolle, die der Adel nach polnischem Vorbild spielen sollte. Während der Regierungszeit August des Starken war die Verbindung zwischen Regenten und Bürgertum noch nicht abgerissen. Erst unter seinem Sohn und Nachfolger wurde diese neue adlige Gesellschaft exklusiv und zog sich auf ihre Besitzungen zurück, wohin kein Bürgerlicher mehr gelangte, um sich im engen Zirkel unbeobachtet zu ergötzen und ihre Feste zu feiern.

Friedrich August III. war kein Bauherr wie sein Vater, sondern ein Sammler. Er ist es gewesen, der die Dresdner Kunstkabinette bereicherte, die in den nachfolgenden Jahrhunderten Dresdens Ruhm verkündeten. War August der Starke an Paris, am Französischen interessiert, so war sein Sohn ganz der Kunst Italiens zugewandt. Sein Interesse an Politik hielt sich in Grenzen. Des Königs Neigung zum Privaten und seine Abneigung gegenüber dem Öffentlichen ließen Graf Brühl mächtig werden. Dieser wiederum übergab viele Entscheidungen über Dresdens Bauwerke seinem Günstling Christoph Knöffel.

Kleine Chronik der Frauenkirche

11. Jahrhundert	Die älteste Kirche Dresdens „Unser lieben Frauen“ befand sich vermutlich an der Stelle der heutigen Frauenkirche
1722	Die alte Frauenkirche wird für die wachsende Zahl von Gottesdienstbesuchern zu klein. Der Dresdner Rat beschließt, mit Zustimmung des sächsischen Kurfürsten, eine neue Frauenkirche zu bauen. Den Auftrag erhält George Bähr.
26. August 1726	Grundsteinlegung für die neue Frauenkirche.
1734	Einweihung der Frauenkirche – noch ohne Orgel.
1738	Vollendung der steinernen Kuppel, es fehlt noch die Turmhaube.
1743	Fertigstellung der Frauenkirche.
15. Februar 1945	Zwei Tage nach dem Bombenangriff auf Dresden stürzt die ausgebrannte Frauenkirche in sich zusammen.

Mehr als 40 Jahre lang erinnert die Ruine im Stadtzentrum von Dresden an die Schrecken des Krieges.

November 1989	Gründung einer Bürgerinitiative für den Wiederaufbau der Frauenkirche.
27. Mai 1994	Beginn des Wiederaufbaus der Kirche nach Abschluss der anderthalbjährigen archäologischen Enttrümmerung.
30. Oktober 2005	Wiedereinweihung der Frauenkirche.

Ansicht der Frauenkirche im Jahre 1893.

Die Ruine der Frauenkirche.

Die wiedererbaute Frauenkirche im Jahre 2005.

Dokumente

Immer wieder musste George Bähr dem Dresdner Rat neue Zahlen und Risse zum Bau der Frauenkirche vorlegen. Um die Ratsherren günstig zu stimmen, setzte Bähr die Kosten häufig viel zu niedrig an. 1723 hatte er die Baukosten noch mit 103.075 Talern veranschlagt. Fünf Jahre später war die Summe schon auf 120.700 Taler geklettert (im hier wiedergegebenen Dokument); weitere fünf Jahre später lagen die Baukosten bereits bei 167.849 Talern - obwohl die steinerne Kuppel noch nicht einmal fertig war.

Rathsarchiv B. II. 19
vol. II. fol. 242

Extract

Des ueberschlages und Ausrechnung des Gantz fertigen Baues der Neuen Frauen Kirche, dieser wirdt an Bau Matterialien und Kosten, bis zum völligen gebrauche, ohngefehr folgentes betragen.-

Als

61.364 Thlr.	....	das gantze Mauer Werck, inclusive der Materialien und Arbeits Lohne -
11.200 "	....	alle Stein Metz arbeit, so hierzu nöthig sein wirdt -
14.556 "	....	das gantze Zimmer Werck Inclusive der Matterialien und Arbeits Lohne -
28.200 "	....	das Kupfer und Decker lohn, wen die gantze Kirche so damit gedeckt werden. Weil nun dieses große Dach von Kupfer an Kosten sich zu hoch belauffen möchte, so wirdt hier durch uhnmaßgeblich vorgeschlagen, wen beliebet würde - daß man die 4 Piramiden oder thürme auff denen treppen, und das gantze untderdach biß

auf dem Gurtgesims, so oben umb die Cuppel geht, von Massiven Steinwercke machen dörffte, so würden diese Kosten weit geringer sein, und an diesem Baue wohl 1/6 Kosten erspahret werden, da den nicht alleine das viele Kupfer sondern auch ein gutter Theil der Cuppell und die oben darauff stehente Landerne oder Thurm, werden von Holtze gebaut und mit Kupfer gedecket, weil es sonsten zu schwehr werden dürfte,

10830	"	.... den obern Theil der Cuppel und den darauff stehenten Thurm zu decken mit Kupfer-
1020	"	.... vor dem Bilthauer alle diese arbeit an Capitelien, und anderen Zierath zu fertigen
600	"	.... den Mahler die gantze Kirche zu staffieren
1421	"	.... vor Tieschler Arbeit an Thüren Fensterahmen, Stühlen und Bänken-
1400	"	.... den Glasser vor Fenster -
936	"	.... vor alle Schlosserarbeit

Summa 120.700 Thlr.

Dieses unsern besten Wissen gemäß haben wir gehorsampst hier durch specifizieren wollen.

Dresden den 28 Septembr. 1728

Johann Gottfried Fehre
Mauer Meister

George Bähr
Archit. et Zimm. Meister.

Eine hölzerne oder eine steinerne Kuppel - darum stritten George Bähr und die Stadträte jahrelang. Immer wieder wird in den Akten vermerkt, dass der Ratszimmermeister lediglich eine Holzkuppel geplant habe. Am Ende baute er doch die „steinerne Glocke".

Rathsarchiv B. II. 27
vol. III. fol. 92

Den 7. Jun. 1731

Weiln verlauten wollen, ob sollte der Baumeister H. Bähr gesonnen seyn, den obersten Theil der Frauen Kirchen Couppel ebenfalls steinern zumachen, so wurde er vorgefordert, und bedeutet, daß es beim Schlusse, den oberen Theil der Kuppel höltzern zumachen, sein Verbleiben haben solle, und habe er sich darzu in Zeiten anzuschicken immassen Senatus darein nicht willigen würde, daß die Kuppel am obern Theil von Steinen gemacht würde,
Bähr antwortet, daß er by der ihm vorlängsten ertheilten Instruction, den oberen Theil der Kuppel höltzern zu machen, verbleibe, und er habe niemahls anders intendiert,
Ille wurde beschieden, alles darnach einzurichten und anzulegen, daß künftig der obere Theil der Cuppel höltzern gemacht werde, auch habe er den Bau überhaupt zu
beschleunigen,

D. C. Schröter, Synd.

Vertrag über den Bau der Orgel für die neue Frauenkirche zwischen dem Dresdner Stadtrat einerseits sowie Gottfried Silbermann und seinem Vetter Johann andererseits. Der Vertrag legte Art und Umfang der Orgel genau fest.

Rathsarchiv B. II. 27
Vol. III. fol: 136/139

Im Nahmen Gottes
Sey hiermit kund und zu wissen:

Demnach bey der neuerbaueten Kirche zur l. Frauen allhier ein neues Orgel-Werck zu erbauen, daher die Nothdurft erfordert, weil das in der Alten Kirche gestandene Werck, sowohl des Alterthums halber, als auch wegen der gantz veränderten Structur der neuen Kirche unbrauchbar geschienen;
Als ist zwischen E. Hoch. Edl. und Hochw.Rathe der Stadt Dressden, an einem,
dem Hoff- und Land Orgelbauer, Herrn Gottfried Silbermannen, zu Freyberg, und dessen bey ihm in arbeit stehenden Vetter, Herrn Johann Georg Silbermannen, andern Theils, nachfolgender Contract darüber abgehandelt, und geschlossen worden.

Nehmlich
Es versprechen obbemeldte Beyde Herr Silbermänner Beyde vor einem, und einer vor Beyde, demnach sambt und sonders, ein gantz neues Orgel Werck in vorbesagter Kirche über den Altar, nach darauff gesezten und hier folgenden Disposition, als

In Haupt-Manual von grossen und gravitätischen Mensuren,

1.	Principal	16	Fuß	
2.	Octav Principal	8	"	) Engl. Zien
3.	Viola di gamba oder Spielflöte	8	"	
4.	Rohr Flöte	8	"	von Metall
5.	Octava	4	Fuß)	
6.	Spitz Flöte	4	")	
7.	Qinta	3	")	
8.	Octava	2	")	
9.	Tertia aus	2	Fuß	Engl. Zien

10. Mixtur 4fach, die grösste Pfeife .... 2 Fuß)
11. Cimbel 3fach, die größte Pfeife .... 1 fi Fuß)
12. Cornett durchs halbe Clavier,
13. Fagott .... 16 ")
14. Trompette .... 8 ")

In Ober Wercke von scharffen und
.... Penetranten Mensuren,

1. Principal .... 8 Fuß)
2. Quinta dena .... 16 ") Engl. Zien
3. Quinta dena .... 8 ")
4. Getackts .... 8 ")
5. Flöte .... 4 ") Metall
6. Nasat .... 3 ")
7. Octava .... 4 ")
8. Octava .... 2 ")
9. Sechs Quint altra ....) Engl. Zien
10. Mixtur 4fach ....)
11. Vox humana .... 8 ") Schwebung

In der Brust von delicaten und lieblichen Mensuren,

1. Principal .... 4 Fuß von Engl. Zien
2. Getacktes .... 8 ")
3. Rohr Flöte .... 4 ") Metall
4. Nasat .... 3 ")
5. Octava .... 2 ")
6. Tertia aus 2 Fuss ....
7. Quinta .... 1 fi Fuß) Engl.Zien
8. Sufflett .... 1 ")
9. Mixtur 3fach ....) Tremulant

In Pedal von starcken und durchdringenden Mensuren,

1. Gross Untersatz .... 32 Fuß)
2. Principal Paß .... 16 ") Holtz
3. Octaven Paß .... 8 ")
4. Octaven Paß .... 4 ") Engl.Zien

5. Mixtur IIfach..
6. Possaune .... 16 ")
7. Trompeten Pass.. 8 ") Engl. Zien

tüchtig und dauerhafft zu erbauen, solches aber nach dem Cammer-Thon einzurichten, und die Pfeiffen von dem besten geschlagenen Zien, Metalle, und Holtze zu fertigen, auch in das Manual-Clavier die lange Octave von C.D.D.E. bis C. Ce. D. Sowohl als in das Pedal C. D.D. bis C. zubringen, und das erste von guten schwartzen Ebenen Holtze mit helffenbeinern Seminotiis zuarbeiten, nicht weniger sechss tüchtige Bälge mit Einer Falten von Tännen Holtze und die Windladen von dem besten eichenen Holtze zumachen.
Wie nun solchergestallt obbemeldter Hoff-und Land Orgel-Bauer Herr Gottfreid Silbermann, und dessen Vetter, Herr Johann Georg Silbermann, das gantze Orgelwerck, sambt allen was zu desselben Haltung und inwendigen Gebäuden gehöret, ingleichen die hierbey iedesmahl und auf mancherley weisse erforderliche ab-und Zufuhre, sowohl als Holtz und Kohlen, ohne E. Hoch Edl. und Hoichw. Raths Zutun zuerbauen, und auf ihre eigne Kosten anzuschaffen übernehmen; Also will E. Hoch Edl. Rath, die zum Gehäuse benötighte Zimmer-, Tischler- und Bildhauer-Arbeit besonders tragen, auch weiln die Herren Silbermänner zu diesem Orgel-Bau eine Wohnung allhier gebrauchen, ihnen solche 1 fi Jahr, gehörig verschaffen, und auf Verlangen anweisen lassen;
Ausserdem aber wollen jeztgedachte Herr Silbermänner wegen Setz- und Stimmung dieses Wercks vor sich und ihre Leute, nichts weiter praetendieren, hingegen solches allenthalben tüchtig und gut und dergestallt, dass es von der Sache verständigen Musicis und Künstlern gehörige approbation finde, binnen dato und Drey Jahren, geb. Gott, vollkommen ferttig lieffern; Solchergestallt nun verwilliget E. Hoch Edl und Hochw. Rath vor das Orgel Werck Viertausend und Zweyhundert Thaler folgendergestallt zu bezahlen, als – 2000 Thlr. -Gr.-Pf. by Vollziehung dieses Contracts, zu Anschaffung des Ziens, 700 Thlr. -Gr.-Pf. Die Ostermesse desselbigen Jahres, wenn mit Aufsetzung des Wercks….. wirklich angefangen worden.
Worbey E. Hoch Edl. Rath sich ausdrücklich vorbehält, im Fall wieder Vermuthen das Werck nicht gut und tüchtig befunden und erachtet werden sollte, einem von Beyden Herrn Silbermännern nach Gefallen herauszunehmen, und sich diesfalls an selbigen zu erhohlen, zu welchem Ende sich Beyde dem beneficio excussionis et divisionis renunciren, und einer vor Beyde, und Beyde vor einen zustehen versprechen; Nachdem nun allerseits Contrahenten hiermit durch gehends in allen Clausuln und puncten wohl einig und zu frieden gewesen; alss ist zu dessen mehrerer Versicherung

dieser Contract hierüber in duplo, unter ietzgedachter Contrahenten gewöhnlichen und eigenhändigen Unterschrifft
Auch vorgedruckten resp. Innsiegel und Petschafften vollzogen abgefasset worden.

Geschehen Dressden, den 13. Novembr. 1732

(L.S.) D.R. z. Dr.
(L.S.) G.S. Orgelmacher
(L.S.) J. G. S. Orgelmacher

Ratsnotizen zu einzelnen Problemen des Kirchenbaus. Auch damals war das Geld knapp, und es wurde oft nach den preiswertesten Lösungen gesucht.

Rathsarchiv B.II.27
vol. III.fol. 127/127b.

Bei dem Neuen Baue der Frauenkirche wäre ohnmassgeblich folgendes des fördersambsten und zwar ohne Zeit Verlust vor die Handt zu nehmen.

1. An und auff den sämbtl. Kirchen-Gebäude, besonders der Kuppel
nach zu sehen wo etwann durch die Winter-Feuchte der Kalck-und
Kütte sich aus den Fugen gegeben, und da solches gefunden,
wieder zuzumachen.
(Randnotiz:) Ist zu veranstalten
2. wäre nöthig sich zuentschliessen, ob die Kirche äusserlich
angestrichen werden, oder ob selbige die Natürliche Stein-Farbe
behalten solle.
(Randnotiz:) Die Mauer ist mit Seifensieder-Lohe abzuwaschen
und sodann mit einer ganz dünnen Steinfarbe anzustreichen,
vorhero ist eine Probe zu machen.
3. Ist, wenn vorherige Punckte abgethan, das ausswendige
(Randnotiz:) Das Gerüste ist wegzunehmen.
Gerüste von der Rammischen Gasse an, bis über die eine Seite
des Haupt-Portals völlig abzunehmen, weil solches der Kirche
nicht dem geringsten Nutzen by dem innern Ausbaue der
Kirche giebet,und darby anzuordnen wie es mit dem abgetragenen
Holze gehalten werden solle.
4. Ob die Fenster-Rahmen von Holze, oder von eisernen Schienen,
vermittelst eines Falzes in das steinerne Gewände eingelassen,
oder auff eine andere arth gefertigt werden solle zu resolvieren.
5. Ob die Kirch-Thüren nach den gefertigten Projecte,
inngleichen die Kirch-Stände approbiret oder auf ein anderweitiges
vorzuzeigendes Model einzurichten und zu verdiengen seyn.
6. Ob auch ferner und zu der Kirchen inwendigen Ausbau Förderung,
vor genehm gehalten werden wollte, wenn die Zimmer-Arbeit an
denen Empohr Kirchen und Beth-Stübgen verdienget würde,
zumahl da aniezo bey der ersten Etage auffbauung, mit auff die
andere und dritte Etage Kosten reflectieret werden könnte.

(Randnotiz:) Es ist ein Anschlag über die Empor-Kirchen zu fertigen, und mit Bären dieserhalben ein Contract zu errichten.
7. Ob endtl. Die Zurichtung derer Brether zum innern Ausbaue, dem Zimmermanne nicht nach dem Schocke zu verdingen.

Unterschrift und Datum fehlen. Die Schrift stammt vom Bürgermeister Schwarzbach und ist im März 1733 zu den Rathsakten gelangt.

George Bähr musste sich immer wieder vor dem Rat rechtfertigen und sah sich gegen Ende seines Lebens zunehmend misstrauischen Fragen und Anfeindungen ausgesetzt, denen er mit Schreiben wie diesem zu begegnen versuchte.

Rathsarchiv B. II. 27
vol. III. fol. 223/223 b.

Zu gehorsamster Folge habe mich kürtzlich wegen des mir Endes bemeldeten veraccordirten
Neuen Frauen Kirchen Kuppel Baues, erklähren sollen; Als: 1) Warum die bey Lit. D. befindliche blinde Balustrade, über dem Gurthgesimsse, nach der Perpendicular Linie höher, als im Risse stehet, gebauet worden;- So ist dieses deswegen geschehen, weil allda die grossen Anker eingeleget sind, und die Erhöhung der Mauer mehr Befestigung giebet.
2) Was die Erhöhung der Fenster bey Lit.C. betrifft, so ist sie darum gemacht worden, um theils ein schöner vollkommenes Licht hinunter in die ganze Kirche zubringen, Theils auch eine grosse Erleichterung wegen der Last wieder zu gewinnen, was zuvor bey der Perpendicular Linie erhöhet worden.
3) Bleibt die einmalige Einrichtung des Haupt Circuls von aussen an der Cuppel nach dem Risse unveränderlich, und hat sich bereits schon mitten in denen FensterÖffnungen by
Lit.C. angefangen.

Dressden, den 9. Sept. 1734

George Bähr
Archit.

Quellen

Jean Louis Sponsel; Die Frauenkirche zu Dresden, Wilhelm Baensch Königlich Sächsische Hofverlagsbuchhandlung, Dresden 1893

Fritz Löffler; Das Alte Dresden, VEB E.A. Seemann Verlag, Leipzig 1984

Die Dresdner Frauenkirche; Jahrbuch 1996, 1997, 1998, 1999, 2000, 2001,2002, 2003, Herausgegeben von der Gesellschaft zur Förderung des Wiederaufbaus Der Frauenkirche Dresden e.V. unter Mitwirkung der Stiftung Frauenkirche Dresden, Verlag Hermann Böhlaus Nachfolger, Weimar

Werner Müller; Gottfried Silbermann 1683-1753, Beiträge zum Leben und Wirken des sächsischen Orgelbauers, Herausgegeben vom Gottfried-Silbermann-Museum, Frauenstein 1999

Dieter Nadolski; Die Frauenkirche zu Dresden, Tauchaer Verlag 1998, Jahrbuch zur Pflege der Künste, Folge 1, 3 und 4, Wolfgang Jess Verlag, Dresden 1955, 1956

Reinhard Delau; Pöppelmann-Baumeister des Königs, Tauchaer Verlag 1998

Georg Piltz; August der Starke, Träume und Taten eines deutschen Fürsten, Verlag Neues Leben, Berlin 1986

Gisela Haase; Dresdener Möbel des 18. Jahrhunderts, E.A. Seemann, Leipzig 1983

George Bähr; Die Frauenkirche und das bürgerliche Bauen in Dresden, Staatliche Kunstsammlungen Dresden und Landesamt für Denkmalpflege Sachsen, Katalog zur Ausstellung im Georgenbau des Dresdner Schlosses, 21. Dezember 2000 bis 4. März 2001

Eberhard Burger, Jörg Schöner; Die Frauenkirche zu Dresden – Stufen ihres Wiederaufbaus, Ein Buch der Stiftung Frauenkirche Dresden, Herausgegeben im Michel Sandstein Verlag, Dresden 2001

Karl Czok; August der Starke und Kursachsen Koehler & Amelang, Leipzig 1988

Staatliche Kunstsammlungen Dresden/Kulturstiftung Ruhr ; Barock in Dresden – Eine Ausstellung aus der DDR in der Villa Hügel zu Essen vom 8. Juni bis 2. November 1986, Edition Leipzig 1986

Rainer Rückert; Der Hofnarr Joseph Fröhlich, Taschenspieler und Spaßmacher am Hofe August des Starken, Edition Volker Huber, Offenbach 1998

Sächsische Bau- und Kunstdenkmäler; Landesverein Sächsischer Heimatschutz, Dresden 1933

Balthasar Permoser hats gemacht; Der Hofbildhauer in Sachsen, Staatliche Kunstsammlungen, Dresden 2002

Reinhold Müller; Die Armee Augusts des Starken, Das Sächsische Heer von 1730 bis 1733, Militärverlag der DDR, Berlin 1984

Helena und Stefan Kozakiewicz; Bernardo Bellotto genannt Canaletto, Henschelverlag, Berlin 1977

Reinhard Delau; Die sächsische Weinstraße, Kulturlandschaft im Elbtal, Mitteldeutscher Verlag GmbH, Halle 1994

Staatliche Kunstsammlungen; Königliches Schloß zu Warschau Unter einer Krone, Kunst und Kultur der sächsisch-polnischen Union, Edition Leipzig 1997

Claudia Schnitzer, Petra Hölscher; Eine gute Figur machen, Kostüm und Fest am Dresdner Hof, Verlag der Kunst, Dresden 2000

Otto Walcha; Die steinerne Glocke, Paul List Verlag, Leipzig 1958

Christoph Wolf; Johann Sebastian Bach, S. Fischer Verlag, Frankfurt am Main 2000

Bildnachweis

S. 10 Alte Frauenkirche
(nach einem zeitgenössischen Stich von Moritz Bodenehr / Archiv Eberhard Görner)

S. 5 Modell der Frauenkirche
(unbekannter Zeichner / Archiv Eberhard Görner)

S. 228 Die Frauenkirche 1893
(zeitgenössische Fotografie / Archiv Eberhard Görner)

S. 229 Ruine der Frauenkirche 1993
(Wolfgang Schmidt)

S. 230 Frauenkirche Februar 2005
(Wolfgang Schmidt)

Danksagung

Ich bin Filmautor. Meine Drehbücher entstanden nach literarischen Vorlagen von Schriftstellern wie Hasso Mager, Stephan Hermlin, Fred Wander, Wolfgang Schreyer, Christa Wolf, Erich Loest, Hans Keilson und Thomas Mann. „Ein Himmel aus Stein" lag dagegen zuerst als Drehbuch mit dem Arbeitstitel „Die steinerne Glocke" vor. Daraus sollte ein Spielfilm anlässlich der Wiedereinweihung der Frauenkirche werden. Der Schauspieler Rolf Hoppe wollte die Rolle des George Bähr spielen. Doch die Finanzierung des Filmprojekts kam nicht zustande. Ich klagte mein Leid Klaus Walther, der mich mit dem Chemnitzer Verlag und der Freien Presse zusammen brachte. Matthias Zwarg, der Leiter des Buchprogramms der Freien Presse, las das Drehbuch und erklärte danach: „Lassen Sie uns ein Buch daraus machen!"

Ohne die tatkräftige Hilfe und Mut machende Unterstützung des Verlages gäbe es dieses Buch nicht. Dass wir es gemeinsam geschafft haben, dafür möchte ich dem Verlag von Herzen danken.

Eberhard Görner

Außerdem im Chemnitzer Verlag erschienen:

Der Gute Ort

Erinnerungen an eine jüdische Kindheit in Chemnitz

ISBN 3-937025-06-5

Tatjana Lietz

Eine Malerin
zwischen zwei Welten

ISBN 3-928678-79-5

Der Bildschnitzer von Zwickau

Biographie des Bildschnitzers
Peter Breuer

ISBN 3-928678-81-7

Freiberg

Begegnung
mit einer Stadt

ISBN 3-928678-62-0